瓶山积雪

但及 著

天津出版传媒集团

百花文艺出版社

图书在版编目（ＣＩＰ）数据

瓶山积雪 / 但及著 . -- 天津 : 百花文艺出版社，
2025. 4. -- ISBN 978-7-5306-9078-9

Ⅰ . I247.7

中国国家版本馆 CIP 数据核字第 2025JU1109 号

瓶山积雪
PINGSHAN JIXUE

但 及 著

出 版 人：薛印胜
责任编辑：赵世鑫
封面设计：鸿儒文轩·末末美书
出版发行：百花文艺出版社
地址：天津市和平区西康路 35 号　　邮编：300051
电话传真：+86-22-23332651（发行部）
　　　　　+86-22-23332656（总编室）
　　　　　+86-22-23332478（邮购部）
网址：http://www.baihuawenyi.com
印刷：三河市华东印刷有限公司
开本：880 毫米×1230 毫米　1/32
字数：193 千字
印张：9
版次：2025 年 4 月第 1 版
印次：2025 年 4 月第 1 次印刷
定价：68.00 元

目 录
CONTENTS

瓶山积雪

1

她跟在后面，前面小丁那件白大褂被风吹得展开了。

蜡梅已开，在枝头，但不显眼，院子里的阳光瞬间被灰云收纳了。走廊还是那条走廊，与半年前没有区别，只是进口安了一道电子门，需要刷卡才能通过。"情况不好，有点严重。"护理长小丁嘴里戴着牙套，身子也比以前胖了。她每次来总是先找小丁。小丁是嘉兴人，会讲土话，听起来亲切许多。

门敞开着。前面是卫生间，里面并排三张床，一个老人蹲坐在卫生间里，护工阿姨守候着。应该是中间一张，她记得是这样的，但这回不是了，他换到了靠窗的位置。她脚步靠近的时候，那张脸显现了。自她小时候这张脸就一直伴随她，从未间断，但此刻却显得陌生。脸颊凹下去，头发耷拉下来，眼睛也是灰色的。这和以前不一样了。

"爸，我来了。"她轻轻地叫了声。

对方眼睛动了一下。"爸，是我，小倩影。"

老人就这样躺在那里，一动不动。他的身子藏在被子里面，两只手上都套了手套，是那种类似烤箱用的大手套。"他总是乱动，抓尿不湿，弄得到处都是屎尿。没办法，只好戴这个。"小丁说。

她把手伸过去，刚触碰手套，那纤维的质感便传递了过来。靠近的时候，他的目光移开了，对着窗口。窗口的树影在晃动，树上只有光秃秃的枝条。

"女儿来了，快看看。是你女儿。她从澳洲来了。"小丁摇了摇他的肩膀，于是他整个人都晃荡起来。他还是盯着窗外，仿佛耳聋一般。"把他挪到这里，是想让他晒到更多的阳光。我们特意安排的。"小丁的话有讨好的意思，她听出来了。每次她回来，都要给小丁带礼物，有化妆品、奶粉之类的。这回，她送给小丁两大罐鱼油。

小丁俯下身，凑近他的耳朵说："你好好看看，你的宝贝女儿来看你了。瞪大眼睛啊。"小丁把手放在他面前，移动着，老人的眼神跟着她的手在走。手停了，眼神也停了，他就直直地凝视着那双小巧的手。

"最近都不认人了。就是这一个来月的事，这个事挺糟糕。"小丁收起手说。

她凑过去，靠近他，一股老人味直扑而来。"爸，你好好看看，是我，是我啊。"她的声音变了，她试图用更响的声音把他唤回来，唤起他脑子里那些残存的记忆。他瘫躺着，如同盯着一片空旷之地，对于进进出出的人完全无动于衷。

"真认不出你了。这里的人他都不认识，连我也一样。"小丁叹了口气，似乎在安慰倩影。

一阵悲伤涌了上来。来之前，她的心理准备是不足的。以前她来，他都是欢喜的，笑起来声音"嘎嘎嘎"，还会拉着她的手，说一些玩笑话。现在这些统统不见了。眼前这人与她有着血缘关系，是他把她拉扯大的，他们原本就是一个整体，现在却成了这样。

"不要难过，这里经常遇到的。人都要经历这样的关口，也是没办法的事。"小丁用手整理他的头发，老人也没反应，"只有一个人他好像还认识。叫什么强的。"

"怀强。"她脱口而出。

"是的，就是这个怀强。他只认得这人，见到他，嘴会动动，有时还能笑一笑。就他，唯一的一个。"

她感到一丝欣慰，但更多的还是难过。他不认得她了，竟然连女儿也忘得一干二净。她觉得他正在远去，仿佛行进在一片荒原上，身影越来越细微，在一点点消失。

养老院在320国道旁，两边长满了香樟树，叶片上积满了尘土。告别的时候，她又回望了一眼这暗红的建筑，院里静悄悄的，冬日的寒意让人们都缩到了屋子里头。除了传达室的保安，她见不到任何人影。踩在落叶上，枯黄的叶子像地毯一样铺满了眼前的小路。她的脚步变得迟缓，死亡这个字眼一直盘踞在脑海里，但她又不敢说出口。父亲只在墨尔本住了半年，就死活要回来，说适应不了那里的生活。然后，他就亲自选定了这个养老院。他说这里好，临近湘家荡，空气好，安静又舒适。

　　这次回国只有短短六天，她不知道还有没有下一回探望的机会。

　　距公交车站有一段路。边上零星开着几家建材店，送货的卡车进进出出。她茫然地站了一会儿后，朝着站台走去。走着走着，她的眼泪掉下来了。后来，她停下，干脆背着站台哭了一会儿。

2

　　酒店名称叫莫奈，很小，是用旧房改造的。推开窗，能看到干河滩，和高低不一的灰暗的民居。她是特意选这个酒店的，目的是离干河滩近些。

　　电视机开着，里面在重播本地新闻，她瞄了一眼。新闻说菜花泾小区绿道铺了塑胶，从月河至秀湖的水上巴士已开通，等等。有些名字是新的，她第一次听到，比如秀湖，估计是个新挖出来的湖。站在后阳台，能看到以前家的位置，它湮没在了成片的房子里。她站在阳台上抽了半根烟，便掐灭了。

　　从酒店出来，朝北走五十米，再往东就是干河滩了。这个地方原先是一条河，现在河被填上了，变成了马路。街巷似曾相识，老房子还在，商城的建筑却是新的。街上的牛肉包子铺正冒着热气，生煎的师傅肩头披着条毛巾，锅前围了一堆人。现在是中饭时间，送煤气瓶的车摇晃着过去，一个卖熟食的小伙子坐在门前玩着手机。牛肉、烤鱼被装在一个个纸盒里，旁边还堆着一堆正在出售的袜子和帽子。

　　她站在十字路口。

以前早晨时分，农民便在这地上摆摊，卖鸡、卖鱼、卖蔬菜，现在清一色成了修车、理发之类的小店。小饭店里人头攒动，烤鸭店里的烤炉是露天的，香味四溢，两个中年男人坐在桌旁喝酒。以前她常喝的豆浆店成了修理铺，门前堆着冰箱、洗衣机，她往里张望，里面一个人也没有。

她朝家的位置走去，那里有棵梧桐树，小时候她和小伙伴就在树下跳牛皮筋。如今梧桐树仿佛更高大了，房子却更旧了，墙粉剥落的外墙上贴着宣传纸，上面写着：文明养犬，从我做起。透过一道黑色铁栅栏，她看到了她的家。这房子靠马路，面积只有五十多平方米，十多年前被出售给了一个外地人。她看到院子里堆着杂物，自行车横着，一盆山茶花放在院中央，花朵正在怒放。那是她曾经的家，她住过很长时间，虽说记不清有多长，十五六年应该是有的。

"小倩影，真的是小倩影吗？"有人在叫她，并挥动着手。

那妇女看上去七十来岁，穿得花枝招展，正和一群晒太阳的人围坐在一圈椅子里。好像有点面熟，但她还是想不起来。不过，这是她走在这里时唯一叫得出她名字的人。妇女挪出位置让她坐，她没有坐，只是站着。"我越看越像你，真的是你。一直在国外吧？"

那人笑的时候眉毛高扬，她想起来了，是王小婷阿姨。王小婷在这一带是个传奇，她是环卫所工人，每天早上都要推着粪车去收马桶，但一回家，她就会摇身一变，烫起头发，穿上喇叭裤，身上还时不时喷着香水。"是个'妖精'。"那时候常有人背地里指着她说。没想到如今的王小婷已是一张皱纹脸，不过，她鲜艳的装扮为她掩饰了不少。

"阿姨好。"两个人象征性地握了握手。

"你小时候多懂事，在家里烧饭、生煤球炉，还到河边洗衣服。真是个小精灵。"王小婷搬出倩影的陈年往事，用夸赞的口吻跟眼前的人分享着她的事迹。旁边的人一脸木讷，并投来一种异样的眼神。环卫阿姨的回忆，让倩影把记忆又拉近了一些，她的确做过这些。她的青少年时代与这里息息相关。

"你爸好吗？听说一直在养老院。"

"好，挺好。"她不知自己为什么要说谎，她只是不想告诉王小婷真相。

"年纪挺大了吧？"

"八十四。"

"这里的人搬的搬，走的走。还有人在等着拆迁，可就是迟迟拆不了。"

王小婷陪着倩影又走到黑色铁栅栏边，她们一齐朝里张望着。铁栅栏凉凉的，倩影的手捏住了其中的一根，这里面盛着她的青春。

父亲曾在院子里搭过一个棚子，捣鼓他的木工和机械。他一辈子就喜欢这个。现在那个棚子不见了，但她还能看到墙上几个生锈的螺丝，它们像文物一样留在了那里。

"这房子旧得不行了。你在国外还好吧？住别墅吧？"

实际上倩影根本没听见王小婷在说什么，她记起了狂风暴雨的那一天。风夹着雨，还伴着雷电，屋子成了漏斗，屋檐上的瓦片也被掀飞，她就在里面哭啊哭。自从母亲早早去世后，每天傍晚放学后，她都在等父亲从工厂回家。那天，她缩成一团，躲在床上，用被子捂住头。外面雷电在炸响，闪光在屋内如蛇一般舞动，她又怕又惊。直到现在，她还记得那惊心动魄的一幕。

3

隋唐茶室在运河边，旁边是中山桥，桥下便是大运河。运河穿嘉兴城而过。

怀强穿了件中山装。他头发花白，眼神清澈，脸色白里透红。"你神态好安详啊。"她惊叹着说。

"我这人两耳不闻窗外事。"他憨厚地一笑，脸上有一种佛相。他点了安吉白茶，还拿了八珍糕。"尝尝吧，味道一般，可你在国外吃不到。"

她尝了一口，舌头甜甜的。

冬日的阳光胆怯又羞涩，静谧地落在面前的窗口上。墙上画框里有一棵芭蕉，旁边写了两行诗。屋子里有空调，暖暖的，对面有两桌人，他们好像在聚会，不时地发出笑声。"感谢你为我爸做的一切，其实，我……我也不知道怎么感谢才是。"

"为什么要说这样的话？这没什么，真的没什么。"

"不是的。我作为女儿很惭愧。"

"他就你这么个后代，又远在澳大利亚。人老了都有这一天。不要责怪自己。"

"你……你每个星期去看他，别人都说了。你自己却从来不告诉我。他们说你跟他说话，他回不了你话，可你还是不停地给他说。你还喂他吃的，还给他擦……擦身。"

喝了一口茶，他把双手扣在一起，搓动着。

"考考你，我这一生中对我影响最大的人是谁？"他突然抛出这样一句话来。茶室里正在播放克莱德曼的钢琴曲，有服务员过来，递上两条小毛巾。服务员离开后，她摇了摇头，她怎么知道这么私人化的问题呢。

"你爸，就是你爸。这是我的心里话。"

这让她很意外。父亲怎么会有这样的影响力呢？

"你是他的女儿，但在某些方面，你对他的了解还不及我。这不是虚话。你爸是非常优秀的，他的专注力让我一生受益。"她盯着他，仿佛在看一个很陌生的人。她印象中，老爸就是一个不事张扬、沉默低调，一有空就钻研机械木工的人。他胆小、脾气又暴躁，甚至有点死脑筋。

"我爸就爱弄他那点破玩意儿。"

"破玩意儿？亏你说得出。你爸是十分优秀的手工艺人，至少是我见过最好的。他做过好多东西，说也说不清。有一个红木柜子简直就是绝品，手艺可以跟明代一流工匠相媲美。那里面每一个榫卯都做得严丝合缝。简直是完美，太完美了。"

她不记得有这样的柜子，没有一丁点的印象。她只知道他下班以后就钻进那棚子里，里面都是木头、各种各样的机械小玩意，还有木香和油污的混杂味。那里乱成一团，工具排成行挂在墙上，桌子上都是钉子、扳子、螺丝刀。他还买过一台二手的进口削板机，那机器就横在棚子的中央。这些都是情影不喜欢的，她也不在意父亲在做什么，做出些什么。那时候，他边上围了一群年轻人，怀强就是其中之一。他身材瘦瘦的，还留着一撮小胡子，虽然长得不帅，话里话外却弥漫出一股自信。

"你可能不知道，他从墨尔本你那里回来，就专修起了古玩。这是件挺费时费力的活，一般人根本做不了。他还修老式家具，省博物馆也邀请他去修复文物。他总是那么投入，不管做什么都会钻进去，一直钻研。"

她仿佛在听天书。她只知道父亲爱好这些，但并不清楚他对于这些的价值。自从她去澳洲后，她对父亲越发陌生了。她只知道他退休了，原先的工厂也轰然倒闭了，他维持着小修小补，有时别的工厂会请他去做事。她只知道这些，这也是从他的只言片语里，从他偶然的来信里拼凑出的信息。

"他的有些事情，我不知道，尤其是出国以后。"她说的是真话。

"我喜欢跟着他，看他做事。我就站在一旁，什么也不说，什么也不问，就是看。他也不跟我说话，只是做他的事，好像我不存在一样。他做事的时候就是这样，我这个人他是看不见的。他还会自言自语，有时候会长叹一声。你爸其实是个挺逗的人，他还发明过一个马桶，是他自创的，可以升降……"

过道那桌人突然发出很大的声响，还有人鼓起了掌。她用牙咬着嘴唇皮。升降马桶的事，她一点也不清楚。她家的马桶让王小婷清倒后，都是她去河边洗的，洗净后放在路口，让风吹干。

想起这，她有点恍如隔世。

"所以说，没有你爸就没有现在的我。我是向他学的，他身上有很棒的，很让人着迷的东西。"他说的时候伸出食指，用力地向空中指了一下。

4

冶金机械厂大门紧闭，连那块厂牌也不见了。

门口传达室里坐着一个老人，见到她把头探出来，说："不能进去。"口气严厉，带着点警告的意思。她告知了自己的来历，以及以前在厂里做工程师的父亲。

"是这样，那你进去看一眼，就看一眼。里面都荒掉了，没人了。"保安把一道小门打开，放她进去。

围墙高耸，里面却是一片凋敝。只有零星几幢剩余的厂房，其余的统统都不是原来的样貌了，连路也没了。到处是杂草，拆了只剩空壳的办公楼、地上裸露的砖头石块，以及腐烂的旧门窗。那些茅草很旺盛，在这里肆无忌惮地疯长，有些比人还高了。中间一条正对大门的宽阔道路已完全被杂草占领，以前那里有两排宣传栏，中间还有一个少女塑像，现在只剩下塑像的水泥底座。

这里是她熟悉的地方，熟悉程度仅次于干河滩。曾经父亲骑着自行车，在车后驮着她，一路摇摇晃晃把她带到厂里。那时厂里有一千多号人，食堂总是热情又喧闹，连厂办幼儿园门前都会排起长队。每当父亲晚上加班或学习开会，或者工厂有演出，她都会跟来。每个月她还会来厂里洗一次澡，她也是第一次看到那么多的女人光着身子，在蒸汽腾腾的屋子里走来走去。

怀强也是冶金机械厂的，不过他与她爸不是一个车间的。怀强当年骑一辆大雁牌自行车，骑的时候两瓣屁股像两个轴承，上下颠动。他三天两头来她家里，与她爸待在那间简陋的小棚子里，她经常会去送水，有时还会弄些小点心。她和怀强很熟，熟得就像兄妹。20世纪80年代，文学潮席卷大地，文学成了他们沟通的媒介，两个人一谈就是很长时间。她与他是谈过一段时间恋爱的，不过那是不是恋爱，其实是很难鉴定的。他们有过三次拥抱，一次接吻，仅此而已，没有别的进一步的动作。而且自从她去了澳洲后，一切便戛然而止了。

怀强的车间她是去过的。大车间，大机器，还有一台龙门架在顶上移来移去。怀强操作机床，身后是一团团的铁屑，整个人身上弥漫着一股机油味。现在，她来到其中的一个车间，只有一棵翻倒的树挡在车间的门口，门没了，窗也不见了，树都长进屋里去了。一只老鼠听到声音，迅速窜进砖头里。头顶上的瓦片塌去了一大片，露口处环绕了一圈小草，草在阳光里拂动。她不敢往里走，怕瓦片砸落下来。她掏出手机，一顿乱按，把这车间的一角拍了下来。

她把照片通过微信传给了怀强。"你们的厂房。"她写道。

"你在那边？"他回了一条，带着好奇。

"回不去的过去，看不到的未来。"她发了这么一句语音。

"不要感叹啊，世界就是这样，在变化。"过了一会儿，他也回了一条语音。

继续前行，她看到了大礼堂。礼堂还在，也还完整，还是当年的模样与气势，只是略显灰暗。沿着台阶上去，她闻到了一股霉味。礼堂里面，一排排椅子已混乱不堪，有的倒，有的烂，杂物堆得到处都是。舞台上，积了厚灰的幕布挂下了角，一些废旧的沙发、桌子和破烂占领了这里。当时每逢过年，厂里都会有联欢会，她和父亲来看过许多次。有一回，怀强还当上了演员，演《沙家浜》里的刁德一。

他就在这舞台上演出，脸颊上涂了两块红红的胭脂，腰里别了把木头枪。此刻她站在舞台前，仿佛又听到了他当年那稚嫩、有趣的唱腔。那真是欢天喜地的日子。

这个厂曾经是她第二个家。家里所有的油、米、面都是厂里供应，福利也是嘉兴城里数一数二的。每天下班，厂里大门一开，几百辆自行车就会浩浩荡荡一齐冲向马路。她还记得，她坐在怀强的自行车后座上，他们被自行车大军包围着的情景。车轮滚滚，她有些胆怯，便情不自禁地抱紧了怀强的腰。

民丰造纸厂的人出来了，第二毛纺厂的人出来了，化肥厂的人也出来了，车轮声、铃铛声、人声混合成一片，整条由东往西的甪里街成了自行车的海洋。上千辆自行车占据了大道，场面汹涌澎湃、蔚为壮观。

5

门一推，一个大空间敞开在了她面前。与外面傍晚的天色不同，里面是明亮的。木料在四周整齐地叠放着，木香浓烈，她忍不住多吸了几口。两台锯板机在灯光下站着，工作台上放着工具、书，还有好几张图纸。外面下着细雨，她拿着伞，手里还提了不少东西：宏达烧鸡、五芳斋粽子，还有月河的糕点。

"你这是干吗？"他有些奇怪。

她没有回答。她无法表达她的感激之情，她欠他太多了。

"那行，你放下。我带你参观一下工作室。"

怀强说这里原先是工艺美术厂的一个车间，现在空置着，他就租了。边上有四把他新做的椅子，光滑的扶手，扎实的身架。她在上面坐了坐，不禁竖起了大拇指。"手工的，厉害。"

"我就是个做手工的命，也是你爸'害的'。做其他的没劲，只有在榫卯结构里，才能大行其道。"他嘿嘿地笑着，夹杂着一丝得意。"这里靠近瓶山，我做累了就到瓶山上去走一圈，呼吸一下新鲜空气。"

刚才在雨中，她已看过周边的环境，这里紧贴瓶山的西北侧。瓶山是嘉兴城里唯一的山，其实它也不是山，只是个土丘。传说南宋时韩世忠大破金兵后犒赏三军，此处酒瓶堆积成山，故得名瓶山。天阴森森的，地上有一层薄薄的冰，来的路上，她把自己围得像个糖葫芦。

"我加些炭火，你取取暖。"

场地中央有个炭火炉，他加了乌黑的木炭，然后在铁架子上煮水。火光映红了她的脸，她把手伸出来，放在离炭火近的地方。炭红红的，有时还会突然跳出她的脸温暖起来，像涂了一层油彩，眼珠里反射出一抹抹的红光。水开了，他为她倒上一杯热茶。然后他又把几个番薯放进了炭火里。

夜黑了下来，炭炉里噼啪作响。这种围炉的日子已经好久没出现在她的生活中了。她捧着茶杯来到靠墙的一侧，那里有一排架子，上面放满了书。里面有文学的、史学的，也有宗教的，文学占了绝大多数。一本《约翰·克利斯朵夫》闯进了她的视野，那是一本旧书。她从架子上把它取了下来。

"这是我的书啊。"上面写着她的名字"汪倩影",名字边还盖了枚小章。她翻阅着书,有点激动。里面还有她的钢笔字,写着心得。

"这里还有好些是你的书。你走了以后,我就拿来了。扔了可惜,留着做纪念多好。"她一看,果然是这样。她一本本取出来,又一本本塞回去。在《白鲸》一书中,她读到了自己的笔记:"从魁魁格那儿,我联想到了雨果笔下的加西莫多,但两者比较,加西莫多的人性光辉更加灿烂。"她有点惭愧,她已经忘了魁魁格和加西莫多是什么样的人了。

"我喜欢《瓦尔登湖》,每年都要读上一遍。没有一年落下过。"他说。

她找出了《瓦尔登湖》,也是她的书。上海译文出版社 1982年 8 月第一版,徐迟译,定价 1.10 元。"我生活的地方,我为何生活。这是梭罗的问题,也是普罗大众每个人的问题。这是本了不起的书,当然这里面也有你的因素。读你的书本身也是一种回忆,有时回忆也是美的。"

她惊愕于他的话。

"不仅有你的书,你过来,我给你看。"他带着她走到一个柜子前,打开,里面有收录机、磁带、化妆的小瓶、木梳,甚至还有毛绒小狗。她看了一眼就明白了,这些都是她的东西。她拿起了其中的一盒磁带,是成方圆的校园歌曲专辑。

"磁带可能放不出了,但放着看看也好。"他说。

他站在她面前。他看上去毫不起眼,是那样的朴素与平常,没有一丝的浮华。他好像跟这个时代是脱节的,但正是这种脱节造就了他的特立独行。她内心里对他的敬意更加深了。两个人对视了一眼，各自又急忙挪开了目光。这些年来他一直单身，她却没有问过他为何一直单身。她问不出口。

"下雪了。"他突然说。

移步到窗口，果然看到大团的雪花从空中飘落下来。

"好美的雪。"她轻轻地说。

她就站在他身旁，能听得到他的呼吸声。他把窗推开，眼前的雪花在无声地旋转。她有一种冲动，想和当年一样抱一抱他。这种冲动十分强烈，她在跟自己说着话，在斗争。只要稍稍跨一步，她就能靠在他的肩头。那么多年来，她闯荡世界，在另一个国家成家立业，但只有眼前这个人，一直以一种她意想不到的方式温暖着她。他与她没有任何关系，但又与她丝丝相扣。她有点激动，手心紧握，想要跨出这一步了。

这是艰难的一刻。

只要一个动作，她的头就会落在他的肩头。已经凑近了，很近了，能看到他耳垂上的绒毛了。此时，两人间出现了长长的沉默。

他关上了窗，雪又被挡在了室外。"香味来了，我们吃番薯吧。"闻着屋子里弥漫开的焦香味，他说。她回过神来，那颗向他靠近的头颅又缩了回来。

6

天亮后，雪停了。窗外鸟雀声四起，它们在雪地上打闹、嬉戏。

他们一个晚上都没有睡。围着那炭火，陪着外面纷纷扬扬的雪花，聊了整晚。他们谈了许多话题，她在澳洲的丈夫和儿子，逐渐老去且不久可能离世的父亲，乌镇的戏剧节，以及澳大利亚大龙虾的价格。他还谈了文学，说到普鲁斯特的《追寻逝去的时光》，他说他喜欢读周克希的译本。这小说看似不好读，里面却有精神的谱系，他从中找到的是内在的一种力量，普鲁斯特把毫无生机的日常写成了一篇长诗……谈着聊着，她动了心，觉得自己也该重新拾起文学了。他又说明年春天要去云南，去大山深处寻找好的木材。她激动起来，内心有种欲望，也想跟着去，去翻山越岭。不过很快她就明白了，那只是想想而已。

又像回到了从前，又有许多聊不完的话题，内心沉睡的东西仿佛正在被唤醒。当阳光落进屋子，与炭火相撞时，她站起来，伸了个懒腰。说了一个晚上，她没觉得累。又到了不得不说再见的时候了。

门打开的时候，凛冽的冷空气扑面而来。她用围巾裹住了脸，然后一脚踩了出去。脚下是"滋滋"的雪声，连这清脆的声音也带着寒意。

他要送，被她挡了回去。她向他告别，挥手。工作室的屋檐下挂上了冰凌，像一根根白色的萝卜。他站在冰凌下，目送她离开。

阳光落在一望无际的雪面上，风一吹，颗颗雪珠洒起阵阵光斑。"瓶山积雪"曾经是嘉兴八景之一，昨天她在山侧的石碑上读了许瑶光的一句诗："雪晴海国阳春早，搀入梅花一色看。"此刻，太阳橘红色的光正悄然涂抹在瓶山顶上。

走到拐弯处，怀强的工作室看不见了。她又折回来，向来处久久凝望。她有些舍不得离开。

风削过来，寒冷里又夹杂着阳光的暖意。站在路旁，她看到一群孩子在玩雪。他们欢快的笑声打动了她，于是，她不禁长长地舒了一口气。

（原载《作家》2023 年第 11 期）

水上舞厅

1

大门还是老样子。

一扇大铁皮门，两边水泥柱子，柱子上还镶着当年流行的绿色碎玻璃。原先那地方挂着航运公司的牌子，现在空了，柱上留有深浅不一的岁月印迹。他站在门前，一种不真实感油然而生。

左右两侧是商家，一家小杂货店，另一侧是姐妹理发店。理发店房子陈旧、暗淡，里面倒是热闹，老年妇女集聚，发出响亮的声音，吹风机也在呜呜地响。一只狗卧在地上，有人走近也不抬一下眼。面前是条河，以前是市河，改造后没船了，船都绕城而走。河面波澜不惊，长长地延伸到穆湖大桥的桥洞口。向北，水路可以通苏州，向南则是当地有名的水闸——杉青闸。河边以前停满了他们的绿皮轮船，长长的一串，扎在河岸边，像队伍在列队检阅。对岸原先是丝厂的厂房，缫丝机轰鸣，现在清静了，成了一幢幢灰白色的居民楼。他看到老人带着小孩在栈道上散步，穿红衣的小孩在蹦跳，河水里也在一跳一跳。栈道贴着河，是新修的，新鲜的油漆闪着光泽。

向海走进铁皮大门，没人管。有个传达室，门敞开着，里面却没人。树比以前更粗壮了，幽深的一片，快成林了，每棵上面都积满了一块块青色的苔藓。他看了上面钉的树牌：樟树，一百三十年。每一棵都是一百三十年。黄叶铺满地，鞋下发出嘎叽嘎叽的断裂声。文生修道院出现了，就在路伸过去的尽头。这是上上个世纪的建筑，与樟树同龄，法国人建造的，1949年后划归了航运公司。修道院是文物，正因如此，它得到了保留，几经变迁没有被摧毁，近年还得到了修缮。修过的墙上有涂料，淡黄色，镶了条黑边，看上去怪怪的。当年这里是枢纽，开船的指令就是从这里下达的。他们这些驾驶员驾着一艘艘大船，在繁忙又拥挤的河道里穿梭忙碌，运货载人，指挥中心就在这儿。眼前这幢文物建筑，就是当年航运公司的办公楼。

现在航运公司已经倒闭了，这里整修后重新变回了修道院的样子，成了文物点。新闻里说，这里或许会租出去，也或许会邀请艺术家入住。新闻一播，每天参观的人络绎不绝，让这里成了网红打卡地。与别人跟风拍照不同，他走在里面，从心底冒上来的是激动。这里有他的青春、记忆和梦想，许许多多难忘的事也诞生于此。技院毕业后，他就被分配进航运公司，开绿皮大轮船。这一开，就是十六年。

樟树叶茂密，加之几十棵树密集地挤在一块，让整条路显得幽暗，连阳光也只是在外围打转。树丛一侧有个院子，像是仓库，成箱的空酒瓶探出了墙角。那是临时搭建的，在他的记忆里没有这些东西。有两对年轻人在拍婚纱照，工作人员围成一堆，长长的婚纱拖在石板路上。

往前，他走进了当年的办公楼。记忆里的物件时真时假，时近时远，一时弄得他有点糊涂。当年这里人气很高，很多人进进出出，说话声、脚步声不绝，院子里还有高音喇叭，每到午休时分会放流行歌曲，那些旋律至今还顽固地盘踞在他的脑海里，像《大海啊故乡》《军港之夜》《三月里的小雨》等等。此刻，他听到的是鸟声，硕大的香樟树杈上有几只白头翁，它们体态娇小，在树枝间跳跃着，见到他也没躲避。

修道院后面有幢两层高的楼，水泥框架，与修道院不属于同一建筑群，他还记得建造时的模样。这里是航运公司的会议室，现在被一排长长的水杉包围着。杉木齐整、尖直，已经超过了屋顶的高度。以前职工会议常在此举行，有时还坐不下，连走廊里、楼道上都挤满了人。20世纪80年代末，舞会流行开来，激光灯也成了会议室的一部分，"蓬嚓嚓，蓬嚓嚓"，光芒四溢，周末的夜里舞会正酣。

陈旧的楼梯积了薄薄的一层灰，他拾级而上，转到二楼。尘土味扑面而来，一个偌大的空间围住了他，地上满是垃圾和塑料袋，厚厚的窗帘布残存了几块，耷拉在半空。有些窗扇半挂着，摇摇欲坠，天空在那里透出残破的一个角来。向海站在其中，憋着气，不让那股风里的霉味飘进鼻子。他想起这里曾经的热闹，每当迪斯科音乐响起，年轻的屁股们一齐扭动，熟悉或陌生的舞伴相对，在闪烁的灯光里寻找着彼此。

"真他妈美好的岁月啊。"那时的他满腔热血，对未来的生活有着无穷的向往与想象。驾驶轮船就像驾驶着一个梦，这个梦如水一样灵动、奇幻。

"能不能在这里开一家舞厅？"这是一个突然而至的念头，没有来由，没有思考，仅是一种直觉。他被自己这个刹那间闪出来的念头惊到了。现在市面上舞厅很少见，他知道电控厂的老厂房里开了一家，叫梦月舞厅。有时，他也会在公园里看到成群的舞伴在凉风烈日里旋转。

他被这个想法围住，任它在脑海里盘旋打转，然后再跟着它脚步一起下楼。站在院子里，脚踩在草皮上，他再次瞭望这周边，修道士已荡然无存，航运公司也消失在了历史的长河里。这里只剩一具空壳，将历史与记忆尘封在了里面。这时，两个女人闯入他的视野，她们贴着修道院灰暗的墙壁在拍照。其中的一个在向他挥手，他想，难道认识我？

近了，他才发现是两个老同事：胡凡娜和甄珍。是甄珍挥的手。她们以前都在航运公司工作，如今都老了，近六十了。胡凡娜的两片腮开始下凹，但体型没变，还是以前那个魔鬼身材。他几乎认不出她了。

"哇，马总，是你啊，我在电视上看到了，你得了爱心奖。"甄珍说。

的确是的，上个月他参加了爱心奖颁奖仪式。这些年他做过许多慈善，帮助残疾人、孤寡老人和弱势群体，连续两次获得市里的爱心奖。那天的他穿深西装，胸前戴红花，从市长手里接过了红彤彤的证书，电视和网络都直播了。

"真牛啊，发了财还不忘社会。"甄珍继续说。

被人夸奖总有某种得意的感觉，但他尽可能不流露出来，这些年他学会了隐藏。

胡凡娜眼光躲闪，好似在避开他。她穿着黑色罩衣，黑色紧身裤，乌鸦般一团黑，看上去像个外国修女。她眼侧有皱纹，脖子上的青筋从白皙的皮肤里透了出来。甄珍则不一样，她看上去比以前丰满，穿着碎花裙子，白色运动鞋，头发束成一团。

"来得正好，大企业家，来，给我们拍张合影。"甄珍说着把手机递了过来。

他端着手机，上面还有温度。

胡凡娜似乎不愿意，忸怩着，眼神游离。甄珍硬把她拉了过去。她们站在修道院西侧的小门口，往里就是拱形走廊，在门口能看到延伸开去的长廊。两个女人站着，一动不动，正好一缕阳光落在她们脚下。

对着手机，他上下左右调整着，总觉得姿势不对。"笑一笑，快笑一笑。"这样说的时候，他摁了几下。他的余光朝胡凡娜瞟去，她的神情像是冻住了，动作僵硬且古怪。

"一晃竟然三十年过去了。"把手机还给甄珍时，他这样说。

"那时你还留一撮小胡子呢，没想到现在是社会精英了。"甄珍挥舞着手机说。

2

半个月后，向海真的租下了会议室。他要开舞厅。

航运公司破产后，他下了岗，经历了一阵子的落魄。后面那些年他结婚，离婚，再结婚，再离婚。婚姻不顺，他的生意却风生水起。他开过装修材料店、手机店、承包过水泥厂，十多年后突然转向古董，创办了古玩城，生意越做越大。

文生修道院现在是文物，归城市投资公司和文保所共同管理。修道院里开舞厅肯定不允许，好在这会议室在侧楼，都是后来造的建筑。他与城投公司的人熟，去了两次，便谈妥了，还拿到了满意的承租价格。一眨眼，开舞厅成了他的头等大事。

关于舞厅的名字，他苦思了好久。有一天，他脑子里突然蹦出"水上"两个字。水上舞厅，他觉得这是个好名字，贴合这个空间，也符合他的诉求。他找来了好多轮船的图片，各式各样的，想以后布置在舞厅里。他要还原以前水上的生活，这样的日子虽已一去不复返，但一直存留于他心间，时不时还会发酵，让他激情澎湃。说不清为什么，只是留恋那段时光——他的青春、懵懂、荷尔蒙，以及那些时常发呆的日子。

他想请人在舞厅里画一条大轮船，劈波又斩浪。他想象那轮船的模样，应该是以前驾驶的船，他坐在舱里，手握方向盘，穿行在水乡城镇间。浪花飞溅，白鹭盘旋，手一按，喇叭声惊动水草丛里的鱼虾鸟雀……

微信联系上甄珍后，他把舞厅设计图纸发给了甄珍，她连续发来了几个惊讶的表情。

"有情怀啊，我没有弄错吧，难道真要这么干？"

他给了肯定的答复："我会骗人吗？我对航运公司，对这片区域有感情。"

"乖乖，那航运公司要复活了。"

"不是复活，是用记忆串起过去。"

他没有发给胡凡娜。之所以没有，那是因为他们之间曾有故事。那天她的表现出乎他意料，阴阳怪气，又藏着某种高傲。她的眼神是浮的，流露出一种排斥与恍惚。看到他时，她全身都在收缩。他决定开舞厅，赚钱是首要目的。中老年有市场，他相信这舞厅能给他回报，但隐约中也包含了对胡凡娜的某种炫耀。潜台词是这样："瞧，我不是以前那个马向海了。"他们是在舞会上相识的，现在他要再造一个舞厅。

甄珍以前在航运科，调度船只归她管。她国字脸，麻花辫，瘦弱但匀称，高跟鞋"嗒嗒"的声音回荡在走廊。那时她架子大，与她商量一条线路，十有八九不会成功。她说话常常是命令式的，你明天跑哪里哪里，他后天跑哪里哪里，口气不容置疑。她就是这样一个人，背地里有人叫她"甄三八"。不过现在她好像一改以前的风格，说话慢了，和风细雨了。得知开舞厅一事后，她比向海还积极，有时在电话里一聊就是一个小时。她不是发起者，却是积极的推动者、造梦者，估计以后会成为舞厅的铁杆粉丝。

有时，他会侧面打听胡凡娜的消息。甄珍说："情况不好，真的不好，我是看她这个样子才带她出来散散心。"

"为啥？"他问。

"抑郁，你懂吗？抑郁的人就是想太多，一天到晚在东想西想。"

甄珍应该清楚他与胡凡娜的关系，那时公司许多人都知道。胡凡娜加入模特队之前在工会工作，办公室在修道院的二楼，花玻璃窗，靠右第四间。工会是航运公司最舒服的科室，主要是跟着领导慰问职工，妇女节搞个灯会，年底弄个乒乓球赛之类的。她用夏士莲雪花膏，长圆瓶子，有蓝色的图案，藏在小包里。她的小脸因此总是香喷喷的。她与向海是在交谊舞培训时认识的，那时工会请了民丰造纸厂的梁成纲来教交谊舞。向海没学过，但感觉挺好，舞曲声音一起，脚步飘忽，像踩在云堆里，腾云驾雾。他天生就有这种感觉，文艺细胞发达，学啥像啥。梁老师说，这个小年轻有悟性。那次培训让向海成了明星学员，也拉近了与工作人员胡凡娜的关系。向海多艺，会唱歌，还会"吱嘎吱嘎"拉小提琴。就是在那阵子，他们谈上了恋爱。

"她的日子过得不好，一直单身。"甄珍说。

"单身？"

"她这人就是太认真，求完美。"

求完美就是问题，生活中强势的女人都是如此。胡凡娜算不算强势呢？在向海眼里，她的人生分上下两个篇章。上篇里，胡凡娜只是一个工会干部，瓜子脸，一米七二的身高，有一个像葫芦一样的弹性小屁股。她的乳房小巧，并不像有些女人那样肥大突出。人们会在院子里听到她欢快的笑声，声音像台机器，连续的颤音一直在抖动。下篇始于她加入模特队，这在当时是个大新闻，她这个工会干部通过选拔，进入了市里第一支，也是唯一一支模特队。在航运公司时，人们觉得她不过尔尔，一加入模特队，上台，挺胸、昂头、迈胯，走出那正规的模特步时，人们发现，她已经不是原来那个她了。她成了另一个胡凡娜，以前那个胡凡娜升华了，成仙了。

向海第一次看见她走 T 台，是在市里第一届服装节上。那个他熟悉的她迈着他不熟悉的步伐，从高台上走来。飘逸的丝绸服装，额头上那块鲜艳的头巾，整个人看上去笔挺、高大，仿佛从一个不真实的世界里走出来。她款款而来，走进人们期待的眼神里，走进摄像机镜头里，走进千家万户的谈资里……那一眼后，他心头发酸，自信顿失，悲伤哀怜，他想，自己与她可能要失之交臂了。

3

他常跑三条线路。一条是嘉兴至湖州，另一条是嘉兴至西塘，再一条是嘉兴至苏州。湖州跑得最多，一路上会经过许多码头，乌镇、练市、新市、菱湖，等等。特别是新市过后，水面豁然开阔，大片的湖泊和水域出现，水鸟舞蹈，啼声四起，呈波浪形打转。它们成群结队，密得像浮云，忽高忽低，滑翔出不同的姿态与造型。

水上有不同的船，轮船、小摇船、帆船，还有各式拉纤的船。纤夫们在岸上吃力地背动绳索，牵引船只奋力前行。有时会遇到长长的货船队伍，船顶飘着各式旗帜，"呼啦啦"地迎风展开，转弯的时候活像一条大蜈蚣。向海开客轮，可算是鹤立鸡群。它是铁皮的，吨位大，是个大模子。喇叭一摁，水波激荡，回音嘹亮，会在水面悬停许久。尤其当船驶进市河，停泊码头时，响亮的喇叭声穿墙越户，在河面上空、弄堂拐弯和桥梁内外回旋。船在狭窄的市河里缓缓而行，岸上都是注目又好奇的人群。当船在码头泊岸时，他会使劲打方向盘，左右开弓，身子紧绷，眼睛一直死死地紧盯前方，容不得半点闪失。偶尔会有大回转，船身朝后一点点挪动，屁股后面吐出混浊的泥水。船体被浊水托着，伴随轰鸣声徐徐靠岸，同伴的竹篙入水，就这样在颤抖中与大地重逢，靠上了码头。

他的大部分生活在水上，与水为伍。他觉得自己像个细腻的织布师，用船只这支梭子串起城镇，把它们串连成一个整体。他也是搬运工，力大无比，把张三李四从这头运到了几十公里外的那头。更多的时候，他把自己想象成将军，带领着这支远征的队伍劈波斩浪。两岸的村庄和农舍在快速前进或后退，鸭子在河岸吃惊地行注目礼。他可以指挥浪花，浪花随他的指令翻涌，时急时缓，他看着他制造的波浪吞食河埠、桥洞和水草。他披星戴月，日夜兼程，来回往返。

地面上有汽车，车次少得可怜，路面坑洼不平，尘土飞扬到半空。为此，更多的人选择坐他的轮船，也成了他的朋友。他的船船体宽敞，客人可以走动、抽烟、聊天，俨然是个移动的茶馆。他开船十六年，每天顾客盈门，从没出过事故。一拨拨的人下船来，又一拨拨地上岸去，大包小包塞满船舱，鸡鸭藏在农具堆里。船里气味混杂，汗味、花露水味、止咳药水味，还有人体味，夹杂着河水的鱼腥味交织在一起。

一九八七年的春天，桃花映红了运河两岸，此时的他正与胡凡娜恋爱。那是他的懵懂初恋。所谓"恋爱"，也就是牵个手，散散步，最多看一场电影。胡凡娜提出要跟船去一趟苏州。她没有去过苏州，要乘一回船，感受一下。他激动了好几天，买了饼干、五芳斋粽子和鱼皮花生。当她从跳板一步步下船时，他伸出手去拉她，差点把她拽到怀里。对他来说，她乘在船里与没乘在船里，感觉是完全不一样的，平时顺风顺水的方向盘变得艰涩了，回方向时还会多回上一圈。他的心里浪花四溅，激动异常，连按下去的喇叭也格外有力。中午，太阳当空，她和阳光一起来到驾驶室，两只眼睛好奇地搜寻、瞭望着前方，仿佛那里藏着宝藏。

"快了吗，快到苏州了吗？"她催问着。其实，船只到了吴中，刚过飘带一样的宝带桥，离苏州市区还有挺长一段水路。

那晚，他们住苏州南门的一家旅馆。她单独一间，他与一位师傅合住另一间。

旅馆在热闹的小弄口。那是居民区，有人提笼遛鸟，陈列着丝绸和小扇子的工艺品小店里人头攒动，饭店的鼓气机鼓出阵阵香味。推开旅馆陈旧的木窗，能看到他们的船，它是绿色的，长河一般静静地泊在河道右侧。傍晚，他取出藏在船体顶格中的小提琴，一块红绸布裹着它。红绸展开，凉凉的小提琴架在他温热的脖子上。灯火点缀河面，水影婆娑，他站在船尾，对着一排起伏的水阁楼，缓缓地拉出第一个音来。他拉的是《心中的玫瑰》。低垂的声音贴着水面，晃晃悠悠地漫溢至岸上，传到每一扇门户里。胡凡娜推开了窗，看到那个朦胧的身影屹立在水的中央。她明白谁在演奏，也明白对方为谁而演奏。她招招手，他停顿一下，也招了招手，继续拉着琴……

苏州之夜啊，多少年过去，依然挥之不去，连那旋律也一直停泊在他脑海里。

4

舞厅设计很顺利。由于主要面向中老年群体，他决定简单装修。墙面贴浅色墙纸，窗口挂丝绒帘子，地面则用复合木地板。他还弄来一对大的 BOSS 旧音响，音质不错，响亮，且有很沉的低音。楼梯上来，左边一侧他想辟一间开放式小厅，射灯光从上面坠落，暖光铺满地面。这里卖茶，也卖咖啡。

夏天刚过，装修就开始了。甄珍常过问舞厅的进度，有一回她甚至跑到了现场。她穿碎花套裙，尖皮鞋，东看看西看看，一副撒娇相，模样就像个学生。向海内心有些嘲笑她，但没有表露出来。"以后叫航运公司的人都来，到这里跳舞，这是怎样一个场景啊。真不敢想象。"她说。

"想来就来，不一定是航运公司的人，其他人都可以来。"向海道。

"话虽这么说，但你想想，航运公司的人来，特别是像你这样的船老大来，内心肯定是不平静的。看到这里的设计布置，他们会浮想联翩……"

"是啊，还有个好消息，我发现一支乐队，叫'八十年代'。当年的一群青年，现在又重组了。专门演奏 20 世纪 80 年代的曲子，什么《希望的田野》啊等等，据说很受欢迎。"

"哇，我听说过。"

"我想好了，每到周末，就邀请'八十年代'过来。肯定热闹。"

甄珍拍了一下向海的肩膀，向他抛了一个媚眼，说："马总，够劲！"

那日，向海正在调试音响，当三步舞曲从那黑色喇叭里飞旋出来时，他一把拖起了甄珍。地上都是散乱的地板、工具，还有敲打开来的木地板，他们的脚步就在地皮的空隙里转动。工人们停下了手里的活，瞪着眼，看他们翩翩起舞。两人脚上仿佛长了眼睛，一次次避开了面前的障碍。尽管舞姿摇晃，不齐整，还差点撞上脚手架子，但他们还是被兴奋充盈着。只是在跳的时候，向海明显感觉到甄珍紧贴过来的身子，胸脯时不时地会顶撞他一下。

舞后，他们拉了两张椅子坐下。他有些尴尬，她却很大方，递一瓶矿泉水过来。他想，自己肯定是想多了。

"胡凡娜心里还装着你。"她喘着气，突然这样说。

他迟疑一下，连咽水都有些僵硬，说："别说这样的话。"

"有空去看看她，她还是敬佩你的。"甄珍说。

"胡扯！"他心里既高兴，又觉得荒诞。

"说谎我是乌龟，这是她前几天亲口对我说的。"

他半信半疑。他心里有两个胡凡娜，一个是以前的，神采飞扬，在T台上昂首挺胸，阔步向前。另一个则是前不久在这里遇到的，身形枯萎，精神恍惚，眼神闪烁。这两人时不时出现，一会儿合并，一会儿又分开。过去的爱已不复存在，但某种情感总还是化不开，他对胡凡娜总是矛盾的。原本他想托甄珍给胡凡娜送去开业请柬，她这话让他改变了想法。

秋日周末的一个慵懒午后，他前往了胡凡娜的住处，地址是跟甄珍要的。她家在华庭右岸，小区临运河，河边树木幽深。胡凡娜住 17 层，电梯把他笔直地带了上去。在 1707 门前，他停了下来。一条阴暗的长廊贯通前后，从北侧连接各家，走廊上的地砖映出他的倒影。

舞厅 10 月 18 日开张，他打算邀请胡凡娜出席，并赏光走一下模特步。他要把请柬亲自送去，带点怀念，也带点羞辱，他就是这样想的。他做好了她拒绝的准备，他心里有数，不怕她的拒绝。甚至，他就是为了被拒绝而来。只要把请柬递上，无论结果如何，他都赢了。

他按响了门铃。

门缝里传出脚步声，步子停了，停在门后。或许她正在猫眼里张望。他期待她开门，但没有，门一直静静的。

他想象门背后的一双眼睛，目光灵敏又警觉，带着疑惑和不安。"是我，马向海。"他自报家门。他清楚她在里面，一定在，不仅是因为里面传来了脚步声，还有某种气息。他想象她背靠着门，在犹豫、挣扎。或许她不想见他。"开开门。我开了个舞厅，想请你去玩。"

在走廊，他能看到楼下一个圆形的小广场，花草像缝在地上一样，茂密、精致，中间还有个中式亭子，孩子们在嬉笑中追逐。一缕阳光从后面反射进走廊，让这块阴暗的地方有了一丝光亮，他把眼睛眯成一条缝，又一次按下了门铃。

门缓缓地开了。他看到了一双无神的眼睛，里面的瞳孔就像个球场。

5

电话里声音异常，带着哭声，像炸裂了一般。"她死了……死了，我真不敢相信。"

他的脑子在嗡嗡叫，一阵麻酥酥的凉意袭过全身。电话是甄珍来的，他知道甄珍说的是谁。她死在他去她家后的第三天。

搁下手机，他久久没有回过神来。死了，这个人死了，这个活生生的人就这样走完了她的人生道路。甄珍说，她是从走廊跳下去的，也就是倒映过他身影的那条长长的走廊。这条走廊不明亮，他还记得里面那些破碎的光影。她从17层纵身一跃，展开四肢，但她不是鸟，只有垂直向下而去，直坠大地，最后恐怖地降落到那圆形小广场上。小广场收容了她最后的身姿。他不敢想象那一幕，血腥、残忍。

他们过去是两条平行线，你活你的，我活我的，没有交集。现在因为这次探访，两人有了交集。他隐约觉得，对方的死与自己有关。到了夜里，躺在床上，他越想越觉得自己脱不了干系。她已在死亡的边缘徘徊，在寻找死亡，他过去又推了她一把。没有他，她或许也会死，但不至于那么快。他是有责任的，他成了助推器、催化剂，或者说是死亡加速的制造者。

他一晚的睡眠全毁了，一直处在恍惚的状态。第二天是追悼会，航运公司的老同事张一弓来电话，催问他去不去。想来想去，他还是没去，他不想见到她最后的模样。人从17层坠下，那样子是很惨烈的，他不想目睹这一幕。他更愿意保留她以前的模样，单纯、活泼，她第一次来他宿舍时就是这副模样，他一直记得。

做船老大那会儿，他住集体宿舍，在三条河交汇的芦席汇老房子里。双喇叭收录机架在竹书架上，邓丽君的歌曲时不时像蝴蝶那样从屋子里飘荡开来。那日，胡凡娜骑车来了，小巧的26寸大雁牌自行车轻松地滑过中基路坑坑洼洼的石板路面，啪的一声停在青藤下面的院门口。宿舍里慌成一团，汪杨穿了条红色三角裤，见状快速地钻进毯子。一股怪味弥漫全屋，那是男人的荷尔蒙，外加袜子和席子的气味。

"向海，向海呢？"她大声地问。在马路对面的空地上，他正与人打羽毛球，洁白的球在空中穿梭。听到汪杨的叫喊后，他停下球拍，回头看到了那张灿烂的脸。

就在那天，她帮他洗换下来的球衣。公用的自来水龙头是个歪把子，水流像瀑布一样，她细腻的双手搓动着面盆里的皂液和衣物。后来，那条带个破洞的球衣高高地支到了空中，球衣是紫红的，镶着黑边，在一根晾衣绳上翻着秋千。

他们的分离始于她进入模特队。模特队招聘，她其实只是想去试试，没想到一下子就被录用了，还成了顶梁柱。这支模特队的成立与亮相顿时成了嘉兴城的一个话题，一群女孩子露胳膊露腿，三点尽现，迈出以前从没见过的妖娆步伐，呈现在广场、舞台和电视屏幕上。像窥探秘密一般，人们睁着一双双色迷迷、水汪汪的眼睛，注视着这支全新的队伍，她们成了时尚、前沿和开放的化身。在这以后，他们的关系就微妙了，两人没有说分手，谁也没有提出来。他们就像芦席汇的水一般，自然分岔了。她有了崭新的生活，与新生活相比，这个开着轮船的男人显得呆板、木讷。

胡凡娜水涨船高，成了城里议论的焦点。有关她的传说很多，一会儿说她傍大款，跟了一个皮革老板，进出坐的是玫瑰红色敞篷宝马车。也有说她与政界有瓜葛，某个"大人物"成了她背后的靠山。也有说她被国家级的模特队看中，加入了集训，要参加国外的大型比赛……两人分开后，他没有与她联系，她也没有。两个人一点交集也没有了。他还是被大轮船载着，跑东跑西，只是时光更迭，乘船人越来越少了，有时船舱里只有寥寥数人，惨不忍睹。公路把他和他的水路无情地抛弃了……

他与胡凡娜再有关联始于一次打架事件。那回，技校的同学在隋唐茶室举行聚会，来了十多个人，他们中有的人已转行，自己开店做起了羊毛衫、皮革生意。聚会气氛哀伤，大家垂头丧气，骂爹骂娘，一如水运在社会上的地位：一落千丈。此时邻座有人在谈论模特队，一个留大鬓角的男人说到了胡凡娜。

"她就是那种高级婊子，做惯了。"大鬓角扬着手里的烟说着。

向海呼地站了起来，走近那桌子，猛地擂了一下。

"你刚才说什么？"

那人明显慌了，眨着眼，"我说什么啦？我说了好多了。"话音未落，拳头已经在他胸口落下。向海这一拳出手特别重，那人后来断了一根肋骨。茶室里一片混乱，双方扭成一团，杯子落地，茶水飞舞，凳子的脚也断了，还有人被摁到了桌子底下……

6

甄珍告知，她在整理胡凡娜的遗物时，发现了许多胡凡娜的画，是她用速写的方式记录的身边的人与事。微信一跳一跳，甄珍在一张一张地发，有许多跟航运公司有关，比如船队汇聚在公司门前河道的场景；船儿行驶在水面与白鹭赛跑的一幕；几个船老大穿着汗背心坐在驾驶室聊天的一刻。也有舞会，工会里的舞会，大家在起舞，欢乐地蹦跳……

其中，一张钢笔速写出现在手机屏幕上。

一对年轻人在起舞，背景是修道院空旷的长走廊，蔷薇花在墙头开放。年轻的男人身着马甲背心，女子则穿着长裙，裙摆舞在空中。边上围了一圈观众，在加油、鼓掌。那对年轻人身姿舒展，翩翩起舞，就像两只展翅的大鹏……

"是不是你啊？越看越像是你。"甄珍通过语音说。她仿佛有一双火眼金睛，一眼就认定了。

现在他怕别人提到胡凡娜，一听到这三个字，他就会警觉。此刻看到这幅速写画，他连忙否认，但对方不买账。"别装了，你俩的事我一清二楚。"甄珍好像什么都知道，向海有这个直觉。胡凡娜把她视为知己，什么都告诉她。甄珍这是话里有话。于是，他的背上被层层麻意覆盖，他越想撇清自己与胡凡娜的关系，事实就越朝相反的方向发展。

的确，这就是当年的他，痴痴的、傻傻的。那次舞会培训，他与胡凡娜最后的表演成了压轴戏，这就是当时那一幕。只是没想到，多少年以后胡凡娜竟然把它还原了。

周末，小雨连绵在树冠丛中，甄珍风尘仆仆地来了。她开了一辆新买的大红色新能源车。舞厅初具模样，正在试灯，各色灯光变换着，照得墙壁一会儿灿烂，一会儿黯淡。甄珍从车后拿出画来，把它们一一放在那间咖啡吧里。咖啡吧是暖色调的，像蒙了一层橘黄色的薄纸。新买的桌椅在灯光映照下，泛出一道道水波般的线条。

甄珍从一本讲义夹中将画取出，他看到了那些画的"真迹"，总共四十三幅。

"画得不错。"他叹道。

"是有天赋，她身上的爱好很多。你们只看到了很小的一部分。"

她用了你们，他听起来怪怪的。不知道甄珍会不会提起他的那次造访，他害怕她说这个，很怕。

"是不是很奇怪？这里面没有一张是模特队的。"甄珍提醒他。他也注意到了，画记录的都是她进模特队之前的生活。

甄珍说这些画藏在一个箱子里，外面用塑料纸包着。箱子放在衣柜顶上。

"这事情有点奇怪。"

"不奇怪，模特队给她的伤害很大。"甄珍道。

一股香水味从眼前这个女人身上散发出来，她低着头，与他凑得很近。看不见的香水味盘绕四周，不时溜进了他鼻孔里，那感觉令他不舒服。后来，他进了趟洗手间。洗手间刚装修好，碎瓷砖和污泥零星地散落在地上。镜子里映出一张疲惫的脸，他对着自己看着。谁也没有说他要为胡凡娜的死负责，一切都是想象出来的，他为自己感到可笑。徘徊了一阵，他做出了一个决定。

"怎么在里面那么久？"回到咖啡吧时，甄珍问。

"肚子有点不舒服。"

"噢——"对方这一声怪怪的，明显带着不信任。

"刚才有个想法，我想……是……是不是可以办一个展览，叫胡凡娜美术作品展。就放在这一间里，我们可以请一些老朋友、老职工来……"

甄珍猛地站起。"你太伟大了。"她的眼仿佛在燃烧，光泽动人、闪闪发亮。

"这事可以做，这事应该不难。"他尽可能轻描淡写地说。

"现在我才明白你是怎么得的爱心奖，你这人有一颗大大的爱心。"

7

画展真弄了，还像模像样地办了开幕式。地点就在咖啡吧。

这也是水上舞厅开张的一个前奏，三天以后，它就要对外营业了。三十张速写被装上了镜框，沿墙而排，陈列在东西北三个方向。甄珍写了前言，介绍了胡凡娜其人其画，她写道："胡凡娜不是画家，但她业余时间经常作画。她的画细腻、逼真，反映了当年航运公司的生活。透过这些画，我们可以触摸到曾经的生活，也会感怀青春的岁月。"

展览来了好些人，其中大部分是以前航运公司的职工。

参观开始时，向海提着小提琴，站在门口那个位置。大门是敞开的，其实是个过道，一束光在他头顶上悬着。他凝神屏息，摆出姿势，手一抬，乐声就流动起来。他拉的是马斯奈的《沉思曲》，琴声舒缓又低沉。咖啡吧里聚满了人，有的坐，有的站，有的喝着茶或咖啡。甄珍穿了套裙，碎点小围巾、白色的皮鞋同样醒目。琴声一点点涌动，涌向四周那一圈画，涌向一双双耳朵，最后又涌向里侧蓄势待发的舞厅。

琴声婉转、幽暗，一种忏悔之情包围住了他。

自己千不该万不该进行那次造访，他是带着某种炫耀去的，侃侃而谈，那天她的家成了他说话的秀场。他仿佛站在一个土墩上，高高在上地俯视她、挑衅她。爱生发了，爱逃离了，爱变异了，爱成了罪，爱成了空……他想起走进她屋子的情形。里面整洁、挺括，干净得有些异样，每一件物品都齐刷刷地排列着，按部就班、一丝不苟。他从来没见过谁的家会是这样。他在一张临窗的小桌旁坐下，阳光透过玻璃洒在脚边。她态度冰冷，没泡茶，也没问候。桌上有把小壶，有她喝了一半的茶，能闻到红茶残留的味道。楼下在除草，割草机的声音从窗缝里隐隐透进来。

自打两人见面起，都是他在说话，滔滔不绝，讲他这些年来的经营，还有即将开张的水上舞厅，她始终一声不吭。与年轻时相比，她的皮肤松了，头顶也有白发渗上来。那不是她，对他而言，那是一个完全陌生的人。

那次见面极其尴尬，但他的阅历能让他轻松驾驭。他尽可能地表示着低调，但话里有话。他用这些巧妙的锋芒来回应她当年的不辞而别，回应她曾经的绝情而去。说着说着，她哭了，那是一种无声地哭，她的肩头一颤一颤的，在阳光里晃动和抽搐。泪水向下滑落，像雨天屋檐流下的水一样。他内心升起一股燥热，要的就是这效果。

放眼环顾四周，他厌恶这屋里的气息，尽管井井有条，但那些关闭的门窗、不流动的空气和死树皮一样的地板，都令他不舒服。要走时，他与她的目光相撞，他大方地伸出手，表明要握手。她犹豫着，胆怯地伸出手来。他一把捏住了那双手，她的手是冰凉的。

"如果需要钱，或者需要其他的帮助，只管开口。"

这句话他酝酿许久了，她移开了头，没有接话。他有某种得意，一种报了仇般的快感。他对她只有虚假的怜悯、关怀，还有一种隐隐的鄙视。再没有其他了……

《沉思曲》滑落，曲终音散，咖啡吧里全场静默。

过了几秒后，掌声三三两两地响起来，最后连成了一片。

他愣在那里，感觉到气短。人们围着他，都说好，夸他拉得棒。他明白，他拉的是挽歌，是最后的送别，更多的是悔意。

8

人去楼空，临时叫来的服务员收拾好东西，也撤了。

四周空荡，他的心也是，像是浮在一片波浪里头。舞厅即将开业，原本应有的那些喜悦丝毫没有了。偌大的空间里只有他一人，还有那些画。它们仿佛变成了她的眼睛，在盯着他。傍晚开始降临，光线在收缩、变暗，人的影子投在地上或墙上，屋子渗透了一种恍惚与迷离。

他打开随身带来的 iPad，摊在桌上。他有记日记的习惯，可刚写了"今天"两个字便停了。他现在心烦意乱，文思枯竭，一个字也打不出。

他上网打开了电子邮箱。邮箱已有几个月没登录了，前些年微信出现后，邮箱逐步被替代了。生意上的一些往来，也离开了邮箱。他这次也是无意识地将它打开的。

收到一封新邮件。没标明出处。

点开，居然跳出一幅画来。他大吃一惊。

江南民居散落两岸，水阁楼台耸立。一条客船停泊着，一个小伙站在船尾，正拉着小提琴。民居的店门上写着"苏州南门旅馆"，旅馆的窗口有个女孩正侧耳聆听……

邮件发送的时间是 9 月 9 日上午 8 时零 7 分，胡凡娜正是这一天的下午离开人世的。画的下面有一行字：还记得那纯真无瑕的岁月吗？

他像是触了电一样，浑身竟开始颤抖。三十年前的那段时光，现在竟定格在了她死亡的那一刻。这段经历曾经反复走入他的思绪，当它以这样一种方式再次呈现时，却让他无比震撼。这幅画没有出现在这次画展里，甄珍也没有说起过有这么一幅画，但他明白是谁画的，是谁发的。这幅画来自另一个时空，尽管里面的场景他是熟悉的，但此时呈现的却是一种黑暗。

他不明白她是怎么弄到他的邮箱的。他盯着屏幕，越看越觉得这幅画不真实。一股寒气从背后涌了上来，他不敢面对这封邮件。

他猛地删了这封邮件，又急速地关上了电脑。

他一把提起桌上躺着的小提琴，在心烦意乱中走向室外。

走廊上有斑驳的光与影，连同脚步声和树叶的影子一起落在眼前。他听到了脚步声，在后面。可急速地回头，寻找，什么也没有。待他一转身，身后又好像有了什么。她以另一种方式来到了这里，现在这里到处都有她的印迹，树上、屋檐、草坪，连丝丝爬藤之中都有……他告诉自己，一切都是自己想象出来的。胡凡娜已到了另一个世界，她不可能再次出现在这里。

他慢慢地、吃力地爬上了钟楼。

钟楼位于修道院的中央，面前是敞开的通道，正对着大门。来到三楼，远处是茂密的樟树群，还能看到紧邻河边的铁锈大门。钟楼已没有钟，原先放钟的地方一直空着。推开窗，遥望那古老而密集的树丛，以及从两侧延伸出来的低矮建筑，他再次把小提琴架上了脖子。凉凉的音盒托住他，树后面是暗红的落日，夕阳在下坠。

他又拉起了《心中的玫瑰》。

琴声飘荡在钟楼，并向楼下蔓延开去。他仿佛读出了胡凡娜话中的暗语，这些年他风光无限，就如同她当年进了模特队一样，然而他真的不是以前那个他了。是呢，他虚伪过，也有过许多的"原罪"，包括以前生意场上的坑蒙拐骗，包括婚姻内外的男女游戏，包括这些年有点钱以后的趾高气扬……原先这些都像泥沙一样下沉在河底，自己看不到，现在竟一一泛了上来。世界在模糊，自身却清晰了，他看清了自己的丑陋与无知。

一个尖锐的声音划过耳际，声音破碎且刺耳。是琴弦断了。他凝视着那根垂下来的断弦，风一吹，如须的弦还在空中晃荡了几下。

他呆立着，夕阳正一点点地包裹整个修道院。他们都被这个世界洗涤、折磨过，都没有了当年的纯真。他想，她曾经改变了他，而他也肯定改变过她。没有她，也没有后来的他。他们在这个世界聚合离散，各自欢欣，又各自悲戚。

弦断了，到底是不是个隐喻呢？他不得而知。

他缓缓下楼，来到二楼，他推开了胡凡娜当年的办公室。里面一片空荡，什么也没有，只有后面的窗和前面的门。里面是一块光秃秃的空地，水泥地皮上有一层浮尘，还夹了一股霉味。他紧盯着这些，不让眼睛放松，眼前浮现的却是当年的情形。胡凡娜就坐在办公桌前，办公室是明亮的，窗口放了盆栽小植物，桌上有一摞杂志、打了一半的毛衣，还有一张躲在相框里的照片。看到他进来，她笑了，笑得很灿烂、很单纯，那个浅浅的酒窝像是印在脸颊上一般。他觉得那个时候的她是真美，一尘不染，像下凡的天女一样。他一直这样觉得，直到现在也这样想。

或许，她也认为他站在船尾，对着她拉小提琴时，是最清纯也是最英俊的。

他推开后窗，夕阳射来的光芒有些耀眼。密集的树枝后是云层，云层后面是正在染红的天。天是异样的，与平时不同，但又大同小异。

他的心一直紧绷着，他有预感，后面的路会变得迥异起来。另一个陌生的他已经完成了蜕变，悄然从幽暗处走来。

（原载《钟山》2023 年第 5 期）

踏白船

踏白船也称摇快船，是一项盛行于浙江嘉兴水乡的民间水上竞技，是为祭蚕神而举行的一项民俗活动。据说其名来由与宋将岳飞有关，宗泽因赞赏岳飞的才能与忠勇，任其为"踏白使"，为鼓励赛船者以岳飞的无畏气概参加竞渡，故称踏白船。

——摘自百度

1

"吱咕，吱咕"，从拖动的脚步声里，她听出是儿子。现在，镜子摊着，光线柔和地映着她的脸。她皱了下眉，侧过身，把粉底涂到脸上。窗外有雾气，不见阳光，有微风从窗缝里挤进来。

病房的门被推开了，果然是小果。他剃着平头，中间留了束高耸的头发，还涂了灰白的发胶。她没转身，只当没听见。舌头很苦，每天早晨醒来，嘴巴里都不是滋味。她还在涂粉底，在脸上揉出一个个圆圈来。"妈，你的五谷杂粮粥。"他说。

他把饭盒放到了桌上。桌上堆了药、杯子、牙签，以及用过的纸巾和吃剩的苹果核。他一米八的个子，站在旁边像一座山。她放下镜子，镜子与饭盒并列在一起。

"你来干什么？谁要你来？"她扭着脸，语气很差。

小果不吱声。

"不如不来。我躺着等死，也不要你来。以后不要来了。"她口无遮拦，说出的话像连珠炮一样。奇怪的是，他好像没听见，还是直直地站着，看着地上的白色运动鞋，面无表情。

"听见没有？走，不要见你。"她从床上起来，掀开被子，鼓起的风吹得桌上的纸巾飘摇起来。

他吸着鼻子，又擤了擤。"听见没？我不想见你。"她吼着。

"我他妈的才不要闻这里的死人味呢。"

甩出这么一句极不耐烦的话后，他一个急转身，摔门而去。整个房间都在摇，墙粉飞落，同室的两个病友一脸惊愕，窗子的回声在屋里缭绕。"滚，滚得远远的！"她对着门后留下的那股风说。

走廊上是远去的脚步声，像在跟地皮过不去。死人味，儿子居然说她这里有死人味。她感觉胸口一下子闷住了，她的病一半是被他气出来的。昨天，她男人犹豫再三后，支支吾吾地说了一句话。她听不懂，又盯着他那张语焉不详的脸问了一遍。看起来，他有些茫然，他说事情有点糟，不是一般的糟。他也不叫儿子，而是叫名字，全名，陈应果。"陈应果赌博，欠高利贷，数目有点大。"听完，她眼前一阵发黑。

阳光来了，打散了雾气，有几缕落在不远处的地面上。护士进门，带来了消毒水的气味。救护车的叫声从走廊远处隐隐传来，断断续续。她目睹人们进进出出，这就是医院。她也是如此，像钟摆一样，进啊出，出啊进。她已经和保安很熟了，医院大门口台阶上放几盆花草，走廊里有几只凳子，住院部医生几点开碰头会，她也都了如指掌，连这里的伙食菜单她都能倒背如流。

她把手一伸，摸到了那张报纸，它就藏在软软的枕头下面。她撑起报纸，在面前展开，第三版上一行大字标题跳入视野：现代舞蹈《踏白船》，欧洲勇夺第一名。上面还配了大幅彩色照片，是一张群像，十几人在起舞，背景是柔和的灯光。其中有一名穿民族服装的女子，手伸在空中，仿佛在找寻什么。一年多来，她是这里的常客，住院、检查、吃药、会诊，与外面的世界几无联系。然而，世界就是这般出奇，在这么小的一个生活圈子里，她居然还是看到了这份报纸。先是在医院的铝合金读报栏里，看后她耐不住了，跑出门，走了五个报亭，才买到了这份报纸。她把报纸折小，藏在了枕头下。夜里，或没人时，她会翻出来，静静地看上一会儿。

分享会是在上午十点，她记住了时间和地点。现在，她要出发了，努力忘掉小果带来的负能量。她的心里装着舞蹈，一想到这，感觉心里升腾起了暖意。镜子又到了手里，她一遍遍看着镜中的自己。这张过时的、衰老的脸让她不安，但马上赶过去的欲望又来得特别强大。这时，门敞开了，她男人来了。她急忙把报纸放进包里。

他头发光亮，好像刚洗过。进门后，他把窗子推开，拉只凳子坐下，跷着的腿一直抖着。他的衣服永远是笔挺的，皮鞋一尘不染。他每天要喝早酒，吃白鸡面，外加三两五加皮。他戴着金手链，穿着白袜子，脖子上还有一条小的丝织围巾。他跟别人不一样，高傲、低调又寡言。看上去，他像个爱热闹的人，但在人堆里，他经常会失声，不爱说话。每回到医院，他就像影子一样，忽坐忽立，在家里也是如此，闷声不响，有时干脆就是两声冷笑，让人摸不透心思。

这会儿，他坐着，掏出了牙签。皮鞋头晃着，把阳光都弄碎了。看到他，她觉得心烦，心想他来干吗？其实他来也没事要做，这里有医生、护士。他来就是晃，东晃晃，西晃晃，像游民一样。她看同病房其他人都不是这样的，家里来人总要说上一堆的话，东拉西扯，但他没有。她男人和她儿子都很闷，像两个摆设。"你回去吧。"她冷冷地说。

他叹了声气，牙签还叼在嘴里。

"回去？房子估计也不保了。"他冷冷地说。

这话让她心紧。她一直在告诉自己，或者说骗自己，事情没那么严重。但现在，他的话就像一把刀一样杀了过来。"他跟我要房产证，我不给，我凭什么给他？他想要用房产证做抵押，这头猪！"他补充了一句。

她碰到了镜子。镜子翻滚起来，她去抢，手碰到了，却没抓住。镜子砸向地面，传来清脆的碎裂声。

他蹲下去，一片片地捡。过了一会儿，他抬起头来。"十四片，碎成了十四片。"他说。

2

分享会在紫阳街文艺之家。

附近有一座天主教大教堂，院内绿意茂盛，树木幽深，路边还有一排盆景探着头。她既犹豫，又向往。院子很深，不少藤蔓类植物从天而降，让前面的路也显得有些阴森。空气是凉的，消隐了远处街道上传来的汽车声。一群鸟在喧哗，在枝头跳，吱吱的叫声擦着树叶而来。

她迟到了。来的路上，她一遍遍想着这个分享会的情形，里面的环境、布置、空气，还有那种互动的氛围。她离开舞蹈太久了，像是上辈子的事。

二楼小礼堂外包了一层爬山虎，像翠绿的毛毯。踩上台阶，能听到里面的人声和音乐，还有话筒的"噗噗"声。她的脚步又犹豫了，她想回去，回到医院，听医生关于病情的分析。从去年开始，她整个人就像丢了魂一样，一会儿胃痛，一会儿神经痛，一会儿又是头痛。尤其是放疗后，她开始大把大把掉头发。此刻，她整了整假发，套子绷着不舒服，但不戴假发，她觉得又走不出门。顶上稀疏、枯黄的头发，是自己不敢面对的。此刻，她整理着假发，假发有些黏手，不服帖，每次都有种异样感。

假发扶正后，她又整了整墨镜，这时齐整的掌声穿透墙壁和走廊，传了过来。那声音让她有些眩晕，她只好停下脚步，用手撑了一会儿墙壁。她发现手上净是汗。多少年没见诺明了？记不清了。这二十多年，一回也没碰到过他。他是个忙人，偶尔从报纸、电视上看到他，他一会儿在城市，一会儿远足，一会儿又纵情山林。这个男人喜欢折腾，来去无踪，情绪多变。在她看来，他已经不是一个真实的人了，而是一个符号。她偶尔会得到有关这个符号的零星消息，而这些消息又遥远得跟她一点关系也没有。是啊，他跟她还有什么关系呢？

要不要来？她挣扎了许久，心就像个摇摆器一样，来回地折腾。毕竟，她打心底里很想来看看他的舞蹈，她想象不出这得奖舞蹈的样子，对她而言，这是一种诱惑。昨天半夜，她还在睁着眼想这事，走廊的光里包裹着照片、报纸、舞姿，还有那现代舞强烈的节奏。床在跳，房也在跳。呼噜起伏，加了进来，竟也成了舞蹈的一部分。现在，她听到音乐声了，就在里面，从礼堂里满满地溢出来。古典的曲子，糅合了现代电子的节奏。她抖了一下，一股热气沿着脊椎往上涌，一种说不出的精神也涌了上来，刚才的犹豫此刻变得坚定，她朝着声音走去。

舞台上有十男一女在舞动。她一下子被迷住了，沉浸到了这舞蹈中。小时候，她看过踏白船比赛，那是一种水上运动，划船、搏击、抢鸭子，船来船往，你争我夺。此刻，男人们在强劲的节奏中划动手中的桨片，他们队形齐整，充满阳刚和力量。而那女人轻盈似花，如影随形……她的眼瞪直了，仿佛与舞蹈里的情景贯通了。

看到诺明了，他是领舞，是这个舞蹈的核心。她的眼都鼓了出来，心贴着舞蹈在动，时而舒缓，时而高潮……待舞曲结束，掌声响起，她顿觉唇干舌燥。

台上的十一个人在鞠躬。

她看到了诺明的正脸。他比以前老了些，脑门发亮，但看上去挺精神。他们一次次鞠躬，面带笑容，表达着感谢。当他把目光投过来时，她迅速地找了个位置坐下，压低了自己的头。

最后，舞台上只剩诺明。有人把话筒递了过去，他有些喘，气流声从话筒里传出。那是她熟悉的喘息，现在像洪水一样向她碾压而来。她的头压得更低了，不敢抬起来。戴着假发和墨镜，她相信这里没有一个人会认出她来。

他说话了。还是以前的声音，不标准的普通话，带点磁性。"刚才就是《踏白船》，表现的是我们江南一带的古老风俗。我们融入了当代元素，把当代和古典融合到了一起。各位，有什么尽管问吧，我能答就答，不能答的就留给大家去想象。"

底下坐着两百多号人。她在最后一排，面前都是人头，许多是年轻人，衣着时尚、光鲜。其中不少都是学生，穿着统一的校服。有个女孩举起了手，长发及腰，披散着。"刚才看了你们的舞蹈，很激动，这个舞蹈很有新意。请问，你们为什么会选择这个题材？"

他沉思着，锁眉，歪头，左手拿话筒，右手撑在腰间。"民族的就是世界的，人们经常这样说。所以我们想挑最乡土的东西，但表现时又必须带有当今的时代元素。"

"所以你们加了一个女性？"

"是的，"他笑了，"的确如此，你说得太对了，现实中的踏白船比赛是没有女性的，但因舞蹈的需要，我们加入了女性。为什么不可以呢？她在里面是个鼓手，更是船的灵魂。加入这个女性角色后，节目的面貌就不同了，舞蹈一下子鲜活了。可以这样说，艺术是高于生活的，但又需要想象力来支撑。"

"问一个世俗一点的问题，为什么会得奖呢？"另一个观众问。

"怎么说呢，应该说得奖是偶然的，但你说完全出于偶然，我也不承认。这里面肯定有整个团队的付出，没有付出就没有收获，这是每个人都懂得的道理……其实，所有的事情都是这样，付出，不停地付出，付出别人没有付出的……你就会感动自己，感动观众和评委。如果说有原因，恐怕就是这个。"说到这里他停住了，朝四周张望了一下，"这也是天下法则。"

一滴眼泪从她的眼眶里滑下，滴到了裤子上。她想，见鬼，怎么哭了呢，好像是自己在比赛，好像是自己在接受采访。泪水很凶，居然越涌越多，以至于像雨滴那样一颗颗滚落。她为自己丢脸，在这个场合居然没能控制住自己。他与她没有任何关系，毫无交集，他说他的，她听她的，但为什么她还会如此激动呢？

又有人提问了。他比以前会说，说起来不打疙瘩。但她都没听进去，此刻，音乐还在她的脑海盘旋，抹不去。掌声起来时，他走了下来，走到了大家的中间。她侧过身，眼睛紧盯脚尖，身子弓着，藏在座位里。还好，还有一段距离，他在前面手拿话筒，边说边走。"我们跳的是什么呢？是感觉，表现的是拼搏，一种力量与美感。我们一直在找寻它，一直在找，不停地找，这种感觉就会一点点丰满起来。感觉到了，舞步也就形成了。"

等他把头转回去时，她立即起身，像贼一样仓皇地逃了出去。她没看四周，只盯着自己的脚，脚步像装了发条，在快速地移动。礼堂被抛到了身后。

来到室外，置身于树荫下，她开始大口地喘气。她觉得刚才像个梦，一种不真实感充斥全身。

3

后面有声音。是叫她，有人在叫她的名字。

她前行的脚步停下了，转过身来。是谁呢？谁在叫她呢？一转身，看到的是诺明。他追出来了，她的紧张感陡增，想躲起来，可往哪里躲呢？"素素，是你吗？真的是你吗？这个背影告诉我就是你。原来真的是你啊。"

那模样，那腔调，她都似曾相识，但他透露出来的气息、眼神，却都有了变化。二十多年后，他生成了一种特殊的气质。此刻，他锁着眉。她感到气短，连脑子也空了。

她狠狠心，转过身去。一切已经过去，为什么要再与他说话？说话又有什么意义？她不顾他，继续沿着藤蔓朝大门口走去，脚步慌张又无力。"别装了。你骗不了我，我一眼就认出来了。为什么不进来坐一会儿呢？"他追了上来，一下子蹿到她前面，拦住了去路。

"既然来了，为什么急着走呢？好久好久没见，应该聊聊，喝上一杯。我有葡萄酒，这次从法国带回来的。"

她想再抵赖也没用。但一想到现在这模样，连她自己都觉得羞愧。假发头套，还有浓黑的墨镜居然没起到作用，她站着，与他保持着一个人的距离。她来只是好奇，看了报纸，被时间相隔那么多年以后，她觉得应该来看上一眼。除此之外没有其他任何的想法，没有怀念，更没有期待。现在面对如此难堪的相遇，她一丁点准备也没有。

"进去吧，那么多人等着你。"她说话了。

"我说完了，轮到女主角了。怎么样，坐一会儿？那么多年不见了，边上有我的工作室。"他做出邀请的姿势。

当然不会去，她是从里面逃出来的，但他的眼神充满了真诚。想到自己曾经与他一起同台共舞，想到现在自己臃肿的身材，粗壮的腿，肚腹处的赘肉，她对自己一丁点信心都没了。那个过去的自己已经死去，变成了回忆，现在这个她，连自己都看不入眼。无情的岁月摧残了人，也丢光了她的青春。

这些都在脑海里翻涌，她却一句也说不出来。与他相比，自己一无是处。那么多年，生活给了她什么呢？只有无尽的烦恼，还有一系列古怪的病魔。

"说说你的近况吧。我想听呢。"他又说话了。

"活着。只是活着，其他都……都……"她开始摇头。

"我们都只是活着。活着才能对话，这是最起码的。死人是不会对话的。"

"你挺好。我刚才看了。有理想，有成就，真的挺好！"这的确是她的心里话。

他迟疑了一会儿。"也不完全是这样。说出来你可能不信，最落魄的时候，我连饭也吃不起。这是真的，像乞丐一样。但，我就是个文艺青年，这文艺青年的称号还是你封的。这个挺准确。直到现在，我还是个文艺青年，我还是这样称呼自己。"

已经五十多岁了，他居然还能说出这样的话来，这令她感到吃惊。文艺青年，文艺青年，她已经忘了自己以前这样称呼过他，或许可能说过吧。她惊讶于他的直率，他会说出他的不如意，他的窘迫。以前是这样，现在还是这样，时光没有磨去他的棱角。

"你有理想。"她说。

"是一根筋。你离开是对的，我后来想通了，是的，你应该离开。我们没法在一起，我一直生活在梦里，是个不切实际的人。你的选择是对的，我后来就是这样想的。"

她接不上话了。

"不过，我不后悔。我做我自己。背后别人叫我神经病，对我指手画脚，我都不在乎，我从来没有在乎过。"他伸出手臂，摊开着。"对了，我一直说自己，忘了你了。你好吗？一切都好吗？"

小径上方，鸟儿们不理会他们，在枝头叽叽喳喳地喧闹。对面的教堂轮廓优雅、古朴，还有一种深深的庄重感。地上有层厚厚的落叶，踩在上面，能听到轻微的压迫声。他看出了她的尴尬，于是转换了话题。"你当年跳得那样好，不跳真是浪费。这真是件可惜的事。"他又说到了她的痛处。

"不要说了。"她说。

"干吗不说？你有天分，如果你跳《踏白船》的女主角，也会成功的。"

走，必须走了。她来，是因为心里还残存那么一点梦，是因为还有些许的情愫，但这里已不是她的天地，她对这些也已不再熟悉，不再拥有。她来，只会让自己错愕，甚至有一种坠落悬崖的失重感。

"我走了。"匆匆地说出这句话，她开始迈开步子。可只走了两步，她又犹豫了，要不要说，要不要把小果的事说出来？实际上，在来这里的路上，这个问题就一直在她心头盘旋着。小果，小果，这是他们的小果。她也是为了这个而来的。"有一件……事，一直，一直想……"

诺明不知道小果，从未听说，一直不知道。世界上有一个人与他有着关系，这是一个存在了二十多年的事实，他被蒙在鼓里。她内心在搏击，在做着顽强的争斗，但要告之真相，比什么都难。她的表情就像脱了水的枯树。

"你有一个儿子。一个儿子。他跟着我。你不知道，他也不知道，但他就是你的儿子。"这些话就快涌到她的唇边了，它们在翻滚，在搅起万千浪花。只要嘴一张，话就出来了，秘密就会被揭开。但这话要说出来，又是何等的难。难啊难，她被这话严重地堵塞了。

不，不能说，永远，永远也不会说的。事隔那么多年，她还是开不了这个口。

终于，她跑了。跌跌撞撞，朝着小径外冲去。他没追出来。她的眼前像是一下子拉上了一道沉重的黑幕。

4

天阴了，一下子灰蒙蒙了。

她站在医院大门口。有医生出来，认出了她，跟她打招呼。救护车进去了，闪着灯，远处的小门口站着医生和护士，还有候着的推车。她知道，又一个濒临死亡的人，在与死神做着最后的抗争。

谁没有痛苦呢？只要来到这个世上，每个人都会经历磨难、险恶、背叛和不测。曾经，她是多么憎恨舞蹈，好像舞蹈给她带来了不幸。要与舞蹈决绝，永远不再踏进这翩翩起舞的世界，她是发过这样的誓言的。直到现在，这些誓言偶尔还会不断地回响。然而，现在她又不得不承认，没有了舞蹈，她是多么茫然与无奈。

恍惚中，她走进了病房。当她把门推开时，她以为自己走错了，心猛地一收。她又看了下房门号，没错啊，708，难道是自己记错了吗？只见床上一片凌乱，被子一个角被拖到了地上，杯子也摔在床下，餐巾纸、水果还有茶叶沫子乱成一堆。到底怎么啦？发生了什么？

"你来了就好，你男人和你儿子吵架了，就在刚才。"靠窗的病友指着床铺说。

她呆立着，脚步刚挪动，就踢到了地上的碎杯子。"好像在说房产。你男人不温不火的，可今天喉咙响得吓人。我们都怕了。"病友这样说。

喉咙响得吓人，她重复着病友刚才的话。她朝床上投去麻木的一瞥。此刻，她没有一丝要整理的欲望，一种巨大的空虚感塞满了胸口。

不知不觉中，她走出了病房。眼前是两张脸，她男人和小果，他们在翻动，一会儿清晰，一会儿模糊。二十多年的秘密啊，不知她男人有没有觉察？或许他早知答案，或许他一无所知……这是片雷区，她一直守口如瓶，不敢有半点疏忽，但现在好像连这层窗户纸也快要被捅破了。

消毒水味沿长长的走廊而来，逐渐变浓。病房的门时不时敞开着，有人半躺，有人在输液，也有老人在呻吟……不久，她来到医院的小广场。那里有片大草坪，草皮外有几圈花，粉的黄的像千层饼一样交叠着。中间有个近一亩的水池，水面有九曲桥，边上还有亭子。天有些疯，快速流动的灰云在铺开，疾风从池面上骤然而起，吹得花草都低垂了头。广场上，几个穿病号服的人还在迎风散着步。

站在广场中央，她一点点挪动脚步。

她烦，越是烦，越想跳。她又跳起来了，就像从前一样。步子跨开了，音乐在脑中涌动，她用脚去踩节拍。一切又复活了。《踏白船》，是的，她就在跳这支曲子。她和诺明在一起，就像回到了从前。他托住她的腰，旋转，转胯，最后甩头。两人动作协调、一致，好像是一个人在表演。现在她明白，最撩拨自己心弦的还是舞蹈，它是一种鬼魅般的存在。

她转动着，快速地转动，寻找着当年的记忆和感觉。她是舞者。她应该是个舞者，永远是个舞者。

但她只转了两圈，身子就倾了。天歪了，地斜了，就像地震时那样。最后，一股力把她重重地甩出去，散步的人停下脚步，好奇地看着瘫在地上的她。

5

落雨了，雨点在水面溅起水花。

她的身子沉得像坦克，腿上有乌青，那是她刚才摔的。

她进入电梯，上升，然后从人群的气味里挤出来。那些麻木的病人的脸，一张张地从她面前晃过，这是一个混杂着汗味和药味的地方。她是厌恶医院的，就像小果说的那样，这里有死人味。但她离不开这里，这里在延长她的生命，这里是一个失望与希望交织的地方。得不到健康，她没有别的地方可去。

雨落在楼下的铁皮屋顶，"嗒嗒"的声音像机关枪扫射一样。一辆手推车载着饭菜过来，飘来阵阵菜香。有人提着饭盆站在门口，头长长地伸着。快到自己病房前，她看到了一堆人。他们就在门口，她以为看错了，揉了揉眼，是一群陌生人。

饭车停了，撞到了她脚后跟，戴口罩的服务员还责怪般地白了她一眼。

"在到处找人，好像是要债的……"一个穿着花格子睡衣的陌生女病人，或许是隔壁的，提着饭盆跟别人说。

"嗞"地一下，仿佛受了电击，她全身麻了一下。推车又往前了，后面跟着准备打饭的一拨人。一个闪电猛地降临，像蛇信子一样，闯进了长长的走廊。她吓了一跳。接着，雨声也跑进来了。

怎么办？怎么办？换了平时，她可能躲起来了，但此时，她发现自己成了另一个人。她迈着步子，朝着病房走去。她很镇静，镇静得连她自己也感到惊讶。旁边的人看到她了，在指指点点，她只当没见到，脚步声里没有一丝的犹豫。以前她害怕面对，一切谨小慎微，但今天不同了。她知道这与见诺明有关，与《踏白船》有关。

房间还是跟前面一样乱，她看到了四五张陌生的面孔。他们仿佛认识她，其中一个长着一脸横肉的中年男子让开身子，闪身让她进去。她径直走向床旁，一屁股坐下。裤子上有刚才摔跤的灰印子，她用力拍了拍。

"你儿子呢？我们找你儿子。"满脸横肉的男子说。

"不知道。他是成年人，他的事不用找我。"她冷冷地说。

"不找你找谁？欠债还钱，天经地义，他以为他跑得了啊？"那人说的时候还敲了敲床架子。

"是来要我的命吗？"她反问道。

"你的命不值钱。我们要钱，是钱。他欠钱了。"那人粗声地说。

就在这时，她轻轻地拿起桌上的水果刀。

那伙人有些诧异，习惯性地向后退了退。但她没有把刀指向他们，而是举着刀，把它慢慢移到自己的喉咙口。那伙人不知她要干什么，你看看我，我看看你。"我这条命不长了，你们拿去好了，只管拿去！"她提高嗓音说。

"这个浑蛋在，刚才还看到，就躲在医院里。"另一个人接话了。

"有事让公安来，不要胡闹。"她继续说。

"别理她。"有人轻巧地说。

刀子更深地顶了进去，连皮都凹下去了。她的眼睛是血红的，像在燃烧，也像是要把他们吃了。她蔑视着他们，眼神里升起炽热的火焰，马上要喷出来。空气凝固了。

"来呀，怎么不动了呀。再靠近一步试试。"她说话时喉咙在动，刀尖碰破了皮，血出来了。

那几个人突然没了气焰，蔫了。"晦气，撤！"有人这样说。于是，这些人迅速朝外走。他们脚步匆忙，混乱中，一脸横肉的男子在门口与人撞到了一起。

同病室的人都吓坏了，个个脸色苍白。有人围过来，取走她手里的刀子，还有人递上了纸巾，为她擦血。她没有接纸巾，只是用手背抹了下，手背上马上有了道血印子。外面是粗壮的雨声，水汽弥漫玻璃窗。她面无表情，一直站着。

她出奇的平静。

6

雨停了，凉亭里空无一人。

空气湿润，清爽，风贴着水池吹来，雨滴还在花草上摇头。她抬起头，看了看苍茫的天，再次迈开了步子。她在亭子里转了起来，一圈，两圈，三圈。

她没有摔倒。

有必要找小果谈一谈了，告知他真相。为什么不呢？为什么要回避呢？……她已经这样了，儿子也这样了，都没有退路了，她不想让谎言继续下去。人们都说绝处逢生，现在，一种去面对的勇气正在她心里像台风一样生成。这是开始，或许儿子知道了自己的身世后，会做出些改变。谁知道呢？没有尝试就没有改变。

她还在舞，这回到了小广场。楼上的窗口里，有人在围观，对她指指点点，但她好似没看到。她再也不会顾及别人的想法，她是她，她就是那个叫杨素素的女人。恍惚中，她记起了诺明的那句话："别人对我指手画脚，我都不在乎，我从来没有在乎过。"

她在靠近那首曲子，它回荡在心底。"踏白船，踏白船……"她在嘴里轻轻地念着。她舞着，转着，成了女主角。好像有人在打着鼓，鼓声正穿越时空而来，一缕从未有过的轻盈与愉悦贯穿其中。

随着身子升腾，幻化，她感觉自己越来越像一片羽毛了。

（原载《文学港》2021年第4期，《小说月报》2021年第6期转载）

凤　凰

1

"看，凤凰！"

手机里出现一只绚丽的鸟。这只鸟我从没见过，通体红色，辅以其他的斑斓色。我心生欢喜，真是凤凰啊。这只传说中的大鸟出现了，长长的脖子，长长的尾巴。"世上最美的鸟。"仙子说。她在网上看到这只鸟的视频，转发给我，向我炫耀。

"这么美，美得不真实了。我甚至怀疑这是不是世上的东西。"她说。对于一种突然出现的美，她毫无防备。是啊，我们听神话，想象神鸟，当真有这么一只鸟出现时，的确让人手足无措。我对着屏幕，一遍遍地看，一连看了好几遍，我也怀疑自己的眼睛。

仙子和我是"驴友"，我们一起爬山、登高，遥看风景。她比我小七岁，也可能八岁，谁知道呢，年龄都是自己报的。我叫不出她的真实姓名，队伍里相互都叫网名。我的网名叫山影，他们都这样叫我。我长得不高大，甚至还有些瘦小，不过我体力好，人精干。"山影，你是南方人性格，聪明、黏糊，还不爽气。"这是仙子对我的评价。这样说也反衬她，她正好倒过来，做事急、快，但情商不高。没办法，人无完人。

仙子戴眼镜，黑框、大号，像个架子。她是儿科医生。她说平时不戴，出门时为了看清山路才戴上。她单身，手腕上常有一串珠子，别人一碰，她会像触电般逃离。"不能碰，任何人都不行。"她神秘兮兮地说。

"三清山，人称小黄山。这个周末，去不去？"聊完凤凰后，她这样问。

我想去，但我得考虑周全。比如单位会不会临时加班，再比如孩子的兴趣班，接送、作业、用餐等等。当然，我还得想着怎么对付妻子，要编一套说辞。

"回去考虑一下，明天答复你。"我说。

"做个决定真难，哎，我都替你着急。"这个鬼家伙，就是这样，与我慢半拍的性格完全不同。

我工作在长三角的嘉兴，职业是设计师，每天对着电脑画图，按规定的大小、尺寸、颜色来设计图纸。画啊画，把想法变成立体图案，变成我的工资。我们的办公楼漂亮、时尚，大玻璃窗亮堂、发光，里面清新又整洁，可我在里面却有一种住监狱的感觉。我们是股份制设计企业，名号也响亮，这些年房地产业井喷式发展，我们是赶上了好时候。但我内心里又觉得这些烦琐，因为还有更心动的事，比如爬山。那是件令我着迷，并为之神往的事，一到山里，我就自由、舒坦了。

次日一早，我给仙子去电话。"定了，我去。三清山一直想去的。"

"要考虑一个晚上，太漫长了。你要请示汇报吧。去爬个山，又不是去鬼混，做个决定会这么难？你啊你，买块豆腐撞死得了。"

"说话怎么那么难听？事情不是你想的那样。"我有点光火，口气也变了。

闻到了火药味，对方那头沉默了。这沉默约有一两秒的时间。"看，我这张臭嘴。"我能想象她在电话那头的表情，皱着眉，握着她的小拳。"这样吧，我给你准备好真空牛肉和进口能量棒，算是谢罪。"

她就是这样一个人，说说就过，说过忘过。她告知我，周末参加的人多，有三十几号人，周五傍晚六点在子城广场集合。

子城在城中心，是个老城墙，原先嘉兴府的所在地。这些年这个地块得到了修复，子城复原，城墙延长，有一百多年历史的天主教堂也复建了，这一带一下子成了时尚的打卡地。年轻人在这里露营、集聚，许多摩托车队也在这里风起云涌。

"不见不散啊。"那口气仿佛领队一样，其实她根本不是领队。

2

在微信朋友圈里，仙子发她的日志。

迎接我们的是小道。

残存的石阶、倒下的树木、茂密的杂草都昭示着这是一条被遗弃、被封存的道路，通向废弃石阶的，是一扇锈迹斑斑的铁门。飞雨、落叶、荒草，一条模糊的小路蜿蜒在雨水里，在邀请我们。

树被雨雾封存，看上去是糊的，一棵棵好似幻影。溪流倒是欢快，声音畅亮，先声夺人，带着凉意的欢腾声在山谷回响，淹没了我们的脚步。雨从天空坠下，在石壁、树顶、树杈上飞散开来，变成碎沫子，久久地腾在空中。有一会儿，雨细极了，肉眼分辨不了，但它依然在舞，塞满整个空间。那雨丝就像人的影子，你捉不住它，但它就是存在的。你试图躲开，它却来劲了，蜂拥着，往每个角角落落、每条缝隙里钻。不久，我的眼帘成了水帘，睫毛尖上都在往下滴水，眼前模糊一片。

这是她爬三清山的记录，带着强烈的文学性，让我眼前一亮。

此刻，山正醒来，轻雾如绸带般飘忽不定。我们走在山腰间一条细长的小路上。空气和树都湿漉漉的，山谷也变深了，溪水岸边长满苔藓，水声一股脑儿罩住山色，只听得"哗哗"声把耳朵灌满。雾很任性，不一会儿又荡了回来，包围了我们。"你可以成作家了。"走到她边上，我跟她谈起了读后感。

"少扯，走你的路。"

"真的，我表哥在市作协，可以推荐你加入作协。"

她嘿嘿冷笑。"谁稀罕，是不是作家不重要，重要的是我是不是写出了感受。"

　　她不理我，掉在队伍最后头了，蹲在地上对着山景拍个不停。她就是这样，我行我素，你也可以说她自得其乐。"哇，这么美，你们都无动于衷，嗳，这是浪费大地的美好啊。"镜头探过去，对准花蕊，她边拍，边这样感叹。不久，她把一群花发到了群里，其中一朵花上有一只振动翅膀的小蜜蜂。画面虚实结合，蜜蜂的翅膀振得像水波，美得异样。她能抓住这瞬间的美，她有这本事。

　　我第一次与她结识，是在天柱山。那里的山真的就像一道道柱子，秀美又惊险。那天，我们走在一道长长的山脊上，阳光从山谷的树丛里透出来。光被分割成几缕，细长的，把树叶染得金黄。她背着重装，戴块橘色的头巾，一直奔在最前面。后来，她扭头，擦汗，对着后面冗长的人群说："唱歌吧，我们大家一起唱。""好啊！"大家齐声跟进。男男女女们鲜艳的衣裳刺眼又闪亮，像大群蝴蝶在山间扑飞。

　　"阳光总在风雨后，乌云上有晴空，珍惜所有的感动，每一份希望在你手中。阳光总在风雨后，请相信有彩虹，风风雨雨都接受，我一直会在你的左右……"歌声越唱越响，越唱越嘹亮，穿越树林和花草，荡漾在山谷和山地的缝隙间。她还站在那，舞着手，像个指挥家一样给我们打着节拍。她的声音也超越了其他人，浮在最清晰的最上层。每个人都能听到她的声音，饱满、有力，又有些尖锐。

　　大家边走边唱，沉浸在歌声里。她也边退边唱，忽然，她脚下一滑，一只脚已腾到空中，全身也跟着摇摆起来。她在寻找平衡，努力让身子得到控制，但已阻挡不住它的偏转。我就在她身边，距离不远。我眼明手快，冲过去，猛地一把抱住她后腰，没有让她继续滑出去。人没有倒下，眼镜却飞了出去，在空中翻了几个跟斗，钻进了草丛。

"浑蛋，你存心的，你揩我的油。"

她对着陌生的我，一脸严肃。的确，我抱了她，感受到了她腰间的肉感，还有衣服那滑爽的质地。这是一种奇妙的感觉。我想争辩，又说不出口，只是傻傻地站着，一脸的无辜。我心想，是啊，我怎么抱了她？

"别不识好人心，没有人家你早四脚朝天了。"有人这样说。此话一抛出，大伙儿笑得更欢了。

我脸红了。本该自信、笃定的，但我就是这样，表现出的是一脸的愕然和不适。

她噗的一声笑了出来。"噢，也是，否则我早就屁滚尿流了。"她自己竟做了这样的延伸和补充。"这样说，我还要谢谢你。你占了便宜，我还要谢你。我这不是'倒贴'吗？"她伸出空心拳，捶了我一下，四周顿时响起一片哄笑。爽朗的笑声一直回荡在山尖尖。

就这样，我们认识了，熟了，成了朋友。

3

山之道俱乐部，在子城边一间古色古香的民国建筑里。我们一群人在那里相聚，我跟她说起了这件事。

"不是凤凰，它叫红腹锦鸡。"

"怎么可能，怎么会是一只鸡呢，名字还那么难听。"她面露惊讶。

俱乐部里有很多人，他们在聊天，喝咖啡，也有人在门外的大院子里抽烟。这里是我们经常聚会的场所，是劳累后放松的一个驿站。那房子古色古香，红砖与青砖混搭，院子中央的桂花开得正旺，香味在屋里屋外盘旋。我打开手机，给她看资料，里面有图片，以及红腹锦鸡的介绍。我还读了一则新闻，说的是陕西有个老汉，在山里发现一雌一雄两只鸟，以为是凤凰，便每天去投食，四年后，它们繁衍出了四十多只，其实那就是红腹锦鸡。不过，它们的确漂亮、招摇，因此吸引了不少人，村庄也成了网红村。

"不听，不听，就是凤凰。"她转过身，不理我，鼓着腮帮子。

"哎，这世上没有凤凰。"我说。

红腹锦鸡外观靓丽，远远超出一般的鸟儿。红黄相间的羽毛中，又夹杂着斑斓、鲜艳的其他颜色，尾巴又柔又长，柔软里有种高远。它的美不能言说，美得自然，又恰到好处。是啊，如果它是凤凰有多好，我也这样想。可惜不是，它只是一只鸡，一只漂亮的鸡。

"不许你这样说，不许。就是凤凰，就是。"她生气了，竟然拂袖而去，离开了聚会，留给我一个远去的背影。她不接受它不是凤凰这个结果。

仙子与众不同，与队伍里的其他人区别很大。她性格开朗，喜欢调侃。"知道吗？你的脸通红通红，就像一只猴屁股。真是太可爱了。"我抱她那次的表现一直被她笑话，我的红脸也成了她津津乐道的话题。"知道吗？一个男人会这样脸红，很害羞，好像偷了东西被当场抓住一样。"她风风火火，喜欢各色美食、宽松的衣服和流行乐。她不管在哪里坐着，身边都会围着一圈人。微信是她的舞台，她发文字和照片。风景、花草、树木、生灵，以及她那些花花绿绿的所思所想，一股脑儿全上。如同她的网名一样，她仿佛生活在另一片天空，这片天空与现实有交织，但又不同于现实。那里是现实的升级版，是云上的现实。所以有人叫她女侠，也有人称她女巫。

"喂，美女，你是救死扶伤的使者啊。"有一次爬山走累了，我们坐在一片土坡上啃面包，附近还有一堆牛粪，我这样调侃她。

"你懂啥？"她朝我白了一眼。"在医院其实是件痛苦的事。"

"为啥？"

"有太多的死亡，还有那没完没了折磨人的病痛。"她的神态是凝重的，带着某种伤感。"病痛分几种，身体的痛是一方面，心灵的痛更糟。现在患抑郁症的人那么多，就连还在读小学的孩子也有得的。看到这些孩子，我心里不舒服，怎么一下子这样了呢？这就是医院，你说医院让人轻松吗？"

她如此一说，我哑然失色。"你只知道画图纸，不懂世事，我的痛苦你更不懂。"

不过，当她知道我喜欢文史和古典音乐时，又赶紧补充道："乖乖，你行的，家里有五千多册藏书啊。那不会是摆设吧。"

"是摆设。"我干脆承认。

"那也好，总比别人炫耀钱好。你炫耀的是文明。"

她又说，流行乐是给不成熟的人听的，只有古典乐藏着一种深沉的美。"那种美，是真正的美，来自灵魂的声音。你有一个大灵魂。"

与她在一起就是这样，很亲切，很开心，但也有些无奈，她总是罩着我。她自带一股能量，有时我只能仰望她。

4

仙子又发了日志。

天在醒来，更像是在把山擦拭得一点点透出光亮来。那片白起先慢吞吞的，一抬头，"嘎噔"一下，天亮泛了许多。荆棘和茅草会时不时绊住我。云从孤寂的树枝间冒起，从山的前方探出身来。待走到一个下坡，另一道斑斓的鱼鳞云倒贴在天上，长长的，像教堂穹顶上的彩画。

天空空得异样，云不动，只有我们这群人在山脊上不停地晃。

大地寂静，偶尔会有几声碎鸟声从树丛里溢出。这轻微的声音更衬托出幽静，我们像走在无声电影里。

越过山长条的脊梁，就会感受到阳光伸过来，但看不到太阳。山坡似在动，其实那是幻觉，动的是亮色，山的小半截此刻披上了一层新鲜的橘黄色。橘黄色在蔓延，亮光就在坡上一点点翻卷开来，绿压压的树丛也被一一上色。温暖的阳光就这样抚慰着清晨的冷山林。

她写得有诗意，我内心也是这样想的，她把我的感受写了出来。

几天没置身于山水间，一种不舒服感就会从我的胸中涌上来，沉沉地压在那里。单位太忙了，总是不停地加班加班，每天都要盯着一大堆的图纸。越是这样，我越想躲避，越想不停地奔跑，越想置身于山水之上，看云，看树，看水。以前的诗人们置身于自然，大自然包容一切，消解一切，那里有一种超越日常的境地。

我热衷于做"驴友"，与仙子脱不了干系。她是第一鼓吹手，不停地喧哗，呐喊，像啦啦队一样。"与山水共振""山在那边等你""把灵魂暂存山林"……每次她都会有不同的口号。我受到她的蛊惑、煽动，成了她的死党。她的微信群很是热闹，后面总有很多评论："赞。大大的赞。""灵。灵得不得了。"……她文字好，照片也拍得好，两者都有很强的艺术感。她应该去搞艺术，做医生太理性，她适合感性的工作。我内心是这样认定的。

妻子反对我登山。每当我提出要和"驴友"们出行，她就脸色下沉，鼻子"哼哼"作响，连口气也变了。"只顾自己，不顾家庭，你对家庭的责任感在哪里？"尽管还不到愤怒的级别，但也差不多了。我不知道如何弥合这种越来越大的认知差距。但有一点我是清楚的，我说不过她，她是律师，说话滔滔不绝。她一瞪眼，我会慌张上几天。说不清为什么，可就是如此，我像是老鼠，她则是一只猫。

仙子则不同，我们有许多共通之处，能深入、倾心、毫无防备地交谈。这是生活中绝无仅有的现象。

　　我们时不时会视频聊天，聊着聊着，她就会给我看她最近的照片，展示她的屋子，里面的陈设，还有毛茸茸的玩具。那时的她似乎恢复了医生的身份，耐心、细致，润物细无声，聆听着我对这个世界的看法。比如，我告诉她去年我去了趟成都，看了一间制香室。我说闻到那些香时，我浑身颤动，好像连灵魂都在抖动。一股奇异感、陌生感和提升感向我涌来，像海浪一样，紧迫又密集。我还向她描述闻到那些香以后的反应，不光我的鼻孔和身体张开了，好像整个身心都张开了。我还说每一缕香都不同，每一缕都有自己的性格、属性和灵性，我被迷住了，那是一个神奇的、不可言说的世界。她说她理解，完全理解。"山影，你有超越常人的地方，这是一种奇妙的东西。你喜欢就说明你内心的某根弦被触动了。"

　　她说香是一种境界，一般人根本体会不到。

　　我们一下子谈拢了。只有她能读懂我。

　　我们还聊哈利·波特，聊外星人，聊炒菜的艺术，有时还会聊上一会儿哲学。我平时是一个沉默的人，闷头闷脑，完成工作。她给我的生活掀开了一扇天窗，透过这个窗口，我看到了更多的风景。这是爱情吗？我问自己。我否认，但不久又有点犹豫。我说不清，只是，常常想见她。与她在一起就会有一种说不出来的氛围，一种温馨、平和、激越的氛围。

　　尽管走得近，但我也不全了解她，只知道她单身。驴友中有人说她有个医生男友，也有说她男朋友是个搞外企的。我不问，开口问这件事不妥，也没必要。我们还是存在界线的，哪些可问，哪些回避，彼此都心照不宣。我觉得我们之间这样挺好，像画画一样，留白许多。

　　"山影，你人细心，不滑头。只是……只是你这人不大气。"

　　"山影，你逻辑思维能力挺好，滴水不漏。"

　　"山影，你是个好人，但好人不一定是个可爱的人。"

5

　　金秋的风把树叶吹黄后，缤纷的色彩把山野全占了，一片绿，一片黄，一片红。色彩交错，大地鲜艳。

　　那天，我们行走在新安江畔，从上游安徽走到下游浙江，把众多古镇与村落一一收进囊中。我们走进夕阳里的坑口村时，一棵巨大、茂密的银杏树被霞光抹红，上千年的树像一把大伞，把我们和村庄全罩在里面。在老树边不到二十米的地方，我们走进一户农家大院用餐。

　　简陋的屋子，粗糙的板桌，偌大的灶台，还有一群狼吞虎咽的年轻人。店家搬出自酿的杨梅酒，酒甜，也带点涩，全桌的人欢腾开了。我与仙子相邻而坐，她头上扎着花哨的头巾，手腕上戴了只巨大的电子表。"我也要。"她把杯子伸出来，向我们讨酒喝。粉红的酒色在杯里轻微荡漾开来。

　　我们喝酒，唱歌，还猜拳。

　　气氛张扬又热烈。许多人是第一次见面，却又如同相逢已久。有个叫烂柯山的一直在挑逗仙子，一次次地给她倒酒，看得我不顺眼。仙子则十分爽快，一一接纳，还主动与别人干杯。我几次阻拦，结果反被她训斥。"你靠边，你是我什么人，能管我喝酒吗？"

她发动一轮轮的进攻，气势非凡。她一下子就干翻了公务员老五。

面对一个好酒量的女人，男人只有逃离的命，不久，连滔滔不绝的烂柯山也失踪了。

仙子微醉，身子摇摆，仿佛乘在一条海船上。她靠在我肩头，我不停地耸肩，就是抖不开。她还把手伸到我的头发里，在里面抓着。"几根乱毛。"她鄙夷地说。"胡扯，你醉了。"我说。"不醉还叫人生吗？"她就像一个天真的孩子，说出这样的话，惹得大家为她鼓起掌来。

她开始唱歌，唱《在那遥远的地方》，唱《梨花又开放》。这回，都没在调上。气氛乱糟糟，大家跟着瞎唱。夜渐渐深起来，门外朦胧又纷乱，一只白猫迈着无声的脚步在门口巡逻，附近寺庙里传来的钟声叩击窗扉。她头抵桌板，身子弓着，发出"呜呜"的声音。大家以为她在开玩笑。

是哭，她在哭。

屋内瞬间安静了，大家你看看，我看看。那个熟悉的她瞬间变了个人。她头发低垂，盖住了眼，我能闻到她身上散发出的淡淡气息。她的肩一抖一抖的，我第一次面对她的失态。

我想把她弄回帐篷去，但她挡掉了我伸过去的手。"别毛手毛脚的，我是处女。"这一嚷，大家更惊呆了。

她哭得悲伤，呜咽声凄凉，连猫也被吓走了。失恋了？工作上遇到挫折了？与姐妹发生纠纷了？……即使与她走得如此近，我也不明就里。眼前的她是陌生的，我心里涌上好多安慰的词，热乎乎的，但一句也说不出口。

不停地有人撤退，门关上又吹开。江边的寒气逼了进来，屋子弥漫出空洞和冷意，风一长串地溜进来，直吹到膝盖的深处。

她发出"哇"的一声。吐了，污秽物散了一地。"我……我是不是很讨人厌？"她一遍遍地问。

6

夜空异常深邃。抬头能看到星星，星星在云层中不时冒出来。我们扎营在新安江边。

江水安静，大伙都睡了，附近的帐篷里有呼噜声传来，断断续续。我躺在其中，迷迷糊糊，似睡非睡。

夜半，雨来了，沙沙地响，在帐篷顶上。帐篷外面有声音，一个黑色的头颅半伸着，"冷，真是太冷了，都要冷死了。"我当然知道是谁，但还是有些意外。那声音很轻，像是地里虫子发出的。

"噢，是冷。"我抬起头来回应。的确，夜半的江边让人瑟瑟发抖。

"快冻僵了，能进来一会儿吗？"声音压得很低，有点不真实，还伴着雨声。

帐篷的拉链被拉开了，照出江面泛上来的几片亮光，以及飘飞的雨丝。那身影如鬼魂一样悄然进入，跟她一起进来的还有睡袋和重重的酒味。一阵窸窸窣窣后，她把自己包裹进了睡袋里。我挪了挪，两个睡袋并列在黑暗里。

雨一阵阵，时重时轻，像在炒沙子。打鼾声从外面传来，在黑夜里画着无形的圈，散开去，又收回来。两只睡袋挨着，很紧，我能感受到那种挤压，还有帐篷里面正在变稠的空气。她还醉着，只有醉了才会这样，我告诉自己。

"干吗僵着，像个中风病人似的。"她抬起头，像母亲观察孩子的睡相一样，语气中带着抱怨。

我腾挪着，尽量靠向帐篷外侧。抬起的头不见了，黑咕隆咚，又缩了回去。我不是在睡，仿佛被架到了一台烤炉上。旁边的睡袋透出声音和动静，如老鼠啃食一般。雨好像大了，浇在树上和地上，这也掩盖了睡袋传过来的动静。是一只手，这只手正顺着光滑的睡袋在抚动。手在轻轻地敲，敲了一阵，戛然而止。

"不冷了吧？"我问。对方没回答，气氛很怪。像是在一个山洞里。我恍惚、茫然，折磨着身心，又想不出对策。我越缩越紧。对于出现的这个情况，我毫无预案，只好把自己像刺猬一样紧缩起来。雨声变嘹亮了，大地在吞噬雨水，但又像是吞不完，水流声也出来了。水涌在头顶、脚边，我怕帐篷漏水，担心极了。

水在动，那只手也在动。它沿着睡袋的边缘走，走啊走，就遇上了我那双放在外面的手。

她一把擒住了我的手，她的手是热的，我的手是凉的。凉热交会到了一起，真是热血沸腾的时刻，也是饥寒交迫的时刻，我不知道是应该回握，还是索性把手抽回来。时间在过去，我却听不到时间。心跳声怦地一下，又怦地一下。

手上的事还没完。这回，她抓着我的手在前进。是的，在一点点、一点点地前进。我想退，收手，但对方很倔强。黑暗中，我那被上了枷锁的手，越过两条睡袋间的褶皱，来到另一只不同质地的睡袋前。滑爽的睡袋凉凉的，没上拉链，松开着，我的手背能感受到散乱中透出的热气。她攥着我的手，很坚定、执着地把我引导到另一个空间。

我触碰到了滑滑的、有弹性的皮肤。在一瞬间，像是遇上了火。天哪，里面是光的，是的，她赤裸着身子。

我的内心在天人交战。我怕，我畏惧。

我浑身在战栗，坠到了黑暗最深处。大地在动，江在动，连空气也在动……我听到骨头的撕咬声，车轮的碾压声，滚水烧开后的沸叫声，以及树木花草的低吟声……这个时间很短，短得不到一秒，同时又漫长，长得不着边际。

7

我给她打电话，连着打。她都不接。

不仅如此，她还退出了原先的山之道俱乐部。熟悉的人说，她加入了驴行天下俱乐部。

我的眼前不时闪过那一幕。我迅速地、没有迟疑地抽回了手，不仅如此，我还逃出了帐篷。总之乱极了，我也不知道她是何时返回自己的帐篷的。这真的是一个糟糕的夜晚。

出了这样一件事，我不外出了。觉得山也是一道屏障。这事我还不能与人说，有苦难言，只能自己一遍遍地回放。我纠结、烦躁，又无助。有一回，我甚至跑到她的单位，想去跟她说上几句，解释一番。她的医院在建国路后面，附近是小区，那幢二十层的门诊大楼显得突兀又独立。站在那楼前，我的勇气又逃得精光。我能说什么呢？不是越描越黑吗？她是佼佼者，我内心就是这样认定的，但要我真的跨出这一步，还是存在难度。这关乎道德、伦理，关乎情感，甚至与我起伏不定的情绪有关。

在这以后，我们就像两条平行线，再也没了交织。一个午后，单位正在开会，商量一个小区的房型规划。给这个小区的设计已经到第八稿了，总被开发商推翻，推翻又重来，一次次地折腾。讨论时，双方争论十分激烈，我站起来，拍了桌子。"他娘的，老子不干了。"我恼怒，真厌倦了，就想即刻抛下手中的活儿一走了之。大家看着我，面面相觑。

手机就在这时突兀地响了。我面红耳赤地接起了电话。电话是中明打来的，他是一个资深"驴友"，人脉很广，人缘也挺好。他爬过雪宝顶，去过南极。"驴行天下那帮人出事了，有个人在丽水深山里失踪了，已经两天了，还在寻找。"

中明没有点谁，但我一下子就明白了。"仙子吗，出了什么事？"我还是把名字挑明了。我怕弄错，我要确认。

"就是她，已经两天了。现在救援队过去了。"

冷汗汹涌地冒了出来，迅速地占领了我的额头和后脖。我连声音也变了，心里被一股阴气裹挟，一种从未有过的可怕心情俘虏了我。同事们再度用惊诧的目光盯着我，我猛地碰上门，冲出了会议室。走廊里空无一人。我不明白发生了什么，是意外，还是她故意的？我来到一个偏僻的角落，手一直在发抖。打她电话，被告知联络不上，然后是"嘟嘟嘟"的声音。

那"嘟嘟"声像锤子一样，在狠狠地砸向我。我发现我是爱她的，这不是爱是什么呢？

我站在空空的大厅里，上方的屋顶仿佛随时要塌落。我不停地看那个穹形的顶。她的失踪与我有关，如果她还在山之道，就不会这样。不离开，就不会出事。我是有责任的，是幕后推手，我没处理好与她的关系。我处理问题的能力糟糕透顶，我是生活中的一个笑柄。

我感觉没头没脑，浑身紧绷，好像要爆裂似的。想到我们在一起的日子，欢笑、胡闹，又浪漫。我担心这些不会再重现，担心她有意外。现在她把自己交给了上苍，我在等老天的消息，在期盼奇迹。电话还是一遍遍地打，打不通也打。过几分钟我就会拨一下，像条件反射一样。我怕阴阳两隔。从来没有一个人令我如此牵肠挂肚，我想要过去，现在就过去，到丽水去。

傍晚时分，中明的电话再度响起，那时我已准备好了行装，也买了晚上的火车票。我又惊，又怕，又向往。盯着那响成一片的手机，我不敢去取。

"找到了，没危险，但受了伤。还好，救回来了。"

好像一口凉气从头注了下去，我感觉身子顿时通畅了许多。"伤得怎样？"我问。

"这个不清楚。"

这次变故，也让我更深地了解了自己。那种思想是隐蔽的，连我自己也想掩盖。她占据了我内心深处的某个位置，撩开层层帷幕，她就藏在那里，像天使一样。她在，一直在，从很早以前就开始了。

很快，救援的视频在网上传开了。她居然在悬崖边的一棵树上。绝壁之上有棵树，树上有个人，看得我心跳加速了几倍。

几十人参与搜寻与救助，用长长的绳子把她从悬崖上救了下来。

8

一个午后，我捧了一大束康乃馨，出现在了她的病房门口。

门轻轻地被推开，露出仙子半卧着的身躯。从前的医生此刻竟成了病人，一个人躺在一个单间里。看到我，她一愣，眼睛停在空中。"还活着啊，我没有死掉。"她先开的口，然后，又是以前那般爽朗的笑声。

"你勇敢的。"这是心里话，我真是这么想的。

"勇敢个屁，我拍照掉队，迷了路，遇上了野猪。那家伙不知怎的，就来追我。"她描绘起了那个巨大的黑色东西，"它大得惊人，有一副獠牙，真是太可怕了。"她把被子撩开，让我看受伤的腿。腿有点肿，包扎着，颜色暗红。我不忍多看。"还好，没有被它顶上。要顶上，估计当场就没命了。"

她停了一会儿，喘了口气。"我死命地跑，滑了一跤，滑下了山坡。"

我想象着这一幕，还有那棵托住了她的神奇的树。

鲜花递过去，她接了，还放到了鼻子前。"山影，你还是那么小资。看来我不说谢谢也不行。"她的眼神是透明的，能闻到她身上淡淡的香味，这让我联想到那天晚上那近距离的气息。我说我看了救援视频，特别注意到了悬崖上的那棵树。

"真是一棵救命的树。我康复后还要到那里去上香,感激那棵树。那是一定要去的。"

我盯着她,面露恍惚,仿佛在看一个奇迹。

"在树上我待了两天多,那地方手机信号也没有。我在树上孤零零的,就在悬崖峭壁上,上下不得。晚上下了雨,死命地下。还有很大的风,吹得我晕头转向。我那时想我可能会死了,就这样离开这个世界了。说出来你可能不信,那时我一点不怕,事后被绳子拖上来,回到正常的世界后,倒是害怕了。人就是这般奇怪,说不清为什么……我这个傻球,就这么待在那棵树上……哎,过去经历过的一切都在眼前浮动着,一一闪过。我跟这个世界做着告别,就是这样,我真的说了那些告别世界的话。"

"或许命中注定会有这一劫。"临别前,她又说了这样一句。

9

她的微信朋友圈静止了。

那个热闹的身影从朋友圈里消失了。不仅如此,她还更改了微信昵称,现在她的微信名叫简一。

她还去爬山,爬的是浙南第一高峰:黄茅尖。她是和一群人去的,三天登顶,但她没发朋友圈。我是在其他人的朋友圈里看到的照片,十几人一起在"黄茅尖"石碑前合影,其中就有她。她依然笑得很灿烂。在微信上,我问她登顶黄茅尖一事。"还敢去爬山啊?你真行!"我这样写道。

过了大半天,她才回复。只有一个微笑的表情,没有任何的话语。

　　这让我有点尴尬。我有个预感，我们再也回不到从前了。有关她的消息源源不断地涌来，却都不是她亲口告知我的，而是通过其他人之口传来的。

　　几个月后，她去了都兰。

　　那是对口援助的一个县，位于青海。据说是她主动向卫生局提出的报告，对口支援西部的医疗事业。半年后，另一个惊人的消息传来，她嫁给了当地一位藏民，对方是一位说唱歌手、剽悍骑手、酒吧经营者……

　　听到这些消息，我有一种强烈的失落感，甚至还有不满和嫉妒。

　　我反问自己，我是她什么人？其实什么也不是，叫好友也有点勉强。我只知道她叫仙子，甚至叫不出她的真实姓名。与她在一起的情形会时常浮现，但我身上那份倔强的自尊心，又让我放弃主动与她联系。有时我也会宽慰自己，她有更好的发展是应该的。她适合西部，西部与她的性格会相互造就。我就是这样矛盾，想联络她，但一打开手机，又犹豫了。我隐隐觉得，她有些看不起我，但这只是感觉，没有真凭实据。

　　农历新年到了，当年三十的鞭炮炸响空中时，我们一家正在围着电视看春晚。手机"叮咚"一响，收到一条视频。一看，竟是她发来的。我有点不信，细看真的是。我不敢打开，我不知道里面会是什么。过了好几分钟，才鼓起勇气慢慢点开。

　　是一个视频，里面有她。

　　在辽阔、空旷的草原上，她骑着一匹白马飞奔而来。白马很高大，漂亮的马鬃在起伏，草地被马蹄踩在脚下。她的脸黑了，头发长长的，一齐飘开。能听到那呼呼的风声，她在摇晃，在颠簸，与马融为一个整体。白色驰骋在一大片的绿色里，如风，如电，如大鸟……她还发来了新年问候。

我很激动，给她点了赞。

我找出了以前那条视频，重新发给她。视频里又出现了那只凤凰，那么美，那么艳，又那么独特。它一会儿跑，一会儿飞，它在天上，也在人间。"你就是那只凤凰。"我写道，心里也是这样认为的。凤凰，凤凰，凤凰，我嘴里这样重复着。

她回复："世上本无凤凰，这可是你说的。哈哈。"

10

我出发了，孤家寡人一个。来到仙子失联的那片山谷。

山谷里植被丰茂，蝉声如诉。我行走在光影斑驳的树丛里，溪水在一旁欢畅地流淌，裸露的岩石正经受着太阳的炙烤。我寻找着那棵树，悬崖有多处，笔直如刀削的一般，崖壁上也有零星一些树，但似乎都不是那棵救人的树，它独特的造型一直浮现在我脑海里。我在大山里转悠得汗流浃背，踩着自己投在地上的倒影，听着自己沉重的呼吸。

找啊找，就是找不到那棵树。我来这里干什么？如此冒险想证明什么？……我无法回答，但就是想来。

我抬头望望飞动的云，低头看看脚下窸窣作响的片片枯叶。远方那个骑白马的女人一直折磨着我。唯有她，能进入我的内心。我那层层包裹的内核，那层精神的渴望啊，她能懂，一点就明白。她更明白那东西的重要。在生活中，没有其他人关心这些，似乎这些可有可无，无关痛痒。

然而，我们共有的那个微妙空间瓦解了，那份超越生活之上的诗意消散了。我也丧失了对山水的热情。以前背个包，站在雄奇又多变的大自然前面，有一种说不出的激动与狂喜，但现在我内心冰凉，形同枯槁，好似一具木乃伊。

我爬上了一棵树，不是仙子那一棵。我上的这棵树也傍着深崖，树影起伏，虽说不够惊险，但我觉得可以一试。我沿着崖攀过去，爬到树上，藏身在树冠里，然后等待着发生什么。阵风扬起，从深谷的底层一点点盘旋上来，从我的耳边呼啸而过。很快，风吹得我眼睛有点睁不开。底下是山谷，都是树。树压着树，密密层层。天在变冷，越来越冷，我瑟瑟发抖，只好缩紧身子保护自己。我闭上眼，伸开四肢，让自己成为树的一部分。

我想象自己变成仙子，感受着她的感受，众多的念头像海浪一样滚涌而来。我仿佛进入了一条狭窄的隧道，穿过幽深与黑暗，在寻找那点曙光……

我想请假一个月，尝试去做个制香师，这是我想要的。自从到成都看了制香的流程以后，我一直牵挂着这件事。我忘不了心神被触动的那一瞬间，我好像被再次激活了，心魂荡漾，迷恋滋生。我被那些神奇的香俘虏了，整个魂魄好像被一股神奇之力吸了进去。我看了众多制香的书，也邮购了大量的香，沉水香、白檀香、紫檀香、沙罗香、天木香……前些日子，我联系了成都那边，说了我的想法，对方热情地欢迎我加入。那片香海在等着我，我蠢蠢欲动，心潮澎湃。

成都那间散发古意的制香室墙上有一段话，我一直铭记在心。我甚至能把那几句背出来。

> 如何聆听香性，如何洞见香意？
>
> 香如何因四季而用，如何用身心而养？
>
> 如何运用香气语言写景状物、抒情表意？
>
> 如何通过习香践行安住、提升觉知？
>
> 宁静制香为你开启，你未知的和香世界。

当晚，乘高铁回家后，打开门那一瞬间，妻子那狡谲又犀利的目光朝我投来。她的目光如刺，我躲开了，不敢正视。就在那一秒，我觉得脚后跟缠上了千丝万缕的障碍，迈不动，彻底黏住了。完了，前面所有的设想顷刻间土崩瓦解了。

我呆立在原地，还是那么恍惚，胆小。四十多年的人生依然被裹足在里面，如同一个囚犯。

（原载《长城》2024 年第 2 期）

小隐地

1

走廊尽头有个人影，身着宝蓝裙，一点点地由远及近。

屋子又闷又潮，制热的空调在渗水。"修啊，赶快打电话让他们来修啊。"我对着大李发火。大李一愣一愣的。手下的三四个人都是废物，做事像木偶，好像与己无关，简直是来度假的。

她来了，节奏不慌不忙，与我那坏情绪正好相反。一股香水味随她而至。"我来报名。"来人五十来岁，头发微曲、光亮，口红鲜艳，眼神明亮。她正斜视着我。我即刻收起坏情绪，还笑了笑。那是一丝苦笑，很是做作。"好的好的，你跟我到办公室。"

我狠狠地瞪了大李他们一眼，怒气还在。

我领着她到了办公室。其实也不是办公室，屋子里只有一张桌子，堆着杯子、书和电脑，还有各种各样的杂物。大部分地方放着乐器，角上是一架钢琴，两把小提琴，其余都是萨克斯。萨克斯有一排，列队排着，平放在地，像在接受检阅。那是上周演出用的，累着了，现在都在休息。"报萨克斯吧？"我拉了把椅子，让她坐下。

"是，当然是萨克斯。我在网上看了你的资料。"我读的是萨克斯专业，在英国读的博士，许多人就是冲着萨克斯来的。现在不光是中小学生，连许多成人，甚至我爸那个年纪的人也到我这里学。十几个培训班，除了萨克斯，还有钢琴和大小提琴。当然，我不光搞培训，还与音协一起成立了萨克斯俱乐部，俱乐部声势大，也有几十号人参加。

"大剧院的演出，反响挺好，大家都在夸你。我看了网上的视频，真的挺好。你有灵气。"她说的是俱乐部上周在大剧院里面的小剧场搞的那个萨克斯专场，那天座无虚席。专场会演时，俱乐部的人都参加了。我演得最多，吹了九首曲子。她打开手机，手机里是我的视频，我在吹《回家》。我吹得卖力，身体摇晃，全情投入。"吹得真好，就像天籁一样，以后你会成大师的。"

我的脸红了。听到"大师"这样的称呼，我只会躲避，觉得自己离这个称呼远得很，根本不可能。

我们加了微信。微信上跳出她的姓名：庄爱莲，嘉兴爱之莲服饰公司董事长。爱之莲很有名，开了不少的门店，连省城和上海南京路都有专卖店。"久仰，久仰。"我不禁站了起来。这里太乱了，不成样子，我自觉有些愧疚。

"不知能不能吹好，只是想有那份感觉。我来报名，希望你能收下我这个有点年纪的徒弟。"

萨克斯俱乐部成立只有短短一年，社会上许多人都加入了进来，有主任医师、商场经理，还有美容师、建筑师，也有快递小哥。现在，连大名鼎鼎的爱之莲董事长也来了，我心里涌起一阵骄傲与自得。"能吹好的。用心了，就能吹好。"我说。

一缕微笑挂到她脸上。她长得不算漂亮，但气质好，脸上有一种少有的沉稳。她用微信把 8000 元报名费转了过来。"我喜欢搞艺术的人，艺术让人沉思，很美好，是对生活的提升。"她说。

"是啊，艺术能给人美好的感受，欢迎你加入艺术的大家庭。"

站在窗口，从二楼能遥望外景。这里是嘉兴老城区，环城河以内。眼前新房和旧房交织着，密密麻麻，拥挤，不透气，但充满烟火气。

楼底下分布着店面，有卖服装的"香港乔尼"，卖湖笔的"江南笔庄"，金鱼店、渔具店，还有几家房屋中介。北侧还有家令人不悦的成人用品店。店外面用块巨大的花布罩着，必须撩开布帘才能入内。我想，她从外面进来，肯定经过了那家店。这里安静，一切都好，只是那家店让人不舒服。

从英国读博回来，我回到了家乡创业，一路顺风顺水。签了五年的房租，两个楼层，分隔出几间教室，还有一条长长的，透气的过道。

2

闪亮的金属管，黄澄澄的颜色。她取出萨克斯，坐好，端正姿势，对着谱子发出第一个音。声音穿越走廊，连墙壁架子上的青瓷也有了细微的颤动。

　　我一对一带她。她来时很轻，走时也很轻，就像蝴蝶飞在空中。

　　她的悟性高，只学了两个多月，就像模像样了。

　　春暖花开的一个周末，她请了俱乐部里三四个人，到她公司的草地一聚。宽大的太阳伞底下，小巧的桌上放了咖啡和茶，还有各式小点心。天上云朵不浓，有蜜蜂在花丛里蹿上蹿下，舞动轻盈的翅膀翻飞着。公司在秀湖附近，空气好，绿树多。我们坐在树下，看到一条林荫路，树木幽深，一层叠一层，连阳光都只能看到零星的碎片。

　　前不久，她帮了我大忙。有一回培训结束后，她这样对我说："你这里其他都挺好，就是管理有点乱。"

　　她说到了我的心坎上。的确，我的心思都放在教学上，但这里还有许多的事，工商、税务、城管等等，我也都要管。还有日常管理，人进人出的，安全问题，甚至用厕问题，这些都叫我头大。她是明眼人，一眼就看到了问题的本质。"是啊，我正头痛着呢。"我无奈地说。

　　"这样，我叫我办公室主任过来，让他把管理经验带过来。不难，很快就会让你这里干干净净、舒舒服服、有板有眼。我再给你捐一些办公桌椅，很快就会耳目一新的。"

　　"太好了，但捐就免了。"

　　"几张桌椅，我还是能付的。不必客气，不能太寒酸了，你的办公场所要像你吹的乐曲一样赏心悦目。就这样定了。"

　　她的语气坚定又真诚，换了平时我肯定拒绝，那会儿我却拒绝不了。她就像是我的家人，我如果说一声"不"，就是对她的伤害。我开不了口，我说不出这个字。她像什么呢？对了，就像姐姐。那种说话的口气与做派，就如同我的亲姐姐。这个亲姐姐不会耍弄我，只会关心我、爱护我。我对她就是这样一种感觉。

很快，她叫来了施主任，四十岁左右。施主任把他的管理经验和盘托出，带着我和大李他们一起轮训。对于一个初出茅庐的人来说，这真是一场及时雨。有时我真觉得要崩溃了，问题太多，又无从下手。感觉生活就像一团乱麻，一锅糊掉的粥。就这样，施主任亲自抓管理，一下子把我这里的老师和管理人员给管好了，服帖了。工作井然有序，分工明确，矛盾减少；环境整洁，窗明几净。

"单位是要靠管理的，有时需要方，有时需要圆。"施主任临走前这样总结道。

我对她充满了感激，觉得她真有本事，藏而不露，又恰到好处。

秀湖边，波光闪烁，和风阵阵。她让人搬出一个烧烤炉来，还有各种瓶瓶罐罐，里面是香料和酱料。搬东西的正是施主任。我不好意思，要上前帮忙，他说不需要。此刻的施主任摇身一变，又成了烧烤工。肉在炭火的熏烤下香气弥漫，连草丛里都飘满了香气。

我们喝着茶，尝着烤肉，偶尔还会轮流吹一段萨克斯。萨克斯就像一道点心，令在场的人都开心。

施主任忙进忙出，没有一点不乐意。他后来也坐下来，吃了几片烤肉。"我曾经是庄总资助的一名贫困大学生，毕业以后就到她这里工作了。"施主任边吃烤肉边这样说。"哦，原来是这样。"大家一齐感叹。

"都陈年往事了，别提了。"她挥了挥手，淡淡一笑。

我对她更敬佩了。

她拿出萨克斯，外面是层层丝绒，包裹得很仔细。她吹奏的音很准，但节奏有些问题，她在努力捕捉。我能感受到她的认真，她在力争吹好每个细部。即使吹得不好，她也没气馁，有一种不放弃的执着。她穿了一套运动装，白色休闲鞋，一身轻松自在的打扮。她吹的时候，树丛里正好有两只斑鸠，它们没有被惊飞，探着头，一副好奇的样子，仿佛在认真地听。

她事业有成，生活精致，有紧有松，有张有弛。我默默地把她当作了自己的榜样。

3

"知道我为什么要吹萨克斯吗？"

我摇摇头，每个人到我这里来，目的都不一样。我不知道她深藏的内心，但我好奇。

"那是在国外，在比利时。有一次，我走在街上。正是新冠疫情最严重的时候，我戴着口罩，严严密密，但老外们都不戴。我来到一条小街上，在一个转弯口，围着一堆人。有一个人正在吹萨克斯，是个中年男人。他吹得投入，乐曲是明亮的，他那个人却让我感到悲伤。这是一种直觉，说不清，反正我知道这人内心有悲伤。一问，果然，他唯一的女儿得了新冠死了，他也失去了面包坊的工作。就是这样，一个孤独的男人站在街头，他好像不在乎人们给不给钱，只是在吹，像一座雕像一样，他的表情深深地打动了我。我真的被他感动了，不知为何，我还掉了眼泪。真的掉了眼泪。"

她认真说着她的故事，表情严肃。"音乐是能表达感情的，一些很微妙的感情，一些只有知音听得懂的声音。"我说。

"是的，太对了。就是那个时候，我好像一下子听懂了。他的悲伤在骨子里，连空气都能感受得到。就是这一次深深触动了我，每当萨克斯响起的时候，我就会想到他，好像他就站在我面前一样。"

她拿出一沓相册给我看。其中有一张，里面的房子建得像城堡，我拿在手里，端详了许久。"这是我们的厂房，房子漂亮吧？但这是一个噩梦。"说到这时，她的神情变得有些异常。

"你在国外也建过厂？"

"我想开拓海外市场，很匆忙去东南亚征的地。这是一种冲动，当时不晓得，还沉浸在国外开厂的喜悦里。爱之莲开始进军海外了，听上去好像很了不起，其实这是一种虚荣，一种沾沾自喜。后来，连续的困难就摆到了我面前，一是工人罢工，要求涨工资。还有人在厂里搞破坏，偷设备和原料。这些都是之前没有料到的，不过还好，我都扛了过来。"

我听着她的讲述，如同听天书一般。"很艰苦啊。"我说。

"这个还不算什么，当时差点出事，出大事。你知道吗？我还被人绑架过。"

"绑架？"我的心一下子缩紧了，目光里流露出惊恐。

"是的，有一天，我刚回到住处，就来了三个大汉，把我架走了。真像是世界末日，好好的人突然不一样了，我被他们禁锢起来，连身子转动一下的自由也没有了。我一直告诉自己，这是幻觉，这不是真的，是我幻想的，但不是，这恰恰是真的。"

"后来怎样？"我急迫地想知道结果。

"他们只是要钱。要钱就好办。后来，我就让人把钱送了过来，没有报案，报也没用。如果报警，我可能早已经不在了。就在那个时候，我对钱有了更深的认识。钱是有用的，也是无用的。他们没有对我怎么样，只是把我关进了一间很小的屋子。后来我看着他们清点钱财，他们一个个很高兴，还过来谢谢我，说我大方，说我会有好报。他们中有一人会说中文，他随时当着翻译。他们放我走的时候，他突然拉着我的手，对我说对不起。我看不清他的脸，或许我以前见过，或许从来都没见过。他们都蒙着面，只露出眼睛。我能看到他眼睛的闪烁的光，一闪一闪的，我相信他的话应该是真的。"

我越听越玄，觉得离谱。"当时你怕吗？"我问。

"当你真正进入某种情形的时候，实际上这种怕是有限的。也就是说，我在当时并没有多害怕，他们很随和，给我水喝，有人还给我买来汉堡。反而是事后被释放了，这伙人散去了，我倒有些怕了。如果他们拿不到钱，估计会对我动手，一定会动手的。"

"你很坚强。"我说。

"别人也这样说，我没有流过一滴泪。我告诉自己会过去的，一切都会过去的，这仅仅是个玩笑，一个小小的玩笑而已。我真的就是这样想的。"

我突然觉得她很高大。眼前这个女性，初看觉得平常，但内心里有着极其刚强的一面。她管理着七家工厂，八十多家门店，但她风轻云淡。当她把萨克斯管子贴到唇边时，又好像忘了自己企业家的身份，成了一个笨拙的学生。她在好奇和好玩里探索，眼神就像个孩子。

"小艾老师，我这个运气总是不顺，有没有好办法？"

"小艾老师，如果我能吹到你水平的百分之十，就很满足了。"

4

宾馆前搭了舞台。灯光亮了，音响响了，夜晚被萨克斯迷人的声音包围了。

主意是她出的，她说中秋节活动可以做得浪漫些，要接地气，不要板着脸。我觉得她的想法极好，采纳了。这天晚上，俱乐部的人基本来了，每个人都各显身手。小小的舞台在夜色和微风里延展，乐声悠悠，舞台上下欢声笑语。

她给这次活动提供了十万元。这是她的赞助费，里面包括场租费、舞台费。她还提供月饼，定制的，包装精致，味道上佳。

俱乐部的人都很敬佩她，有人叫她姐，或大姐，有人叫她庄总，也有人叫她"我们的董事长"。每次这样，她都莞尔一笑。她单身，听说早年有过一段婚姻，后来黄了。有了事业，她再也没嫁过。"我嫁给了我的服装。"她这样说。

我吹了五首曲子，《下雨的时候》《雁南飞》等等。她也登台了，吹了《巴比伦河》。她还不够娴熟，但吹得认真，投入了情感。

散场时已近子夜，因为喝了酒，她不能开车。我自告奋勇开车送她。她说："好，小艾老师你真是好。"

我把她送到家，这也是我第一次去她的家。她住的是一栋别墅，在石臼漾湿地的边上。一束灯光斜斜地打在院门口，庭院显得有些斑驳、模糊。浓密的花草铺陈着，在月色里低头不语，又好像在瞧着我。花草丛里有一方太湖石，上面的红字仿佛能穿透夜色。三个大字"小隐地"看上去很飘逸，估计是某个书法家写的。这是一个别致的名称，我朝四周张望，嘴里喃喃地念着这三个字。

室门打开时，一只毛发蓬松的狗躺在门口。家里还有个保姆，还没睡，在等她。除了保姆就没有别的人了，偌大的别墅里，只住着她们俩。开门时，一股风吹了进来，飞快穿过，我感到一丝寒意。那只狗长着两只肥大的、下垂的耳朵，对着我叫，叫得凶狠。她说了一声，它突然刹住了叫声，围着她亲热，还舔她的手。她蹲下，摸它的头。我看到了它的眼，混浊且发红。

室内的光是收敛的，柔和的，带着几分暖色。红木家具和红木书架收拾得精致。墙上有画，壁上有青瓷，还有几盆简单而又不失意蕴的插花，像是无意点缀，又恰到好处。她为我依次开灯，灯像水流一样。我站在那儿，顿觉恍惚，每一个局部都是一道风景。桌子怎么摆，画怎么挂，椅子如何放，插花如何陈列，都精致无比。"小艾老师，你坐，这是我发呆的地方，也是我的小隐之地。"

"小隐？你不隐啊。"

我坐下，保姆给我端来茶。清香的绿茶冒着热气，茶叶在旋转、舞蹈。音乐起来了，是古琴的声音，优雅、活泼，又浑厚。

"你不知道，我是隐的。我大部分时间都在这里，练字，听音乐，墙上是一些我收藏的画。"她带着我，走进每一个局部里。

我看到了好些画，在走廊，在大堂，在转角，在一抹窗口。一张长桌前，是一张青绿的画。我到了画跟前，与画面对面。她伸出手，指着镜框。"我特别喜欢这青绿，极喜欢。那种青与绿里面，有一种极大的和谐，我就喜欢这色彩，它让我安宁，让我生出欢喜。"

我凝视着那幅画。它是一幅山水，山是连绵的，水是灵动的，有两条船，一条大，一条小，大的里面坐着人，有人在喝酒。我喜欢这样的氛围与感觉，尤其是那淡淡的光线。青绿是一种我不熟悉的美，与众不同，十分舒心。

她又带我看其他的画，有林风眠的，有傅抱石的。林风眠的是一大片芦苇，两只大雁从上面掠过，能读出秋风和肃杀。"都是真迹吗？"我好奇地问。

"那当然。我不可能喜欢仿画或者假画。这里每一件都是真的。"

一束插花放在一盏射灯下，单一，宁静，仿佛带着某种孤傲。我凑近花，闻到了花的香味。此刻，它在一个角落里无声地绽放。在一枚假山石后面，是一幅金石书画，上面的篆书生动又陌生，还带着无形的力量。

"我最喜欢溥心畬的画，有宋韵，笔墨简单，寥寥几笔，很入我的心。我太喜欢他的画了，色彩单纯、松散。我与溥先生凝视，对话……他的画里面有我想要的所有东西。"她打开保险柜，拿出一本册页。是溥心畬的小品，有兰花、竹子和松树。如她所说，画面干净、简练，笔法生动。我竟微微受了些触动。

"现在我明白了，你的隐是指什么。你有一个自己的世界。"

"也可以这样说，其实也不全是。我只是觉得这是我要的生活，其实，我对挣钱不感兴趣，要那么多钱干什么呢？我的儿子在国外，就像一个陌生人，几年才回来一次，也难得在微信上来个视频聊天。有人对我有误解，好像我只会挣钱，除了钱其他都没有了。可我的内心告诉我，钱是身外之物，我追求内心的东西，一种让我圆满与自足的东西。"她又补充，"这也是我来学萨克斯的原因。"

"你这里都是中式的，为什么还学西洋乐？"

"中西合璧。国外跑得多了，我也喜欢西方的文化，特别是音乐。"

我的眼睛一刻不停，从来没有一间屋子让我生出了那么多的欢喜。我拿出手机，拍了许多照片。这里每一处都是生动的，整体是完美的，每个局部也是完美的。美无处不在，美渗进每一个细部。美恰到好处，多与少在这里极致统一。如果是白天，阳光从外面的树丛里探进来，片片明光，这屋子或许会更美。这里有一种超然，有一种脱离日常的觉醒存在。"太喜欢这里了。"我赞叹。

"喜欢可以多来。这里对你是敞开的。"

"真的吗？"

"怎么不呢，你随时都可以来。"

5

她时常去寺院，有时也带上我。

沿着长长的石阶，我们迈步其上。细长的屋檐伸在空中，香烟袅袅，黄色的墙壁很温馨，也很入眼。我们去的寺院不大，叫曹皇庙，在南湖大桥边上，夹在铁路与桥梁之间。这真是一座奇怪的寺庙，不显眼、别扭，但香火很旺。她似乎特别喜欢这里。

"看，火车就在前方通过。"果然，一列绿皮火车呼啸着从头顶上方经过，整个庙宇都在微微颤动。

一旦进来，她就很虔诚，不说话了。我看着她在每个菩萨前叩拜，神态安详、宁静。我跟在后面，依样画葫芦，样子肯定很笨拙。

从曹皇庙出来，我们步行至大桥底下，那里有个公用停车场，能听到大桥上方车流"哗哗"的声音。拜完佛以后的她，像是刚从浴室里出来，脸蛋红红的，神采飞扬。我瞥了一眼，有点诧异，又觉得能理解。"做事情需要诚心，诚心了，什么都能做好。"她说。

不远处是开阔的西南湖，水面上有几只小野鸭，它们欢快地划动水面，又很胆怯地望着我们。

"你看，动物多好，不像人一样钩心斗角。"她淡淡一笑，"对了，不应该对你说这些。小艾老师，你是个单纯的人。"

6

她来电话，说金宝不见了。金宝就是我见过的那只狗。

我眼前浮现出她与狗亲热的一幕。金黄的毛，柔软的毛，如风一样的毛。她抚摸着金宝，金宝依偎着她。这是温馨的一刻。"出去散步，我接了个电话，金宝就不见了。"她口气里有急迫。"怎么会不见了呢？真是非常奇怪。它是老了，但很懂事，它比人还聪明，聪明得很，机灵得很。"她一遍遍地说。

金宝已经十二岁了，一直跟着她。每天都跟着她。甚至她到东南亚也带着金宝。

我赶了过去，跟她一起找。它是早晨在路边公园丢失的。

我们一起来到现场，所谓现场就是丢狗的那个地方。附近有一条小河，曲曲折折，修了步道，植了花草，还安装了一些健身器材。边上还有两个巨大的铁笼子，一个是网球场，另一个是羽毛球场。清冷的阳光洒在球场里，里面空无一人，斑驳的光影投下长长的影子。她怅然若失，心事重重。我想，一只狗，不至如此吧。

我们在公园里呼唤狗。她叫一声"金宝"，我也叫一声"金宝"。"金宝，金宝"的声音此起彼伏。

公园是狭长形的，沿着一条小河道盘旋。水道中央栽了水培植物，一些紫色的花朵在河心绽放。她的脚上是一双小白鞋，小白鞋被露水打湿，沾了草屑和泥巴，脏兮兮的。"担心死了，不知能不能找到，我真的是担心死了。"

"应该会找到的。它能到哪里呢？肯定就在附近。"我安慰道。

其实我也不知道，又想，一只狗应该认识回家的路。

"它老了，病了。"我想到那天见它时，它的眼睛血红，不正常。"你知道它待我有多好吗？能有多好就有多好。它离不开我，我一走，它就在门口等。我不回家，它不吃东西。狗有灵性，狗真是这个世界上对人最好的动物。"

她在跟我说，又仿佛自言自语。我对她的话将信将疑，不就是一只狗吗？最多是围着你的两腿打个转而已。

"你的眼神告诉我，你不相信我的话。我没办法解释，事实就是如此，它是最好的，一直以来都是最好的。"

我点点头，假装理解。我能怎么办呢？

太阳爬到了正中心，我们汗流浃背。在一处树荫下的长椅上坐下后，她喘着气。

"它老了。这段时间我一直在想一件事，它要是死了怎么办？说出来你可能不信，我无法面对。"这令我惊讶。生老病死是常态，她的纠结是我无法理解的。她一直低着头。"怎么个死法呢？这是个大问题。"她突然一声长叹。

"安乐死也可以，我听说过给动物安乐死。"我说。

"当你明白它对我有多好时，就会下不了决心。我软弱得很，不会这样去做，我不可能让一个生命在我的意志下结束。但我又不能看着它痛苦，它经历痛苦是在折磨人——它受折磨就变成了我受折磨。"她又道，"就是这样，我纠结它的事。我越来越无法面对即将出现的这个结果。"

下午至傍晚，她发动门店的员工来寻找金宝。三四十人放下工作，加入了寻的队伍。他们不仅把公园的每个角落都找遍了，而且还跑到了附近的居民小区，在小区里、马路上、草丛里、垃圾桶里寻找……

7

次日晚，又接到她的电话。我以为金宝找到了，或者干脆金宝已经死了，但都不是。她还在找。

"小艾老师，能过来一下吗？"她的声音里有期待。我怎么能拒绝呢？

门开着，我悄无声息地进去了。她就坐在小隐地的大客厅，凄清笼罩四周。我面对的是她的背影，沙发把她包围，她陷在其中，像在沉思，也像是脱离了这个世界。灯光把面前的一切都涂上了说不出名字的色彩。我呆立在门廊，不见保姆身影。

"噢，你来了。"她仿佛在自言自语，"和我一起去湿地吧，我联系好了，请他们把门打开。金宝就在那儿，我有百分之九十的把握。"

石臼漾湿地就在附近。新塍塘流过来的水，经过这片改造过的土地，经过植物和土地的净化、过滤，再输送进水厂。这片湿地以前是开放的，这些年来的人多，就被封闭了起来，建了围栏，人们不能随便进出了。

夜色里，湿地黑幽幽一片，里面有芦苇与树木，风带来喧哗声，声音在描画黑色，黑色在弥漫、展开。她走在前面，脚步匆忙，她的影子被灯光拉长，投在地上。我像个随从，踩着地上的影子，影子在快速移动。一个简陋的传达室里亮着一盏并不明亮的灯，空调挂在外面轰轰作响。她敲门，说明来意，一个瘦高的男人出来，奇怪地端视着我们。"跟你们王总说过了。"铁门被推开，一股阴风从遥远的一片水面传来，直扑面颊。

"要小心，里面有蛇。"保安提醒。我的胆怯上来了，但她似乎不为所动。

月亮从云层里晃出，片片浮云在天上，像是贴在穹顶。我们一人一部手机，苍白的亮光引导着我们。树叶的喧哗更甚了，芦苇丛灰乎乎的，一大片又一大片，时而挺直，时而弯腰。现在整个空旷的湿地只有我们，两个人一前一后，或一左一右。第一次置身于这样的环境里，我有些不适应。风吹到头上，感觉寒寒的，地里还有低沉的蝉声和虫声，它们藏匿在草丛或树丛里。树影在黑暗里张开，影影绰绰，恍惚又朦胧。我的不安在加剧，怕真有蛇出现在脚边。手机的光放出去，照到近处，也照到远处，远与近不时交织。

"边上有开口，狗能够从角角落落钻进来。它很有可能在这里。前几年没封闭的时候，我一直带着它来这里的。"她说着，似乎在为金宝躲藏在这里寻找理由。这是一个合适的理由。

"金宝，金宝。"我开始叫。我一叫，她也开始叫。呼唤声此起彼伏。

她的行为越来越与她的身份不符，也与常人迥异。为一只狗不至于如此大动干戈吧，但她似乎到了失控的边缘。眼前这个人更像是个普通的工厂女工，正撩开一丛丛低矮的灌木，把头低下去，钻进树丛的缝隙。"猫死的时候很机灵，不会死在家里。它会出去，找一个地方静静地死去。金宝也可能有这种想法，它不想连累我们。它肯定是这样想的。"

这是一种离谱的想法，我实在没忍住，脱口而出："怎么可能？这是你一厢情愿。"可一说出口，我就后悔了。

我以为她会生气，结果没有。"也可能是我想多了，我一直在胡思乱想。"

走到岔路口，湿地一大片水面露了出来。在月色下，灰色的水面看上去有些宁静，又有些泛白，还有一层淡淡的雾气在升腾。水域中央有芦苇丛，它们分散着，又似乎连成片。一只夜鸟听到响声后蹿起，猛拍翅膀，吓了我们一大跳。它贴着水面腾起来，消失在芦苇丛上空。现在，两个她在交织、混合，变得不可调和。一个是面对绑架，仍旧能保持镇定和坦然的她，另一个，则是面对一只狗流露出胆怯的她。她们好像不是同一个人，又恰恰是同一个人。我觉得是我出了问题，出了什么问题呢？我不清楚。黑暗中，她一会儿钻树丛，一会儿又对着空旷在叫喊。她的声音迅速被这个黑洞洞的夜吞没，变得缥缈而不真实，化成空气和尘埃的一部分。

灌木丛里传来声响，像是有什么动物跑过，能听到脚步声和摩擦树枝发出的沙沙声。"金宝，金宝。"她朝那片区域奔去，脚步飞快，背影融了进去，变成灌木丛的一部分，我没跟上。她消失了，她与灌木分不清彼此了，只有呼叫声还在其中。

几分钟过去了，没动静，连叫唤的声音也静止了。

雾气在加大，虫子在浅声低吟，有几片萤火虫群掠过草丛。"阿莲姐，阿莲姐。"我喊叫着她的名字，脚下全是草，草包围了我的鞋。草尖顽强地钻进袜子，刺痛了我的脚背。手机的光撕开灌木丛的幽深，树叶、树皮贪婪地吸收着光泽。我找不到她。光牵引着我，我不停地叫，却得不到任何回应。

树枝摩擦衣服，发出很大的声响。我还担心有蛇，不停地拍打树枝，尽可能弄出动静来。

光终于在一条沟里逮到了她。她跌进了干沟里。她在动，连身上的肉也在颤。

我伸出手去拉她。她那柔和的、带着哀求的目光就在我眼皮下面。我握到了她软软的手，一提，她上来了，但很快又滑了下去，再次坠入被草丛包围的干壕里。我用更大的力气猛地一提，她一头撞进了我怀里。她抱住了我，同时还有哭声。她在哭。她紧紧地抱住了我。

"好了，现在好了。"我宽慰她。她抱得更紧了，两只手臂从我的腰里转移到脖子上，紧贴住我。我闻到了她头发的气息，那是一种我全然陌生的气息。她的哭声更响了，"原谅我，原谅我，一定要原谅我。"她喋喋不休，始终没有松开。我试图抖落她的手臂，她却抱得更紧了。

"我太爱金宝了，它死了，肯定死了。"我看不到她的脸，她的脸在我的脸右侧，只有热气在我耳边浮动。

"要接受这个事实。好了，松开我，我都喘不过气了。"

"我不松开。让我抱一会儿，再抱一会儿。"

她开始亲吻我，吻我的脸、鼻子，还有嘴唇。我被吓坏了，全身僵硬。

到处都是树的影子，高矮不一，疏密不一，它们仿佛在看着我们。风穿过来，缠着我们，我觉得那是在嘲笑我。世界凝住了，一动不动。我的心好像没有长在我的身体里，甚至我这个人都不存在了，我成了一个幻景。随着亲吻的加深，这份幻景感更明显，更持久了。"我喜欢你，一直喜欢你……你难道看不出来吗？……"

我拼命摇头。手里的手机灯还亮着，斜斜地探进树叶间，那道光让树叶变成了碎片。

"我们做情人吧……"她竟说出这样的话。

我不知是如何摆脱她的，只记得跃过沟壑，落荒而逃的场面。树枝缠住我，拉扯着我，我还是没头没脑地往前。地上坑洼不平，甚至我还扭到了脚。跑出这片灌木丛时，我大口喘着粗气。一个和我妈一样年纪的人，竟然对我提出了这样的要求。我一丁点的想法也没有，连一丝的念头也没有过。看来真是大意了。

起雾的水面上潮气袅袅，正源源不断地朝我涌来。一群萤火虫在舞，在树丛的上方闪闪发亮，又像是一直挂在那边，它们仿佛也在围观我。像是刚经历了一场地震，带着震后的余波，我从慌乱、胆怯中奔逃而出……

8

音符中止了，属于她的萨克斯不再奏响。她再也没来，我也没联系她。我想去看她，又纠结，我跨不出这一步。

有一回，我去省城办完事，开车回家。打开收音机，我听到里面有人在朗诵，读的是《爱莲说》，我马上联想到了她，于是凝神听了好一会儿。

　　水陆草木之花，可爱者甚蕃……予独爱莲之出淤泥而不染，濯清涟而不妖，中通外直，不蔓不枝，香远益清，亭亭净植，可远观而不可亵玩焉。

　　我时常会想起她，不是那种恋人般地想，而是一种家人般地想。她的音容笑貌，她的表情神态，她对我所做的一切。她活得与众不同，我仰慕她、崇敬她，然而，她的亲吻毁了这一切，也让我无法再面对她。她与我妈同辈，我最多只能尊称她为姐。这是极限了，每个人身上都是有极限的。当然，我还是止不住想她，想得有点天真，也很滑稽。

　　她的那些门店还开着，生意依然火爆，有关她的消息都是从别人嘴里听来的。我想象她一个人坐在小隐地，欣赏着画，或听着音乐。她不会因为我而改变她的生活方式。她静坐，安宁，内心喜悦，沉浸在她自己的世界里。她优雅极了，就像湿地里纯净的空气。我真的非常欣赏这一切，也希望与她交流。然而，现在一切都不可能了。

　　夜幕落下，笼罩四周。这一天，轻风和煦，树梢被柔和地摇动。我突然想去看她，说不清原委，就是想过去看上她一眼，像以前那样说说话。如果能回到从前，那该有多好。她就像我姐一样，处处为我张罗，照顾我，关心我。在我的人生历程中，从来没有这么一个人，以后也绝对不会有这样的人了。她是亲切和美好的代名词。上帝安排她出现就是这样的目的，我是这样认定的。

　　我还是去了。晚上七时左右，我带着隐晦的目的到了她家门口。湿地边的青蛙偶尔在歌唱，久居都市的我听起来新鲜又刺耳。

小隐地临河，白色的墙，暗红色的瓦片，中西混搭的风格。这是一片艺术之地，是我神往的地方。此刻，我看到了里面的光亮。这样闯进去总有些突兀吧，我想先在微信上告知一下。

打开微信我才发现，她居然把我拉黑了。

我心里一片茫然。是啊，我为什么要来这里呢？我到底是为什么呢？我站到围墙边，墙不高，但里面的竹子和假山挡住了视线。她在，她肯定在。屋子的尖顶仿佛触手可及，她应该就在客厅。我徘徊着。

到门边一推，印着艺术图案的铁门竟然开着。门没关严。

我心里有点胆怯，好像小偷一样。我感受着我的脚步，脚步是轻的，怕踩出了响声。我听到了水流声，也看到了夜色里开放的花朵，还有阵阵花香。夜晚的房间是模糊的，不清晰，没有像上一次亮起来的夜灯。我一抬头，看到了客厅玻璃后面的人影。应该是她。她占有着这间屋子，这个空间在华丽绽放。她吸吮着时间的甘露，一个人驰骋在她自己无边的疆域。

我悄悄靠近，一点点，又一点点。影子更近了，在一道薄窗帘的后面。

猛地听到了狗叫声，金宝，真是金宝，它竟然回来了。它正朝我冲来，怒气冲冲，叫声暴戾。我转身朝铁门跑去。它追得紧，发了疯一样，似乎快咬到我的脚后跟，我的脚踝都能感受到那家伙的气息了。我飞起一脚，踢了过去。它被踢到了，"呜呜"叫，在地上打滚。我乱成一团，心里在说对不起，腿却跑得起劲，树影、盆景、假山，全挤一块了。

我撞到了花架子，架子倒了，花盆碎了，巨大的轰鸣声腾空而起。这一下搞得我更加手忙脚乱、慌慌张张了。当我奔到围墙门口，快拉那道艺术铁门时，我下意识地往回看了一眼。

我看到了她，就在客厅门口，灯光之下。她的眼神是好奇的、诧异的，但很快就暗淡了。我们的目光对视了一两秒钟。

对方的目光是陌生的，带着冷漠，也带着怀疑和不确定。

金宝还在朝我奔来，带着愤怒。"金宝，回来。"说完，她快速转身，回到了室内。她竟然没与我打一声招呼。

金宝真的停下了脚步，恍然凝视着我。我站在围墙边，竟忘了去拉门。

9

再见她是在一年多以后。

我在抖音上点开一条视频，是中国最具价值服装品牌颁奖典礼。没想到，爱之莲服装竟获得了设计奖。当主持人说完爱之莲时，我心里愣了一下。我看到了她，她穿着一件白色套装，头发微卷，脸端庄，有神韵。原先我以为她会变老，面部松弛，结果没有。她依然神采奕奕。

她款款走上台，接过奖杯，高高举起，朝空中挥动了几下。她是老练的，即使站在舞台上也有风度，能把舞台压住。

对着话筒，她开始了即兴演讲。我的脑海里乱糟糟的，她在讲什么，我一句也没有听进去。我记起了她每一次走进培训教室时的情形，她从那扇门里进来，身影倒映在地上，拉出长长的影子。我竟产生了一种狂想，希望她哽咽，忘了词，说不出话来。然而她的嘴一直在动，似乎很流利，很有节奏。

我一直盯着她的嘴，它在动，在屏幕里动。最后，它不动了，她再次高举起奖杯，来回地摇动着。

音乐响起，彩屑飘扬，落在她的肩头，落在宽大的舞台上。

生活开始回归平淡，尽管还有培训班和俱乐部的事，但我更喜欢独处。我发现，我向往庄姐那样的生活，想过上一种和她一样的生活。我在一个叫栖真的地方找了块地，也打算造一间小隐地。我再也见不到她了，这一辈子也不可能，但我内心深处，她一直在，就在那里停泊、永驻。想赶也赶不走，想撵也撵不了，就像水里的月亮。那是月亮吗？是月亮，但不完全是，又肯定是。我连建造的式样也是仿造她的，我就是这么做的。

年底，世界互联网峰会在乌镇举行，组委会给我发来邀请，让我去为嘉宾表演。我很兴奋，这是我的荣幸啊。为了吹好曲子，我练习了好久。

表演放在晚上，偌大的会场挤满了人。前面有舞蹈，有流行歌星的演唱。轮到我时，我提着萨克斯上台，台上只有我一个人，底下全是人脸，中国脸，还有外国脸。我吹奏起了《下雨的时候》，吹的时候我想到了她，仿佛她就在眼前，仿佛为她而吹。

雨在下，猛烈的雨，舒缓的雨。雨向下滑落，形成流线一样的线条。雨在翻飞，把整个天空撑满……

我想到的便是她，那个雾里看花般的人物，那个坚强又脆弱的形象。

我落泪了。泪流下来，跌在了金属管子上，化成了另一种音符和暗号。我全情投入。

　　台底下掌声雷动，人们都站了起来。他们为我鼓掌、尖叫。吹罢，我站在那，一时没回过神来。泪还在淌，直到掌声再度响起……

　　　　（原载《雨花》2024 年第 4 期，《小说月报·大字版》

　　　　　　　　　　　　　　2024 年第 5 期转载）

露天牌场

1

十二点半，陆续有人来了。每天都是如此。

声音从牌场传来，直达我的耳朵。这正是午睡时刻，我会在躺椅上跷起脚，眯上一会儿。我的身子被花圈围住，就像藏在一片花海里。花有白色的，也有紫色和暗红色的。送别已故的人，更多的人送白花。白的花球大，很扎眼，那些白色仿佛是通往另一个世界的符号。扎花就扔在桌子上，我有空，或者有心情时，就会扎上一会儿。电视一直开着，有时播新闻，有时播点体育比赛。

隔壁是个小杂货店，卖香烟、饼干、面包，还有女人用的卫生巾等等。他们有个锅，到中午的时候，电磁炉上会飘来炒菜的香味。我不烧饭，带些隔夜的饭菜，到中午在微波炉上转一下。再过去是理发店，有两张铁椅子，白色的漆已剥落，锈迹斑斑。偶尔会有老人在刮脸，收音机里经常是苏州评弹的声音。中午一过，牌场开张，人们就在理发店门口支起玩牌的折叠桌。此处正好有几棵香樟树，为牌友们挡住阳光，带来阴凉。声音不时传来，一阵阵地。"喂，怎么搞的，出啊。""他妈的，抓了那么臭的一副。""哇，少见的好牌，直捣龙门，爽爽爽！"各种声音此起彼伏，敲桌子的声音，吐痰声，更有吵闹声，有时好像要打起来似的。"无赖，你赖！"刚开始那阵子，我会去瞅上几眼，看他们争得脸红耳赤。渐渐地，也习惯了这些声音。

那日，我正在躺椅上养神，有一点点进入梦乡。听到脚步声，我抬起头，看到有个女人进门。那人穿着红衬衫，皮短裤，头发披散着，胸部鼓鼓的。我吓了一跳，以为在梦里。"有卫生间吗？能用用吗？"她环视四周问。我起身，揉了揉眼，上面好像蒙了灰。"有的，有的。"我边说边找鞋，但鞋一下子找不到。一只苍蝇在头顶上盘旋，我有些恼，挥手想赶走它。我指了指里间，那里有道小门，门把手掉了，锁芯露在外面。一串零乱的高跟鞋声后，门被反掩，不久，就听到了"咣当"一下的冲水声。

她出来时，我把躺椅收了起来。卫生间有点小，且挤。马桶盖的螺丝歪了，摇头晃脑。管道也老化了，有时还会漏水。地上的马赛克二十多年了，积满了污垢。里面有一个灯，塑料壳上粘了好多蚊子的尸体。看到她，我突然脸红了，为自己平时懒得搞卫生感到难为情。她用纸巾擦了擦手，不过没马上走，而是在转着看。目光从这个花圈转到那个花圈。

"你为什么开这么一家店，阴气沉沉的，不好！"女人说。

我一愣，从来没有一个人这样跟我说话，而且是个陌生的女人。

"现在可以开那么多店，你为什么偏偏开了个花圈店？"

"开了好久了，想关，又想不好开什么。"这是我的真心话，现在花圈行情一年不如一年。

"人家说，人走的时候最好要快，越快越好，这样不痛苦，不拖泥带水。我外婆就是这样，睡了个觉，睡啊睡，没有醒来。她活到了九十九岁。好多人都羡慕我的外婆，说她有福。我 ×，我可不要这么长寿，活短一些问题不大，但要快。这样就没有痛苦了，你说呢？"

她说了"我 ×"，这个词从她嘴里冒出来，我感到震惊。我用惊诧的目光望着她。

"不过，这个由不得自己，谁说了都不算，连皇帝说了也不算。"她又说。

"生死由天。"我说。

她笑了，露出一口白牙。"我胡说八道，不要当回事。不过，这是真话，真话难听。"

我噗的一声笑了出来。"你倒是蛮有特点的。"心想，这倒是个人物。

她拿起一朵纸花，放到胸口比试了一下。"要我开的话，就开鲜花店。死人也可以送鲜花。鲜花就隆重了。噢，轮到我了。今天运气不错，赢两百多了。走了，走了。"然后，她就消失了。

竟然是个打牌的女人。在我的印象里，在这里"叽叽嘎嘎"的都是男人。待她出去不久，我把头从门口探了出去。

我看到的是女人苗条的身影。

她已坐在牌桌旁，朝西，一条白腿架在另一条白腿上。那白耀眼，我的眼有些刺痛，还是忍不住多看了几眼。它像块磁铁，在拉着我的目光过去。她在发牌，动作飞快，盯着一张张飞出去的牌。只有她一个女人，这是我见过的第一个来打牌的女人。边上围了好些人，有的拎菜，有的抽烟。

她就在男人堆里，像满池塘的荷叶，突然冒出了一朵荷花。

2

这边原先是钢铁厂。

三十年前，厂里很热闹，工人们戴着安全帽进进出出。烟囱里还不时有黑烟冒出来，张扬地铺陈到天空里。因为效益不错，工人们的腰板都很挺，走起路来铮铮有力。往南不远处是菜场，每天清晨，人们把杀好的生猪一条条地扛在肩头，送进菜场。里面人声鼎沸，菜叶满地，下水道的污水不时从阴沟泛起。往北约一千多米，就是我们城里的火葬场。一般是清晨，天蒙蒙亮时，火葬场的烟囱就会升腾起白烟。白烟不浓，淡淡地，若有若无地飘散出去。每当这时，大家就知道又有一个人离我们而去，升到了遥远、神秘的地方。我的花圈店就是为这个服务的，有时死人还没送来，花圈就备好了，上面写着某某某安息、千古、永垂不朽等字样。我这一干就是二十多年，火葬场搬了，钢铁厂倒闭了，我的店却还在。

火葬场搬到了新塍，迁走那会儿，我很担心，不知花圈店能否存活下去。后来，那里被改成了安息堂，就是人死后临时寄放的地方，辟出了一个个单间，让死人在人间再停留一会儿，有的是一天，有的是两天，最长的好像不超过三天。亲戚朋友来转转，献个花，喃喃自语地说上几句，最后再把死人送往火葬场。安息堂支撑起了我的小生意，买花圈的，买丧葬用品的，买冥币、檀香的都有。

这里与城里不同，死气沉沉。除了有客人讨价还价能滋生出几分生机来，平时则是一片寂静。偶尔能听到街上汽车的呼啸声，或者送啤酒的车从不远处的仓库出来，酒瓶子一路上"当当"作响……自从打牌后，这里就变了，有了一丝的热闹。牌桌旁围着一堆人，总有人在吆喝，纸牌在空中甩来甩去。

女人不常来，牌桌上更多的时候是一群男人。他们抽烟，喝茶，牙齿都是黑黑的。女人是何许人？怎么会混进男人圈？路过理发店，庄生在扫地上的头发，我想问问那女人的事，但还是没问。很唐突，开不了这个口。她偶尔会来，一来总是坐靠墙的位置。她脸上涂粉，喷香水，穿那条黑色的皮短裤。二郎腿一架，胸部前倾，一点也不害羞。男人们递烟来，她也抽，还嗑瓜子，瓜子壳朝地上吐。

男人们经常在不远处的墙角方便，像野狗一样。她不能这样。我盼望她能再上我的卫生间，可就是没有。我整理了卫生间，用肥皂粉和钢丝球里里外外擦了好几遍，连地皮都泛光泽了。在她出现前，有好几次我想打电话给110，让警察来管一管。他们的确影响了我的午睡，好在时间会胜过一切，久了，这些声音就像没有了一样。我一次也没打过报警电话。我有时会走出店门，透透气，甩甩胳膊。每当这时，我也会走过去，站在牌桌旁，斜眼看上一会儿。有一回见到她了，头发束着，扎成一把，在脑后晃动。她看到我，感觉有点不认识，一会儿看牌，一会儿看我，最后像是想起来了，点了点头。过了一会儿，她又朝我斜视了一眼。

日子就这样散淡地过着。有一天，是个阴天，湿气重得镜子都照不出影了。我在做微刻，灯光就罩在面颊四周，整个人都沉浸在里面，时光也仿佛消失了。等感到一团身影时，对方已在近处。"在忙活什么？是在刻吗？这么小，比虱子还小。"是她，声音怪模怪样。

我从眼眶里取下放大镜，就是钟表店里用的那种。"刻着玩玩。"微刻，是我的业余爱好。她拿起花生米大小的石头，我在上面刻了山水，还有李白的一首诗。

"哇，牛×。"她用惊愕的眼光看着我。"能卖好多钱吧？这个稀奇的。"

我有些不自在，僵坐着。"玩玩，从来也没有卖过。"我说。

"以为你就卖几个破花圈，没想到还玩高雅呢。"她半开玩笑地说。

"这玩意儿扔在街上也没人捡。"我自嘲道。

"不要谦虚，太谦虚就假了。我不喜欢假的人。"她拿起一副大边框的放大镜，拿起石头，把眼睛贴在上面，看了好一会儿。

"我去，里面有好多东西呢。"我坐在那里，僵了，全身像是冻住了一样。女人还带来了一缕香水味，不过那味道不怎么好闻。

她"咯咯"地笑了一会儿，没打招呼，就径直走向了卫生间。

从卫生间出来，我期待她对卫生间有个评价，结果她对里面的变化没有任何表示。整了整皮短裤后，她拉过一把椅子，在我对面坐下。后面是整排花圈，她像被裹在了里面。"我很气愤，这会儿还在气愤。"她突然这样说。

"发生什么啦？"我以为卫生间又漏水了。

"他们赖皮。这帮人不好玩，你知道吗？有人塞牌，让我看到了。"她气呼呼地说。

"你们来钱是吗？"

"你是真傻，还是假傻？如果不来钱，在这里吃西北风啊。跟一个女人耍赖，算什么呢？"

我苦笑一下。"牌这个东西不好。一些人玩牌玩到后来……"

"少来这一套。"她的胸口起伏着，我的眼睛像是遇到了火，急忙闪开。

"我是说那些男人，没骨气。如果我是一个男的，打死也不会这样。"

我不知怎么回答她，只好选择沉默。

"我得赢回来。否则今天太亏了，太对不起自己了。走了，继续战斗。"

她站起，椅子往后一推。这一推，就撞到了花圈，花圈一个接一个地倒下。她张大嘴，不知所措。"完了，阿弥陀佛。"

"你轻点，不要拉碎了。都是纸做的，一动就破。"我过去，轻轻地扶起花圈。

"对不起了，艺术家。"声音跟着她这个人一起跑了。

3

黄梅天到了。天就像在漏，没完没了。

风雨一来，露天的牌场就散了，桌椅也让庄生给收了。路上都是落叶，还有蚯蚓爬进爬出。有时，我累了，会趴在窗口，眺望那如丝的雨。隐隐地，还盼着那个陌生的女人。其实，她来，我也不自在。每次她到店里，我身上就像爬满了蚂蚁，坐也不是，站也不是。不过，我还是念着她，特别是晚上，她会跳进我的梦里。我甚至有些别的念头，在梦里抱她，与她说着什么。我知道自己有点浑蛋。

那天，雨正落得欢，我正在一片小贝壳上刻《三字经》。

门被推开了，进来两个人，一大一小，在收伞，甩水。来人正是那女的，左手提伞，右手牵着孩子。"来来来，来看看这位大师，取点经。"我一怔，以为听错了。

"叫大师。"她又说，于是孩子口齿不清地叫了一声大师。

我吓了一跳，以为听错了。想，女人来捣糨糊了。孩子约十岁，头大大的，身子浮肿，模样怪怪的。她说是她儿子。

我放下手里的刀，把灯光从眼前移开。

"去推拿，他一个星期要推拿两次。正好路过，就来了。没打扰你吧？我们看一下就走。他的脑子有些不好使，就是说有点不一样。不过，我对小海有信心，一直有信心，我告诉他有些天才就是这样，傻里傻气的。他有些地方挺聪明，那可不是一般的聪明。小海，是不是？"

孩子没有理她，好像没听见。

她拿出纸巾给他擦头发。头发上有水，黏到了一起。我去拿毛巾，她接过了，擦他的脸和手。

"绝顶聪明的人，有时候看上去就是傻傻的，就像这样。你孩子多大了？是不是已经读大学？"她问我。

我支吾起来。"我……我没孩子。"其实，我结过一次婚，但时间很短，只有一年多。我老婆死活要跟我离婚。

"噢——"她像要说什么，刹住了。她把孩子拉过来，贴到桌边。我闻到了孩子头发上的怪味。孩子用一种疑惑的、直直的目光看着我。凭这眼神，我看出了孩子的问题。他的手也和一般人是两样的，像鸡爪，有些扭曲。我心里隐隐有些不舒服，为那女人难过。

女人拾起放大镜，把贝壳拿起。她把贝壳和放大镜递到孩子眼前。"看，你好好看，里面有好东西。"孩子聚精会神，左眼闭上，右眼睁得很大，头在晃。在看的时候，他的一只脚还踮了起来。"怎么样，里面是什么？有花有草吗？是不是很漂亮？"

"什么也没有。"他说的时候，舌头像被拖住了一般。

"胡扯，没有花吗？你睁大眼，把眼睁得像窗子一样大。"她夺过贝壳和放大镜，移到自己面前。"是字，这回是字。很漂亮的字，一笔一画，清清楚楚。"说完，又往孩子那里推了过去。

孩子看了一会儿，还是摇头。"没，啥也没。"

她把放大镜放下了，明显表露出对孩子的失望。"我们回去吧，别看了。"她情绪低落。

雨突然大了，沙沙地落在屋顶上，像在扫地。风从门缝里钻进钻出，掀得花圈"哗哗"响，纸带也被高高扬起。"雨大，坐会儿吧。"我搬出两张椅子来。孩子像骑马一样倒骑，还来回地摇着椅子。我不吭声，心想，都是破凳子，他高兴就让他骑吧。

女人这回穿得中规中矩，没穿皮短裤，也没露胸。我从纸箱里取出两个青团子，那是我昨晚做的，用艾草的叶子捣碎糊在面粉里，清蒸后再油煎。"我做的，你们尝尝。"女人不好意思。倒是男孩爽气，一把夺了一个，很快塞进嘴里。他很响地嚼动着，嘴唇上下翻飞。

很快，男孩把青团子吃完了，舔着嘴唇，豆沙馅还留在唇外。"我还想，还想吃。"突然他这样说。这令我意外，于是又从纸箱里取出一个。

"不要啦！不要像只猪一样吃。"女人也吃了，刚吃了一小口。

"好吃的话，就再吃。"我把青团子往孩子面前递。男孩又塞进嘴里。我看了想笑，但没笑出来。别人说我东西好吃，我也是一种享受。

雨齐刷刷地在街面上飞弹，形成一道道水流。男孩狼吞虎咽，他妈妈一直说慢点慢点，但谁也阻止不了他。他还发出"啧啧"声，像是阴暗的角落里的猫吃东西的声音。

男孩又吃完了，双手一摊。"我想再吃，还想……"

"不能再吃了，我说的话你怎么一句也听不进呢？雨小一些，就回去。今天下雨，你爸爸没上班，烧了鱼。"

男孩拉住我的手，摇着，像在乞求。我"噗"地笑了出来。"就让他吃，我这里还有。孩子，你只管吃。想吃多少就吃多少……"孩子笑了，他从椅子上下来，一把抱住了我。他躲避着母亲的眼光，藏到了我身后，像猴子一样来回地蹭着。

"回去了，回去了。"女人说了很多遍，孩子就是不睬。

我用手抚摸孩子的头。他是大头，头发还有些潮。我朝她投去目光，发现她也在看我，忧郁的眼睛水灵灵的。我俩就这样彼此凝视了一会儿。

屋子里很静，只剩外面的风声和雨声。"真走了。"这样说时，她伸手拍了拍我放在小海头上的手。她的手是凉的，但我还是惊了一下，像是烫着了。

她的手掌在我手背上停了有一秒钟的时间。

4

"知道吗？那女人，你知道是干什么的？"庄生站在面前，递了根烟给我。

庄生时不时地来串一下门，把一些街边新闻或者小道消息告诉我。

"一个女人，夹在男人堆里干什么？有一点是可以肯定的，她是个角色。你看她抽烟的样子，老道得很。"庄生又说。

"那她究竟是干什么的？"我好奇起来。

"问得好，大家都在问，可谁也不知道。打完牌就消失，不见了。谁也不知道她去了哪儿，住在哪儿。这可是个谜了，是个角色。她手气好，会打牌，会算，大多数时候总是赢。她有时也到你这里，我在想，你可能清楚点。有人说她做皮肉生意，不过，那也是别人说的。"

"放屁！"我脱口而出，怒不可遏。

庄生的话像一枚钉子，一下子钉到了我肉里。我承认，我会对她有点想法，尤其是晚上。但别人这样污蔑她，是我不容许的。我感到被冒犯。庄生不仅侮辱她，也在侮辱我。

"好了，只当我不说。你也只当没听到。"看我涨红了脸，庄生忙把烟蒂踩在脚底。我有些恨这个男人了。

"你我这样下去肯定不是个办法啊。"庄生抖动着双腿，转移了话题。

"我在考虑搬，你考虑过吗？我们要正视这些问题了。"他看到了尴尬，吹起口哨，走了。

我朝地上吐了口口水，想用这水淹死他。但他走后，我却陷入了沉思。庄生的话给我带来了烦恼，也让我莫名地难受。

但庄生说店铺的话是有道理的。生意每况愈下，活不活，死不死。这些年，人都学会偷懒了，人一死，就会委托办理"一条龙服务"，从灵堂设计，摆放，用车，出殡仪式，再到最后收集骨灰，专业团队全部负责。客户越来越少了，我更多的只是卖花圈。日子真是捉襟见肘。我想不好搬还是不搬，做还是不做，这对我来说，是一件很难决定的事。

尽管这样，麻烦还是来了。出梅后，天空爽朗，牌桌又开了。那天，我运走一三轮车的花圈，从安息堂回来，刚把车在墙角停好，一转身就看到了女人。一群打牌的人正在树荫下，她在人堆里向我挥手。我想，她要上卫生间吧。

我开门，一阵阴风从里面窜出来。

她"噔噔"地跟来，满脸是汗。"我在等你，等了好一会儿了。"她把门掩上一半。我心里在想庄生那句话，那句恶毒的话，它一直存在我脑海里，不肯褪去。

"我在送货。"我洗了手，用毛巾擦着。

"能不能帮个忙，我，我……我都急死了，急得不行。"她语速很快，神态紧张。她居然不上卫生间。我把桌上的一瓶矿泉水递给她，她"咕咕咕"地喝了，有水珠从嘴唇处掉下来。

"发生了什么？"拉亮灯后，灯光让我看到了她局促不安的脸。

"我男人，男人……他在工地上……在工地上摔了，从上面掉下来，现在在抢救。"

我愣住了。她手扶桌子，身子不稳。"能帮帮忙吗？救个急。"

我站着，一动不动。

"能借多少是多少。我现在一团糟，脑子也裂开了。他倒下了，怎么办呢？我和小海怎么办呢？我急死了……"

照理，我应该热心一些，问清来龙去脉，但我没有。庄生那句话就贴在耳畔，一直在挑衅着。我很犹豫，也有点冷漠。我掏出烟，女人眼明手快，捡起桌上的打火机。她要为我点烟，但手在晃，火苗在颠簸。我干脆把烟放下了。

"严重吗？"我问。

"废话！"她在抖。

我内心一直在说，不，不，找个借口不借。慌乱间，我折进卫生间，掩上了门。我要想想，好好想想。待拉亮灯，对着马桶，我却一滴尿也拉不出来。望着这马桶，想到她也用过这马桶，我心里一阵紧似一阵。

从卫生间出来，她披头散发靠在桌旁。"这事有点……有点……"我吞吞吐吐。

"我知道你节俭，早看出来了。这会儿能救个急吗？帮帮我吧，我需要你帮助，帮帮吧。"她的眼神里满是哀求。

"要多少？"其实我心里在说，我跟你只是个熟人而已。我想，要是我有翅膀就好了，就可以飞走了。

"我也不知道，医院在催。"

"一万块吧。"我说。

"不够的，肯定不够的。"我的眼光撞上了她。这一撞，我的眼光迅速被她吞没了。我六神无主。

"那借三万块吧。"我的内心像有两股绳索在绞杀，即使我说出了这句话，绞杀还在继续。

"加点吧，能再加点吗？求你了。"她把手伸出来，放在我臂上，摇着。这一摇，我的心软了，想到了上次她拍我的手。那一拍，在我心里掀起过巨浪。

沉默了一会儿。"五万块，就这些了。"我艰难地说。

女人脸色苍白，"扑通"一声跪下了。"你是好人，谢啦，真是谢啦！"

"我问打牌的人借，没有一个人肯……"她伏在我前面，让我有些难堪，但又不敢扶她。

我头晕，也有些后悔，但话已经说出口，收不回来了。我想，我是不是在犯傻呢？

5

钢铁厂的地皮终于要拍卖了。

荒地里开进了工程车，打桩机高高地耸立在空中。马路也在改造，拉水泥的搅拌车不时从店门口呼啸而过，扬起片片尘土。

我这头还是老样子，没有半点拆的迹象。理发店门口的牌桌上人更多了，有时甚至会开到三桌，一到下午，伴着尘土，牌桌上人声鼎沸。

女人再没出现过。有人会问起女人，旁人都摇头，不知情。也有人说是假的，她根本没有这样一个男人。

我为什么会借钱给她呢？肯定是鬼迷心窍了，在打她的主意，否则，不能解释我的举动了。我承认其中的暧昧，这肯定有，想赖也赖不掉。但另一方面，我的确同情她，我不能与她那双眼睛对视，那样空洞、茫然和绝望的眼睛。我不能看着一个人走向深渊，再去推上一把。这个时候不帮她，做得出来吗？我为自己寻找着理由。尽管无力，但这也是理由。

她留了个手机号，打那手机，停机了。种种迹象表明，她从我们的视野里消失了。我只知道她叫潘美，写借条的时候签上了自己的大名。她要我用手机拍她的身份证，我回绝了，做不出来。但身份证我看了，上面有她的出生地，重庆涪陵。

庄生知道我借了钱给她，不知是从哪里得来的消息。他们在背后嘲笑我，说我亏了。那女人是个骗子，身份证也是假的，看那腔调就知道是个骗子，他们就是这样认定的。要不他们就认定我完成了一桩交易，用肉体和金钱做了一笔买卖。总之，牌桌那里到处都是这样的猜想和想象。自从女人消失后，我再也不去牌桌那里了，我不愿变成他们无聊的谈资。

我去医院找过，没有任何线索，悻悻而回。夜深人静时，我会想她。我想，他们说的可能是真的，每当这时，我会懊恼，为自己感到好笑和可悲。一个四十开外的人，还会落到这个地步，连我自己也颇觉意外。但我不怎么为那五万块钱难过，而是为自己感到难过。我觉得自己幼稚，贻笑大方。前妻对我有个评价，她说我这人是僵壳脑袋，一根筋，没有社会经验。现在想想她的评价，某些地方也是对的。

时光如梭，转眼一年多过去了。

对面的小区已初具规模，脚手架后面淡黄的墙砖耀眼夺目。车辆在成倍地增加，建房的、看房的，以及绿化工人进进出出。安息堂还在，不过更破落了。路边的牌桌散了，被城管取缔了，说是影响市容。庄生的理发店也关门了，他到市中心旭辉广场新开了一家。潘美没有半点消息，我告诉自己，只当买个教训，这是轻信他人必须付出的代价。庄生肯定在背后笑话我，一定把我当作案例分析给他的顾客听。好在他不在一边了，他要怎么说是他的事，我挡不住他的嘴。

秋风扫荡的时候，我的腹部隐隐作痛，拖了几天，症状好像越来越重，还伴着恶心和呕吐，于是不得不去了趟医院。一通核磁共振和管镜检查后，我被紧急送进了病房。"你是急性胰腺炎，要赶快住院，抢救，这病拖不得，有生命危险。"医生拿着化验单用沉重的语气警告我。

我被这个现实吓得蒙住了。

之后就是住院，输液，用大量抗生素。我的生活一下子变了，也乱了。我一直对自己的身体有信心，认为疾病与自己相距遥远，没想到病魔就守在身边，伺机作恶。医院火速邀请上海的专家会诊，准备马上进行手术。当他们把我身上坏死的胰腺组织取下来时，我的许多看法变了，一种前所未有的空虚感从心头冒起。

病情好转后，我常常从病床起来，爬到住院部的水泥大平顶上看街景。

街上是行色匆匆的人们，还有忙碌的车辆和一片片像鸽笼般的楼房。尽管与死亡擦肩而过，但我还是开心不起来，生活在不经意间给了我个响亮的耳光。

6

北风呼啸时，我出院了。高楼已竣工，阳光挡去了一角，一到冬天就把花圈店塞进了更深的阴冷里。

我更多的是呆坐。微刻的兴趣没了，连刻刀也有了锈迹。店也是开一天，关一天。

我没把病情告诉任何人，连隔壁杂货店的人也不知情。他们还是中午炒菜，时不时炖个老鸭，香味老早就穿墙而来。即使这样，我也没什么兴趣。我会时不时张望老早那片打牌的地方，回想那里的声音和气息。突然觉得有些不适应现在的死寂，觉得还是闹哄哄好。我来到放牌桌的地方，转上一会儿，想象着潘美靠墙坐着的模样。地上的行人砖松动了，高一块，低一块。我对冷清有一种说不出的恐惧。

路过杂货店，男主人老王正趴在柜台上看手机，他不经意地抬起头，然后看到了我。

"你怎么瘦成这样了？瘦了二十多斤吧？"他问。

我"嗯"了一声，算是回答。老王的惊讶还是没有消除。

"去哪里了？店一直关着。"

"我……我去……去……"我不知怎么表达，又不想告诉他实情。"我去……去周游世界了……"

"潇洒的，你真会潇洒。"老王"噗"地笑了笑，他以为找到答案了。

我走后，听到他跟他老婆在窃窃私语。其实，我与他们一年下来说的话加起来不到十句。此时，我内心里对这家人的厌恶在上升。自从生病后，我的情绪常常反复，有时甚至有些失控。我憎恨安息堂，憎恨花圈店，也憎恨对面的高楼。我知道自己变了，好像自己得了绝症一样，忧郁、寡欢，还有一种无边无际的茫然。我觉得身上每一个器官都是不健康的，都在折磨着我。

春天还是照常来到，枝头上透出绿芽，闪烁着太阳的光泽。那日，快递员的车一晃，在门口停下。他从门口扔进一个包裹来，"你的快递，签收。"说着便把一张纸撕了下来。包裹上的字一片模糊，根本看不清。我没在网上买过东西啊，这包裹让我奇怪。我用美工刀打开了包裹。

我首先看到的是两块肉，黑乎乎的，用塑料袋真空包装着。然后，又看到了几大包的袋装榨菜。最下面是一个信封，里面附了一页纸。我打开，看到了上面的文字。

　　老顾，你好吗？

　　是我，是我给你寄的肉和涪陵乍（榨）菜。

　　肉是熏肉，是我自己熏的。跟农民买的土猪，用炭火来熏的。你尝尝，这是重庆的味道。我在熏肉的时候，小海就在边上。他知道是为你熏肉，一定要来，还守着不放。

小海的爸爸死了。我们都很伤心，有很长一段时间，我都不知道该怎么办。我平生第一次觉得无助。小海一直不忘那个下午，他总说青团子，好像那是世上最好的味道。那个下午真是太好了。每次想到这，我觉得这个世界还是好好的，心里就宽了许多。

钱我刚寄出，是邮局寄的，请你查收。我汇了三万块，还欠你二万块。争取明后年还你。

谢谢你，哥们，有首歌叫《危难时刻见真情》。

小海脑滩（瘫）好多了，最近在学写字，进步很大。信的最后，他写了一句话，是给你的。有空的话，请来重庆，小海也盼你能来。

潘美
3 月 8 日

信的最后，有一行弯弯扭扭的字。我细看，终于辨了出来。

大师，你好！

字大小不一，有些笔画也不全，但我看清了。那不像字的字展在眼前，让我再次闻到了那个雨天的气息。我想象着他趴在桌上，歪着头，艰难地写出每一笔的模样。再看快递盒，上面写着潘美的地址，还有她的新电话号码。

此时，我的泪水竟出来了，我想制止，但那激动似乎不听话。

我边擦眼泪，边去关门，我不想让别人看到。门关上后，屋子里一片阴暗，我拉亮灯，握着那封信，看着上面的字。屋里一片死寂，花圈们簇拥着我。我抽烟，抽了一根又一根。我怕这封信是假的，又找出熏肉和榨菜放在桌上。当摸到这些实物时，才知道我的幻想症有多严重。信在手里，每看一遍，仿佛都能看到母子俩，他们就站在文字上，直到所有的字再次变成模糊。

晚上，我又做起了青团子。当蒸锅开始腾起白气，屋子里雾气四溢时，我想象着小海狼吞虎咽的情形。第二天一早，我从衣橱里取出了西装，自从买来后，我只穿过一回。一根鲜艳的领带，还装在盒子里，从未拆封。当领带挂在脖子上时，那个熟悉的自己竟变得很异样。

当我提着一盒青团子出现在旭辉广场庄生的新店时，他也吃了一惊。"给我理个发，要最时髦的。"我先送他青团子，后这样说道。他有些不敢相信，一直直直地瞪着我。"看什么看，赶快理啊。"庄生想了想，问："真弄一个年轻人的头？"

"弄！把两边的白发都剃光，只留中间一小撮。"我说。

从庄生的店里出来，我真的连自己都认不出来了。店家的玻璃门仿佛都是镜子，处处都能照出那个陌生的我。我好像变年轻了，有精神了。我不时朝玻璃里张望，现在连整个城市都变了，闪烁着某种我不认识的光斑。

当我回到店里，提着一盒青团子出现在隔壁杂货店前时，他们同样表现出了惊讶。"有没有搞错啊……这还……还是不是你啊？"老王用一种怀疑的目光盯着我，好像在看一只大猩猩。我把青团子放在柜台上，"昨晚做的，你们尝尝。"我说。

"噢，你……你真是太客气了。"老王打开盒子，嗅了嗅。

走开时，他老婆在跟他说悄悄话，但那句话还是钻进了我耳朵里。"太阳是不是从西边出来了?"那女人就是这样说的。

临近中午,我打车赶往火车站。路边,大片绿绿的草坪像在冒油,从我眼前掠过。快速高架桥正在脚手架的帮衬下屹立起来。河道边种满了水植,此刻,有黄色的花朵在水面怒放。从车上下来,我吹起口哨,又整了整领带,那根布条子让喉咙口有种紧实感。

我走到购票处,把身份证递上,然后高声说:"买一张去重庆的票!"

(原载《花城》2022 年第 3 期)

渡　口

渡　口

1

"就这样，他们相爱了，生下了我。"女孩这样说。

新芽一听，全身紧绷。窗外，翠绿的小鸟儿在枝头细声歌唱，还不时展开身子。远处是浩渺的大湖——千亩荡，宽阔的水面上光线正在上下闪烁，微风轻拂，和着阳光的节奏。此刻他却有点晕，如同坠在梦里。

接待室新近改造了，弄得像个咖啡吧，吧台、小桌椅，清新的小灯一长溜从上面垂下来，把暖光倾在地面上。这里以前是个牛棚，改造后，成了美丽乡村的打卡点。

说话的女孩叫饶桑子，全国新概念作文一等奖获得者，刚出版了新书，据说在网上很红。此次，市里的作协主席和镇里的宣传委员一起陪她前来。新芽是稻乐村村委会主任，这里的主人，负责今天的接待。女孩讲话耿直，不绕弯子，眼神像把利刃。她手臂上还有文身，文了一朵暗红的花、一条青色的鱼。

"这……这有点让我转不过弯来。你真是他们的孩子？"新芽问。

"谁会编造自己的出生呢？"

女孩反问，作协主席笑出声来，这让新芽感到几分难堪。他时不时把目光投向她，凝视着，想从这张脸上找出他要的线索与答案。

"她今天是来寻亲的，尽管这里已经没有了她的亲人。"作协主席用手指轻轻弹着茶杯。

新芽有种天地倒置的感觉，心跳也似乎加快了，这种恍惚感一直在持续，久久没有散去。现在，女孩这张脸在慢慢化开，化成了两张脸，一张是韩宝贝，另一张是饶春丽。的确，在这张脸上他看到了基因强大的渗透能力。她的眼神有点像韩宝贝，而表情动作又有饶春丽的神韵。这是一种古怪的组合，但他还是感到不真实。

"稍等，我有东西，去办公室拿。"冷静下来后，新芽对围在桌边的三人说。

村部办公室就在隔壁，三十米的距离。早上起床后，新芽的眼皮就不停地跳，他想，今天不知道会不会碰到什么事，现在蹊跷事终于来了。开门，进办公室，内侧有个储藏室。他在里面翻找，纸箱一个个被扒了出来。最后，他的眼睛定格在一张照片上，照片装在一个浅色木镜框内。"嘉兴市第三届农民画培训班成员合影"，时间标示是 1996 年。

回到接待室，胖胖的作协主席正在抽烟，宣传委员在玩手机。照片放在了大家中间，新芽用手指向照片，一一介绍。韩宝贝在前排，左边第三个，上身是一件敞开的夹克衫，牛仔裤，头发长长的。新芽自己也在，第二排中间那个，头抛得很高。中间还坐着几个授课老师，其中就有身材苗条的饶春丽，她穿黑色的碎花长裙，白色小围巾，胸前有鸡心项链，脚上则是一双红色的高跟鞋。就是这次培训，引发了后续一系列事件。

女孩拿起照片，盯着看。突然，她整个人往后仰去，一声尖厉的哭声突兀地响了起来。

"啊——啊——"饶桑子伏在桌上抽搐着。她把整张照片都捂在身下，新芽担心玻璃被她弄碎了。"小心，小心。"他叫了起来。

作协主席小心地取出镜框，并把它重新放到桌子上。

哭声贯穿了接待室，在屋子的上空萦绕，盘旋。新芽的眼前冒出了韩宝贝，韩宝贝受委屈时也是这样哭的，他太清楚了，两人一模一样。时光在作弄他，让他弄不清哪是真哪是假。

"韩宝贝，韩宝贝啊……"他嘴里念念有词。

作协主席颤抖着手又点起了烟，新芽拿起烟缸，递过去。烟缸是石头做的，沉沉的。看着那一缕缕的烟气，新芽脑中全被回忆笼罩着，想起了二十多年前的一幕幕。

2

双鱼宾馆位于群艺馆的东侧，培训完后，他们回到了那个小宾馆。宾馆里有各种各样的人，做生意的不少，还有一个外地演出团，每天在勤俭路上的电影院里搞演出。

夕阳西沉，路畔有地摊摆了出来，声音从窗口一波波地传进来。同住一间屋的新芽与韩宝贝坐在窗口，啃着鸡爪。韩宝贝嚼着，不时把碎骨头从窗口吐出去。

"那女人好几次用胸脯顶着我。知道吗，我能感觉到那团肉。"

"顶着？"

"就是，在辅导的时候，她就这样扑过来。"韩宝贝做着那个动作，神情里流露出的却是一种骄傲。韩宝贝说的是饶春丽，群艺馆的创作干部，他们这次培训的辅导老师之一。饶春丽半老徐娘，不过身材不错，说话也风趣，打扮得鲜艳、时尚，又与众不同。她喜气洋洋，夸夸其谈，在班上好几次表扬过韩宝贝。"韩宝贝有个聪明的脑瓜，他画得很特别，他是我们这里的马蒂斯。"她好几次这样说，于是班上的人就跟韩宝贝开玩笑，叫他马蒂斯，既有夸奖，也有调侃与作弄。不过，韩宝贝把这些当补药吃，一味哈哈地笑。

"她是不是看上你了？"新芽问。

"谁知道。不过，白送上来，我为什么不接呢？你说呢，新芽，不接就是我傻。"

"她可以做你妈了。"新芽说。"不过看不出她的年龄，看上去挺年轻的。"

两个人扳着手指算她的年龄。韩宝贝二十四岁，她比韩宝贝大十六岁。

"是个风情万种的女人。"韩宝贝舔着嘴唇说。

"不要弄出事情来。"新芽告诫他。

"怕个毬，又不是我主动。"

那天傍晚，他们喝了六瓶啤酒，一只宏达烧鸡，一只文虎酱鸭，还有若干鸡爪、花生米和豆腐干。韩宝贝后来还唱了歌，他唱"几度风雨风度春秋，少年壮志不言愁"，沙哑的嗓音高亢、嘹亮，传到了马路上，有人还抬起头来张望他。

培训班结束前一天的晚上，韩宝贝突然不见了。新芽打电话也不接。一直到晚上近十一点，房间的大门被韩宝贝擂响了。房门打开，韩宝贝红光满脸、神采奕奕，哼着小调大摇大摆地进来了。

"到哪里去了？"

"哈哈，你猜不到。告诉你吧，我交了桃花运，我交上了。"原来他去了饶春丽在群艺馆的办公室，一直待到现在。

"在她的办公室，就在她的办公室里。"他表情夸张，既激动，又想掩藏某种东西。

"发生了什么？"

"我摸了她。"当他说出这样的话后，新芽感到震惊。

"你他妈的吹牛，胡扯。"新芽猛地捶了他一拳。

"我摸了，真的摸了。"他说这话时全身发颤，仿佛刚从火场里出来。"就这样，她不时地碰我，我一把逮住了她。你懂吗？我猛地一把。她不仅没反抗，还很顺从，她就像什么呢？是的，就像一只狗一样顺从。她还主动反手伸进衣服里，解开胸罩的带子。就是这样，情况就是这样。"他越说越激动，口水向外飞溅，眉毛快要飞起来了。

"你他妈的，会闹出什么事情来的。"新芽推了他一把，韩宝贝摊在床上，两手撑开。

"真是不可思议。你懂吗，新芽，你嫉妒了吧？"

"你浑蛋，我怕你惹出事来。"

韩宝贝一跃而起，推开窗，探出身子看了看。"看，就是那幢楼，我们就在那幢楼里，那里还亮着灯。饶老师，噢，不，是饶春丽，她让我叫她名字，她可能还在那里，她春心荡漾，春光无限。"韩宝贝的眼中闪着光。

新芽把头长长地探到夜空里，远远地，他看到了群艺馆那幢灰色楼。的确，三楼上还亮着一盏灯，在一片茫茫黑色里泛着暗淡的光。他吃不准韩宝贝说的是真是假，但从韩宝贝的神情与得意来看，可能真发生了此事。

3

从新芽家往西，走上二三百米，就是韩宝贝的家。

韩家在村子的里头，离千亩荡有一段距离，家后面还有棵大的樟树。樟树有几百年历史，长得高，耸在空中俯视着村庄。新芽时不时会往韩家跑。韩宝贝把一个朝南的房间弄成了画室，平时有空就画画。墙上挂着他的画，桌上铺满了纸，东西胡乱地堆放。对画不满意，他就撕了，一团团地扔在墙角。水彩也弄得到处都是，桌上不少花斑，连墙上都有颜料的印子。

两人是很好的朋友，同在稻乐村，从小一起长大，是当地画农民画的主力。平时，他们会骑着自行车窜来窜去，也会在千亩荡里一起游泳击水，更多的时候，两人会在一起抽烟、聊天和吹牛。

培训班结束后，主办方出了一本画册，收集了这次培训的成果。新芽被选了一幅，画的是秋收的景象，收割机与农民分别在田间地头忙碌，色彩斑斓。韩宝贝也被选了一幅，放在整本画册的第一页，主编饶春丽还在前言中提到了这幅画。这幅画的名称叫《渡口》，画上是五六个人一起乘船渡河的情形，韩宝贝大量地运用了黑色，每个人形象怪异、面目狰狞。初看这幅画会感觉有点阴森，船下是翻涌的激流，两岸树木萧条。饶春丽这样写："这幅画有很强的主观性，夸张又生动，用一种特殊的绘画语言表达了生活的本质。"

对这个评价，新芽不能接受，他内心也不认同这幅画。这幅画与韩宝贝一样狷狂、刻薄，带有某种挑衅性。他也看不惯饶春丽与韩宝贝正在发展的关系，他们的关系就像这幅画，正在挑战世俗的底线。他觉得饶春丽因为私人原因，故意夸大了韩宝贝的成就。

回来时，韩宝贝还从城里带回了一本书，是在一家书摊上淘到的一本盗版书。书印得粗糙，纸张毛毛的，里面也有错别字，书名叫《查特莱夫人的情人》。韩宝贝像宝贝一样珍藏着它，时不时，他会在新芽面前朗读这本书。

世事就是这样，一切都是命定的！这是有点可怕的，但为什么要反抗呢？反抗是最无用的，事情还是一样继续下去。这便是生活，和其他的一切一样！在晚上，那低低的黯黑的云天，浮动着一些斑斑的红点，肿胀着，收缩着，好像令人痛苦的火伤；那是煤地的一些高炉。

起先，这种景色使康妮深深恐怖，她觉得自己生活在地窖里。以后，她渐渐习惯了。早晨的时候，天又下起了雨来。

"你看，写得多美。真是一本精彩绝伦的小说。"读完一段，他就会发表这样的评论。那本书已经很皱，藏在他的包里，他时不时地会摸出来，看上几页，又若有所思地遥想片刻。他遥想的时候，模样就像个儿童，单纯又冷漠。

培训班后，韩宝贝再没有把热情倾注在画上面。他好像把它给忘了，没有了画画这回事。他的热情全在饶春丽身上。他常跑城里，三天两头要去。"知道吗？她就是妖精。她身上有股魔力。"韩宝贝这样说时，新芽瞪大眼注视着，他依然不相信他们的事。

"你睡了她？"

"岂止睡了。她都快把我掏空了。"

新芽感到气愤。"刹车吧，现在刹车还来得及。"

"你知道吗，新芽。她的身体有多迷人。她就像一只螃蟹，把我钳住了。我们每次的花样都不同，我像是吃了毒品一样上瘾。她也是，我感觉她比我更厉害，她比我还要上瘾。现在我明白了，什么叫'玩的就是心跳'。"

"人家是有家庭的。"

"我不怕。我什么也不怕。"

韩宝贝已经彻底变了一个人。他激动、亢奋，又坐立不安。眼前的韩宝贝对新芽来说是陌生的，他既羡慕，也带点嫉妒，但理性又让他觉得这事荒诞不经。新芽有一种不好的预感，他觉得自己有必要制止这位朋友。

"去你的，我的事，你少管。"

<h1 style="text-align:center">4</h1>

新芽的目光还是时不时飘向那女孩。

"你妈呢，你妈现在在哪里？"

"在九华山的寺院里，一直在寺院里。她说那里是她的最终归宿。"

新芽听后，叹了一口气。世事就是如此作弄人。

昨天镇里来电话，让他接待一位文学新星，说找村里有事。哪想到，是一个自称韩宝贝女儿的人找上门来。韩宝贝死了那么久，现在村里的年轻人根本不知道曾经有过这么一个人。

"丑陋的现实逼疯了我爸。"

新芽一愣，不知该如何接话。

"这是不公平的，这样对待我爸也是不应该的。他是这个世界的牺牲品。"

饶桑子这样评价父亲，他不完全认同，但又不能当面反驳。他怕伤了她的心。或许，每个人眼中的世界都是不一样的。道德与爱情有时就像仇敌。新芽一味地低着头，内心在挣扎，却又什么也说不出口。

"这个世上总是存在偏见，存在残忍和不平。所以才会有作家，这是我们的使命。"作协主席突然这样说。

女孩的眼睛一下子亮了。"我想过了，我要以我父母为题材，写一部长篇小说。刚刚有个出版社要跟我签合同，我就写这个。我要控诉，把真相揭示出来。"

"这想法挺大胆，我支持。"作协主席拍了一下桌沿说。

"他们是有真挚爱情的，既纯洁，又纯粹，还经历了那么多的不幸。题目我也想好了，就叫《关关雎鸠》。"

"关关鸡？"新芽不解地问道。

作协主席哈哈大笑，脸一抖一抖的。"不是关关鸡。那是《诗经》里的一句：'关关雎鸠，在河之洲，窈窕淑女，君子好逑。'是歌颂爱情的，中学生也会背。"

"噢。"新芽的脸红了，感到难为情。

临近中午，女孩提出看一下房子。新芽觉得为难，因为房子已经不存在了。作为独生子的韩宝贝过世后，他的父母也相继过世，留下的房子在十多年前被征迁了。现在房子所在的地方成了一条高速公路。"没房子了。"他说，他怕女孩提产权的要求。

"我不是来要房子的，我只是看看，看看我爸当年生活的环境。"对于这个要求，新芽无法拒绝。于是，新芽带着他们走出了接待室。几个人缓缓地穿过村庄，沿着千亩荡边幽深的小路，走向村西头的那条高速公路。

"家里的东西，什么也没有了？"女孩问。

"没有了，人都亡了，户籍都取消了。房子后来是村里统一处理的，我那时候还不是主任，弄不清楚当时那些东西去了哪里。"

高速公路扑面而来，一座桥洞从底下穿过，分裂的村庄通过它又连接了起来。一辆辆汽车在围栏后面快速地通过，发出巨大的"隆隆"声，即便他们站在远处，也能感受到地面的震动。

"站在这里，我什么也看不出来。我只看到一条路。"女孩
又说。

"是啊，就是一条路。"作协主席也感叹道。

"以前不是这样的，原先这前面有条小河，河浜在这里一直
绕着进去。韩宝贝一家就住在小河边，那里一共有七八户人家。
春天的时候紫薇花就在河边开放。"新芽的眼前闪现出原先房屋
的模样，那是一个两层楼房，上面还做了一个尖顶，夏天的时
候，韩宝贝就穿一条三角裤，睡在屋顶露台上。他向他们做着解
释，边上的人却是一张张茫然的脸。

"不过，那棵树还在，树保留了下来，那是棵风水树。"

顺着他手指的方向，大家看到了那棵大樟树，它位于公路的
左侧，依然挺立着。"那时候，我和你爸经常在树下乘凉、唱歌，
他还朗诵自己写的诗歌……"

"诗歌？"女孩问。

"是的，韩宝贝，噢不，是你爸，他写过诗歌，写过一些。
他说他身上有诗人的气质，他就是这样评价自己的。"

"难怪，你身上的文学细胞就是从这里继承的。"作协主席插
入了一句话。

5

韩宝贝还是出事了，而且是出了很大的事。

初冬的一个周末，嘉兴市区建国路的小商品市场上游人如

织。隔条马路，便是位于运河边的南湖饭店，饭店正在举办婚宴，人进人出，门前还架起了庆祝的横幅。突然，在饭店门口的停车空地上出现了两个赤身裸体的人，一男一女，他们被扔在了街头。韩宝贝与饶春丽被人在宾馆宽大的床上当场逮到。四五个汉子闯进房门，将他们一顿毒打后，双双扔到了寒风初起的街头。两个人冻得瑟瑟发抖，身上一块遮挡的地方都没有。韩宝贝的嘴角淌着血，他跌倒又爬起，光着屁股拼命逃窜。而饶春丽则一头倒在地上，赤裸的身子像蛇一样盘着。

这是一件轰动整个嘉兴城的事件，也成了街头巷尾谈论的焦点。饶春丽丈夫的报复凶狠又野蛮，建国路上的许多人都看到了这一幕。

从此，饶春丽消失了，她离家出走，据说到了五台山，也有人说她到了国清寺。而韩宝贝依然不折不挠，不断进城寻找着饶春丽。人们在火车站、汽车站和群艺馆等地不断发现他的身影，他一个人孤独地走，神情恍惚，又喃喃自语。一个月以后，韩宝贝成了另一个人，他像个绝缘体，与这个世界做着区隔。他讲话颠三倒四，口水横飞，头发蓬乱得像顶了个鸟窝。

稻乐村的人都摇头惋惜，一个好好的年轻人就这样疯了。

很多时候，人们都会看见韩宝贝在大樟树下坐着。他挖鼻孔，对着小河撒尿，有时还会追女人。他哈哈大笑，笑声放浪，像潮水一样，一波又一波。

发疯后的韩宝贝连新芽也不认识了。新芽有一回进他的家门，想与他聊几句，结果被他赶了出来。他手举一根棍子，"哇哇"大叫，从里面追出来，朝新芽后背打去。新芽一躲，棍子打在窗台，连玻璃都碎了。

新芽浑身恐惧，从屋里窜出，在空地上喘着大气。他简直无法相信，眼前这人就是他最熟悉的朋友。

6

临走前，饶桑子加了新芽的微信。

"你是我爸最好的朋友，身边或许还有我爸的一些资料。有的话，我希望你能提供给我。我先谢啦。"说完，女孩向他深深地鞠了一躬。

"我找找，我再找找。"新芽敷衍着。

三个人走了，留下一团车子远去的黑色影子。他回到他的办公室。

办公室的窗开了一扇，此刻正有风吹进来。他推开窗，看到千亩荡的一角，以及延伸在两岸的绿树。事实上，他前面来取照片的时候，还拿到了另外两个本子，那是韩宝贝留下的日记。对于这两本日记，他纠结了一阵子，最后还是没有把这两本东西交出来。他认为，这些东西不适宜饶桑子。

韩宝贝后来去了精神病医院，过了三年，在医院去世了。他是在韩宝贝去世后，到他家整理遗物时发现这两本日记的。他偷偷藏了起来。一本绿封皮，1993年的；另一本褐皮，是1996年的。

打开1996年那一本，翻开其中的一页，新芽看到了这样的文字：

　　她就像一本书，在我面前一点点打开。她是那么的陌生，充满了诱惑，也让我的想象腾飞。她的胸小巧，但充满弹性，像番茄，又像柿子。还有，她那身体的曲线，如雪面一样自然、溜滑。没有多一分，也没有少一分，一切都是那样的恰到好处。她让我充满了邪念与贪欲，但我又自认为这里面包含着一份美好。是的，这不是美好是什么呢？……

又翻了几页，他又看到了另一段文字。

　　饶，这个可恶的女人，这个让我欲罢不能的女人。我想象不出为什么她会是这样，她矫揉造作、虚情假意。她是世界上的稀有动物，是上帝，也是撒旦。我明知她是危险的，是一团火，不能靠近。可我又偏偏情不自禁地要去靠近。她把我的身体与灵魂紧紧地吸了进去。我成了她的一部分，无耻，但又生机勃勃。

　　合上本子，新芽觉得自己的决定是正确的。他不能把这个交给女孩。这里面还有一些钢笔画，画了一些"少儿不宜"的场景，新芽想，应该是他们亲热的情形。

　　他回忆起了那幅《渡口》。他保留了当年这本画册，它就在他家的书架上，与其他的美术书放在一起。这或许是韩宝贝留在世上的唯一画作。

　　傍晚时分，新芽回家。门一开，就听到了天井里的大白鹅叫声，这是屋子里唯一的声音。自从妻子离世后，他就一个人独居，儿子在外地上大学。他已经习惯于这样一个人的生活，白天忙村里的事，晚上一个人在灯下默默地画画，或看上一会儿电视。尤其是晚上，他觉得异常孤独。这就是他的日常。

进了书房。那本画册就在书架左上角的第二层里，暗红色的封面，他一眼就看到了。画册有点旧了，其中的几页还脱了线，散落开来。一打开，就看到饶春丽写的前言，紧接着是韩宝贝的《渡口》。

黑色的画面，一条船，船上一群古怪的人。站在第一个的人伸着手，撑着竹篙，但他的手像个机械臂。那人的脸是模糊的，带着某种鬼气。还有几个人站在身后，表情凝重，每个人神态不一，或紧张，或恍惚，或哀伤。河两岸的树也怪模怪样，仿佛霜打过的原野，生机尽失，充斥了一种肃杀之气。二十多年前他看这幅画时只感到古怪，现在却是猛地一惊，一下子竟被这幅画吸引住了。

他觉得这里面有一个巨大的寓意，暗示了每个人的人生。人生如过河，各色各样，不尽相同，但又充满了诡异。这幅画首先让他想到了韩宝贝，还有饶春丽。他们的人生艳丽、夸张，却是一幕悲剧。他还想到了自己，他这个村委会主任也是大起大落，中间被免过职，受过处分，最后又官复原职。前几年他更是生活在悲苦与无序之中，妻子得了一种奇怪的病，重症肌无力，他带着她跑遍了东西南北中，去寻医问药。最后，妻子带着无限惆怅的眼神离开了这个世界。那临死的眼神一直紧盯着他，仿佛在祈求，又仿佛有某种不舍。直到现在，这一幕就像烙铁印子一般，深深地镌刻在他的灵魂里，每每想到这一幕，他就感到了彻骨的寒意和无限的哀伤。

人生这条河啊，渡过去真是太难太难了，他有这样的感叹。一会儿阳光灿烂，一会儿又乌云密布，一会儿又狂风暴雨。有时还会带来剧痛、灾祸，以及种种的不幸、煎熬和无奈。

他也想到了饶桑子，迎接这个风风火火的女孩的会是什么呢？她怎样渡河呢？是悲是喜，是赢是输，他不能想，也不敢想。他觉得这对每个人来说都是巨大的考验。

画册摊开在书桌上，打开台灯，手机靠近，他给这幅画拍了照。夜降临了，窗外逐渐转黑，大白鹅也进棚休息了。桌上堆着他自己的画，一沓沓的，杂乱无章。一缕光线垂直地停在屋子的中间。通过微信，他把这幅画传给了饶桑子。"这是你爸留下的一幅画。"他留言。

很快，女孩的回复来了。

"只有这一幅吗？"

"只有一幅，唯一的一幅。"

"好有个性啊，但我看不懂。"

看着手机，他在想怎么表达自己的情绪。想了一会儿，他写下了如下的句子，并按动了发送键。"或许你现在还看不懂，以后一定会懂的。这是你爸的画，一幅杰作。"他真是这样认为的。或许韩宝贝画的时候带着一种无意识，但到了这个年龄、经历了那么多的事以后，他才明白了这幅画所蕴藏的价值。

不久，他走出了家门，朝着千亩荡方向走去。夜晚的大湖一片宁静，连水声也消隐了。远处，薄雾正在水面中央升起，像几片云一样缠绕在一起。连片的灯火在湖边透出来，盘绕在湖的四周。光线模糊，隐隐约约，他贴着湖岸在走。

眼前，漆黑在弥漫，韩宝贝的形象却在这幽暗处一点点复活起来。他看过韩宝贝不下于一百幅的画，有的一般，有的精彩，但现在都灰飞烟灭了。他一直记得与韩宝贝在千亩荡嬉水的经历，他们横渡过这个大湖，那时韩宝贝说以后要渡长江、黄河，甚至还要渡世界第一长河——尼罗河。

韩宝贝就是这样说的。

（原载《福建文学》2023 年第 5 期）

深　蓝

1

推开门时，玻璃闪着光泽，冷空气瞬间涌来。

这里是苏州，大运河就在边上，萦绕在市场的周边。橱窗里洋溢着东南亚风情，色彩缤纷的画像，寺庙、大象摆件和画片上载歌载舞的人们。他戴着墨镜，外加一个口罩。进门的一刹那，他再次确认，别人应该认不出自己。

这里卖的都是东南亚产品，泰国和马来西亚的乳胶枕、乳胶垫，老挝的木雕摆件，还有越南的咖啡、拖鞋。他站在一尊木雕前，五头大象，鼻子缠绕在一起。店里有一拨人，讲广东话，是来旅游的。幽香泛起，从大班桌后面的香炉里飘逸而出。

一个女人正对着这群广东客人讲解，乳胶枕被反复地挤压、松开，又瞬间恢复原状。讲解的声音与记忆里的声音一致，带点本地腔的普通话。他把耳朵竖起，是她，的确是雁子，身子宽了，丰满了。时光在这里变得紊乱，甚至有点不真实。

"这是泰国最有名的枕头，你们试一下，保管会离不开它。它的乳胶纯度是最高的……"

她在后面，与他相隔四至五米。架子成了屏障，是他依赖的一道墙，让他随时有进退的余地。袅袅香气飘过来，徘徊在他的鼻子周围。他使劲地吸，吸到肺的深处。她转过脸，朝向他这边，目光柔和，像月晕。他想迎上去，可迎了一半，又逃了。她珠光宝气，声音清脆，一副贵太太相，胸前那串项链，闪出白炽又暗哑的光。他想，该不会是象牙吧？

"各位，不要犹豫。到东南亚一趟不容易，我这里一步到位，包邮，直接送到你家。"她的话充满鼓动与诱惑。与以前不同，那时候的她胆怯，说话吞吐，像条害羞的小虫子，连步子也是犹豫不决的。"可以躺一下，感受一下。现在就可以躺下来，尽管大胆些。"现在，她口若悬河，看来时光真的会塑造人。他跟在这群广东人后面，警惕地与她保持着距离。

有人还真在床上躺下，左右滚动起来。那是位女士，五十多岁，像只小猫。"舒服，很舒服的。"身下是乳胶垫，她像儿童一样滚来滚去。

"很舒服吧？我不骗人，我自己就睡这个品牌的乳胶垫。"雁子把妇人搀起，像在扶一件贵重的物品。"现在，这位大姐亲口证实了这一点。"

他以为这帮广东人会留下来，买上一两条，结果没有。他们拍拍打打，窃窃私语，然后突然走了，没有一丝留恋。屋子空荡荡了，只剩她和他，被一缕在屋中央盘旋的青烟分开。他背朝她，面朝一排乳胶枕，枕头上写着歪歪扭扭的外国文字。"不识货。"

她在自言自语，又仿佛在对他说。

透过玻璃的反光，他看到她远离的身影，轻轻的倒水声，小口的抿茶声。渐渐地，她融化在模糊之中。她举起手，托着手机，在整理着头发。头发是烫过的，蓬松且悠长。"这位先生，这里都是东南亚的名牌产品，你可以挑一挑。我们是外商直供，价格优惠。"明显地，她在跟他说话。

面对她应该坦然，他应该摘下口罩与墨镜，但他做不到。今天他特意从嘉兴赶到苏州。这是他二十多年来第一次见她，他折腾了许久，托人找关系打听到了她在市场的详细地址。她的鞋跟击打着瓷砖，那股无形的气流正朝着他压迫过来。"要不要面对她？要不要？他来只是为了看一眼吗？"他用一连串的问题问着自己。

"只要用我这里的产品，保管你满意。"

香水味翩然而至，那大胆的气味挤开别的空气，独霸一方。他把手中的乳胶枕扔到了床上，枕头跳了跳，他还听到了自己骤然而起的心跳声。他朝着门外闯。那不是走，是逃，仿佛后面被人重重地推着。前面鼓起的那点决心一下子被冲垮了。

"要不，先生加一个微信？门口贴着呢。"

他背上全是汗。那些汗啊，在屋里不觉得，一到外面，衣服全贴在后背上了。

2

"你是店里那位女店主吗？"

"是呢，亲。"

临走前，他还是扫了门口的微信。发送一个表情后，对方的回复马上来了。

确认是雁子后，他心头掠过一丝狂喜。你一句，我一句，他能想象雁子操作手机时的表情。在店里时，他不自然，此刻两人一个在明处，一个在暗处，这让他变得老练，就像个侦察兵。

"你只管问。这里都是正品，质量有保证，放心。"

"乳胶品质如何？"

"乳胶枕的原料为纯天然橡胶树汁液，整个生产过程都是物理工艺，没有化学工艺，从根本上做到无毒无害。所以呢，枕头床垫一定要选好的乳胶品牌。"

"听说过，没用过。"

"不用就可惜了。天然的原料，会散发出乳香味，不仅能使人睡眠安稳，还能抑制细菌，减少螨虫滋生。"

…………

闲聊的结果，是他决定下一单。

这也是突发奇想，他想，躺在她的乳胶垫和乳胶枕上，这不是挺好吗？他被自己这个主意惊到了。他对她还残留着情感，放不下来，毕竟那是一生中最激荡人心的一页。这份感情像暴雨一样充满激情，又如白雪一般纯净。说干就干，他要买她店里最贵的一套：一个床垫、两个枕头，8888元。

"能便宜些吗？"

"亲，我们店是不还价的，标的都是实价。"

本来还想讨价还价，看到这个吉祥的数字，他放弃了。枕头是两个，他一个，另一个空着，空着的那个是为想象预留的。为了避免雁子怀疑，他没有用分水墩的地址，而是用了嘉兴市区中山路一家事业单位的地址。还报了自己的网名：大鹏。

"这样可以吗？"

"可以的。今天发货，顺利的话，明天就能送达。"

"好，期待！"

"嘉兴好地方，我以前也在嘉兴待过呢。"

"是吗？真是个惊喜。"

雁子还送了一串玫瑰的图案。看着那一束束闪烁的小玫瑰，他的心荡漾开了。

他与雁子曾经是邻居。在分水墩的东南角，他们两家的私宅相距很近，还共用一个院子。院子临河，古桥在旁，还有进进出出的船只。院子外搭了一圈篱笆，牵牛花次第开放，太阳花迎风招展，墙角边的茶花也会在雪日里顽强绽放。院子干干净净，还有一串他母亲挂的风铃，风一吹，声音仿佛串起了整个四季。

夏天，他们常常在院子里乘凉，听双方家长讲故事。他家靠东，雁子家靠西。风凉时，两家就会把桌子一起搬出来，边吃饭，边欣赏河边正在缓缓落下去的那缕日光。雁子家的菜里常有臭豆腐，他喜欢那味道。贪婪的眼神会被人读出来，于是一块块既香又臭的豆腐总会落到他的碗里。至今，他还记得那独特的味道。

他们在同一所学校，他比她高一个年级。到了高中，雁子长得越发清秀，留起了长长的辫子。辫子拖在后背上，晃着，颠着，走在弄堂里，看上去美极了。

3

傍晚从桥上走过，他停下来，看了一眼桥下流经的河水。

他在桥向东走两百米的地方开了个小超市，卖日用品，卖蔬菜，卖米，卖油。生意不温不火，他想关了这个店，又没想好接下来做什么。店里有台电视机，整天开着，他有事没事会瞄上一眼，更多的时候是电视在自说自话。年轻时的他充满了幻想，立志干一番事业。他进过纺织厂，下过岗，也跑过生意，一次次的挫败，让他不知不觉变成了现在这副模样。这也是他不敢面对的，窝囊、不争气，但又安于现状。他觉得自己生活在一潭死水里。

分水墩以前热闹繁华，店铺林立，这些年互联网兴起后，突然萧条了。目前这里正在进行改造，修了草地和步道，河边还修起了一条长长的栈道。有人搞起了民宿，还有人开了咖啡屋。他那个半拉子工程呈现在面前：底楼已建好，二楼则是几个水泥框架，顶也没有。屋子造了一半，就这样敞开着，散乱着。

暮色里站着一个老人，佝着背从竹椅上站起。竹椅是他放在门口的。"是阿迪啊，来了啊？"

老人手里捧着一个碗，上面罩了层保鲜膜。碗被捧在胸前，她的手有些抖。他一把接住。"烧了梅菜肉，你尝尝。"

"你，你太好了。"

"阿迪啊阿迪，看你整天吃的啥，除了面条就是面条，不能一直这样啊。"她说的是事实。她见过几次他在店里下面条，有时是方便面。"这样下去，怎么会有营养？你看你，脸蜡黄蜡黄的，血色也没有。"她叫刘宝香，住在不远处，与他母亲以前同为缫丝工。他父母早逝，一个中风，一个患癌。双亲过世后，老人惦记他，常拿着东西过来看他。一番话让他惭愧，此刻，他像个犯错的孩子，不敢直视她。

他开锁，她跟在后面，伴着暮色一起进来。这个半成品的屋子，里面堆得像小山。衣服占据了沙发，床头还有吃剩的半个蛋糕。灯猛地把屋子照亮，那是个一百瓦的白炽灯，亮得刺眼，怪怪地吊在楼板延伸下来的半空里。"哪有你这样的，屋子造一半。"她把他当儿子看，连说话的口气也是。

面对这样的话，他总是选择沉默。房子造到一半的时候，家里接连出了几件大事。事情一出，施工就停了。现在房子半晾着，远看就像个瘫子。

"邋遢鬼，屋里太乱了。家要像个家的样子。"

老人整理起屋子来。她给他叠被子，还拿出了扫帚。他去夺扫帚，结果又被她夺了回去。她佝偻着身子开始扫地，扫把摩擦着地皮，他觉得就像扫在他身上一样。床底下有一堆鞋子。灶台上，面汤还在，有只苍蝇刚停在那结了一层膜的汤水上头。

"你小时候聪明，还勤快。我一直记得你小时候的模样。"

天有点闷，没有一丝风。蝉声在暗处较劲，河对岸有人在唱越剧，声音飘忽。老人扫出了一堆垃圾，这让他很不好意思。五斗柜上放着一个镜框，里面是全家合影，他、小多，还有烫过头发的朱美。老人把镜框拿过来，拿在手里端详着。

"我说啊，赶紧把朱美找回来。好姑娘，心灵手巧，还勤劳，哪个姑娘能与她比？"老人说朱美好，他就脸红。朱美在一家服装厂里做裁缝，每天守在缝纫机前。她要从城中一直走到城东，每天走路，瘦弱的身影像一团纸。

老人说的时候，他的手机"叮咚"响了一下。打开手机，一行字出现了："你的包裹正在路上，朝你滚滚而来。"手机上闪烁着冰冷的光，他想象着包裹在路上的情形。

是雁子寄来的包裹。

他与雁子的恋爱只有他们两人知道，家长都被蒙在鼓里。后来雁子他爸突然调动，离开嘉兴，去了苏州。尽管嘉兴距离苏州只有区区五十公里，但他们还是被活生生地分开了。雁子去苏州后，给他来过一封写着"内详"的信，说他们已走不到一起，必须面对这样一个残酷的现实。信中，她也没有提供一个现在的详细地址。就这样，她在他的生活中消失了。

雁子就像锚一样扎在他内心深处，他在埋怨原谅、原谅埋怨中折腾。他会把她想得很坏，又时不时拉回来，还她以美好与清纯。初恋，总是会跟美挂上钩的。

"朱美好是好，但没你说得那样好。"他淡淡地回了一句。

"那要怎么好？你的良心被狗叼了。"老人生气了，抬起满是皱纹的双眼，狠狠地瞪着他。

4

小韦惆怅地站在那毛坯屋前。

他上网查，查识别假货的方法，坐不住了，就去把小韦找来。小韦进屋时连咳了两声。墙上贴着《易经》摘录，还有大段大段的感想。

阿迪把一团东西放到灯下。"请你这个专家看看，是不是有问题。"

小韦是他同学，穿制服，戴硬壳帽，在市场监管局上班。小韦撕开塑料外包装，拿起乳胶垫，挤压了几下，又反复察看。"你啊你，不该这样，不要这样整天折磨自己。"

"我挺好，没折磨自己。"

"去你的，这里快成了垃圾场了。"

小韦的话与乳胶无关，他置若罔闻。"是真的还是假的？"他关心这个。

"怎么说呢？你说这是假的也可以，肯定不是正宗的。"小韦的话让他听不懂，眼里闪动着扑朔的光。"枕头和这条垫子的乳胶含量很低。含量有问题。"

他的愤怒在上升，拿到货时他就明白，手里的东西与店里的截然不同。

"奶奶的，遇到黑店了。"

"你可以申请退货。"小韦拍了拍他的肩。

"阿迪，振作些。到我们中间来，和大家一起玩。"两人站到了屋檐下，风把他的头发吹得散乱。"这个周末，在农场有个野炊，你一起来吧！"小韦道。

"没劲。"

"什么叫没劲？你要振作起来。"

"我正常着呢。"他满不在乎地说。

沿着裸露的楼梯，小韦往上走了一段，他的脚不时跳动着，躲开地上的建筑材料。那里还堆着黄沙、瓷砖，没拆封的马桶，有张薄膜纸在空中拍打着自己。"把屋子造完，造完了让同学们一起来玩。"

他支吾着，尴尬地笑笑，不置可否。

待小韦走后，身影消失，他就急不可待了。怒气如海浪涌来，他的内心一直在冷笑，"雁子啊雁子，你当年无情，我算是原谅了，想不到这么多年以后你还是无情。"他被激怒了，用拳头猛捶这乳胶床垫。

"你卖的是假货。"他发了条微信给她。

他盯着屏幕看，一分钟过去了，没反应。五分钟过去了，还是没反应。到了十二分钟的时候，对方回复了。

"亲，不要血口喷人，我们这里是原装进口，都可以溯源。"

"呸，里面还不知道含多少乳胶？"

"不要冲动，冲动是魔鬼。"

"我要求退货。"

"有没有拆？外面的塑料膜是不是撕了？"

"是的，撕了，撕了个口子。"

"亲，拆了就不能退，这是规矩。除非你拿出检测报告。"

"骗子一个。市场监管局的人看了，明确了，是假的。"

"我要检测数据。"

"无耻，我这就过来。"

发出这句后，他愣了愣。忍不住随着怒火冒上来的劲儿，还是敲出了四个字："我是阿迪。"

5

愤怒升腾起来，车像豹子一样冲上了大街。

他要赶到苏州，去市场找她当面对质，现在，马上，立刻。他呼吸急促，边开边冷笑。为赶时间，他抄了小路，那是条旧公路。道路弯曲狭窄，树木茂盛，还要经过僻远的墓园。他太气愤了，必须给个说法。他要看到她羞愧的样子，他要怒斥她，让她低下头来，把她所有的傲慢全消解掉。

车向前，树闪过，房子闪过，一切荒芜也在他内心闪过。眼前不是景，是繁杂的历史和纷乱的光影。那条辫子仿佛就在眼前，在车的前方，垂在那儿。辫子在前，车在后，车追着辫子。那个光鲜的人此刻变得前所未有的陌生。他一直珍藏着那个人，可当她蹦跳出来，早已不是原来那个她了。

他们生活在同一个世界，又在不同的时空，没有交集，没有对话。但这不是真相，真相是她无处不在，她处处影响着他，她像条巨蛇般盘卷住了他。车轮滚滚，发动机在吼，这辆旧车的油门被他加大，再加大。他听到车子跑动时有异常的声音，他决定不予理睬。他要追上那辫子，攥住那辫子。

过了墓园，上了座陡桥，桥下出现一个大转弯。

他大幅度打方向，车体左倾，身体也扭向了那一侧。那个他魂牵梦萦的人啊，居然对他做出这样的事。他全身在战栗。树丛里突然窜出一只狗来，狗跑得快，像一道黑色的影子，从他眼前划过。

眼看就要撞上，他急忙反向打了一把方向盘。他的心被拎高了，高高地上扬，悬在空中。车子打滑，转向，然后以飞快的速度撞向另一侧。车似乎失控了，他驾驭不了了，只有眼睁睁看着它朝着一棵树疾速冲去。

尖锐、刺耳的声音冲击着他的耳膜。不知有没有踩刹车，他脑中一片空白，一切都是在无意识的状态下完成的。"嘭"，声音很沉。

车子在摇晃、震荡，那棵树顶了进来。树插进了车，也被车紧紧抱住。天地在摇，人往前倾，气囊弹出来了，胸口被一团涌出来的物体堵住。方向盘不动了，死了，紧紧地卡在了那儿，时间也不走了。一切来得太快，他的脑子反应不过来。

发生车祸了。

他卡在那儿，车子也卡在那儿。车还在散发着热气，却动弹不得。他在想自己有没有事。他的面前是树，与他只隔了几十厘米，能看清树皮上粗糙的青苔，还有只蚂蚁在上面。玻璃碎了，锯口下垂，手上有血在往下淌。狗早已不见，不知是死是活。有一阵子他以为是在梦里，人彻底陷在了里面。他动了动手指，血涌出来，淋到了衣服上。空气麻木、静止，他试着用大脑指挥脚，脚应该在下面，在看不见的地方。

脚下松弛了些，没有像上身那样被堵上。胸有些痛，更有些闷。

太阳在树丛中间，光斑砸在路面上。公路像是假的，不真实的，仿佛处在森林里头。他缩紧身子，把自己一点点变瘦、变小，试图让空隙大起来。还好系了安全带，带子把他像粽子一样捆住了。他大声地叫，可周围没有一个人，声音只有自己听得见。

他拱着，顶着，努力撑大每一个空当，让它们变成他的逃生通道。他全力以赴。血凝固了，下半身却痛起来，从大腿那里蔓延而下，直至脚背。

终于，一只脚够到了地面，后来过了五分钟，或者更长，第二只脚也到了地面上。他用手扶住了车盖，终于站住了。四周寂静得像在棺材里，过了好一会儿，各种声音才浮上来。翠鸟的叫声、风声，以及叶片在地上跑动、翻滚的声音。

车头凹了，看起来奇形怪状，不像是一台车。

他既觉得可怕，又觉得幸运。他想，是不是上苍阻止了他？

6

小多的墓是新的，墓碑上的字还闪着光泽。

进墓园前，他犹豫了好久，最后还是身不由己拐着腿进去了。手上的血已干涸，黑色的大理石是凉的，他用手去抚摸墓碑，像是在摸一块铁。一丛丛的花，粉红的、淡黄的，两种颜色交叠混杂着。月季立在墓旁，像警卫一样。那是他家的月季，种在院子里，不久前被他移植到这里。没想到开得如此盛大，新的旁枝，旁枝的旁枝都长出来了。

"小多，爸爸来了。"

他还没有从车祸里缓过神来。为什么去了市场？为什么？他无法回答。手机静悄悄的，自从打出"我是阿迪"后，对方沉默了，连一个表情也没有。这些年他经历了太多的风浪。儿子小多一出生就得了脑瘫，长大后站不住，得像霍金一样坐轮椅，常年歪着脑袋。今年是他倒霉的年份，小多是在二月份去世的，三月份朱美也离家了。她留下一张薄薄的纸。纸放在桌上，压了一个茶色玻璃瓶，上面有一行歪歪扭扭的字："我出去走走，不知道去哪里。可能我会回来，也可能不回来了。"家已不是原先那个家了。

墓园里有许多松柏，树叶丛中闪出银色的光亮，柔和中又凝结着忧伤。躲在草丛里的蝉声时不时传来，仿佛在嘲笑他。他狠狠地咳了一声，很大声，四周顿时死寂下来，仿佛声音都被那咳嗽声捉住了。他面前呈现出进入洞穴时才有的静。

在那片月季花丛前，他弓着背，蹲下身，让自己靠在一棵柏树上。现在，灰云在他头上无声地奔走，大地托起他面朝天空，月季的枝条在阳光下舞动着剪影，云片像在窥探他，轻浮、飘忽、缓缓地动着。他抬头寻找太阳，太阳常常被云层捉住，藏在里面。蝉儿的声音高低不一，像在合奏。闭上眼，天空与大地隐没了，边上是小多，还有那些他不认识的逝去的人。他在这个世界，他们在另一个世界。他在这个世界遥望他们。

他挪动身体，把耳朵抬起来，想听听小多的声音。小多喜欢动画片，喜欢气球，喜欢被推着逛公园，还对声音很敏感，极细小的声音都能辨别出来。"有个虫子在窗外，我听到了。"他走过去一看，果真有一只毛毛虫趴在窗上。他不禁惊呼："小多怎么能感受到这个呢？"小多还画画，他的画组合得大胆又怪异，与别的小孩的比起来色彩特别，甚至有些魔幻，就像进入了一个稀奇古怪的王国。

有一回，小多看画册时，看到了摩洛哥那些深蓝色的房子，他的眼睛瞪大了，"美，好美啊！"他用手抚摸画册，小手指越过每一道房梁、房门和院落。小多的眼睫毛闪着光，游走在图片里面。这本画册一个月以后变了样，变得粗糙、起皱。因为小多与它一起睡觉，就放在枕头下面。后来，小多的画也变了，用了许多深蓝的颜色。

小多有一个非凡的脑袋，可聪慧的脑配上一个残疾的身，作为父亲的他只会更加痛苦……想啊想，迷迷糊糊中，他竟慢慢靠着柏树进入了梦乡……

待感觉到风声时，他猛地醒了。抬头，太阳已不见踪影，整个天空像消失了一般。风盘旋在草丛里，忽高忽低，从他的脸吹到他的脖子。草的气息一波又一波，带些温热与干燥。一个个墓位被大风吹出了真相。就这样，雨忽然下来了。

闪电涌动，撕扯，整个大地一会儿黑，一会儿白。

雨像刀子，在收割，在抽打所有的一切。雨是凉的，颗粒粗大，有几滴落在他脸上，有点痛。雨大了，大到从他的头发上淌下来了。雨是横的，也是竖的，横竖结合到了一起。

雷声炸裂，从地面上滚来，激烈得像在撺动田野。

他一瘸一拐，朝着车的方向跑，雨声变成了水声，流进一个个墓碑中间。闪电来的时候，四周的一切变得十分狰狞，像涂了一层可怕的白粉。他就在雨中，雨包围他，水也包围他。雷电时不时把他揪出来，把他放在一个显眼又恐怖的位置。

"下吧，下吧，要下尽管下吧。"他边跑边喊。

7

雨不长，很快就过去了。

太阳重新登上树梢，他迎着风，遥望四周时，整个人被道道金光围住。

有一个事实是存在的，他知道是这样，但他对自己也想隐瞒。他在等待雁子的回复，当告知自己是阿迪时，他就在看她的态度。他还有侥幸的心理，想象她会对他说对不起，会告知他退货，或者干脆免费送他一条新的。然而一切都没有发生，他的微信好像冻住了，没有任何回信。

在他心中，雁子一直是一个"女神"般的存在，她美、柔、艳，散发着光芒。生命中有了她，就会变得不一样，处处生辉，处处动人。然而他也明白，自她离去后，她就变成了撒旦，从此他进入了一个茫然失序的世界，连天空与大地也失去了原有的色彩。他抱怨、痛苦、迷茫，他进毛纺厂工作、开超市、与朱美结婚，甚至与朱美做爱，都被这个撒旦操纵了。它无处不在，探头探脑，把一个色彩斑斓的世界涂抹上了灰色与阴暗，从此他就像中了邪一样，既亢奋，又痛不欲生。这些年，这个撒旦一直捆绑着他，这个撒旦已折磨他太久太久。

梳理着这几天的行程。他是去追求雁子吗？应该不是。他只是好奇，只是带着怀旧的情结，想从旧恋里博得温暖。这个世界不友善，他需要关心，需要照顾，需要平衡自己。此刻这场雷雨浇醒了他，他终于明白，自己是多么虚弱、无知和浮夸。他找不到那种虚幻的东西，那东西本身也不存在。他想起了自己母亲原先在不经意中对雁子的评价："这个女人吊三角，小心眼，以后是个狠角色。"

母亲一语成谶。

现在，那个美丽的泡沫啪的一声破了。他没有悲伤，反而有种解放的感觉，仿佛穿越了一片山壑沟谷。

绿色弥漫四周，他全身湿透了。面前，车头依然歪着，不成模样。鸟鸣声不绝，贯穿这条空旷的路。他掏出手机，抹去头发上淋下来的水珠，给汽车维修店打了电话。店里答应马上过来拖车。

之后，他又拨了包工头王冠军的电话："冠军吗，你那支队伍啥时候有空？我要你再造下去。"

"再造，我的耳朵没听错吧？"

"没错。是我说的。"

"不是说不造了吗？你这人怎么老是变来变去的？"

"造，继续造。"

刚才，有片刻他进入了梦乡。他梦到了小多。小多手里拿着一把大刷子，刷子比他人还高。他用刷子在刷他们在分水墩的房子。刷子走过的地方全成了深蓝色，灰色的水泥、坑洼和毛糙都被那深蓝色填平了。那真是一把神奇的刷子，过去被淹没了，所有的往事也不见了……这是什么意思？这个梦到底是什么含义？此刻，那种深蓝色正在四周荡漾开来，整个田野变蓝了，世界变蓝了，连他整个人的身心都变蓝了。他承认，这是一种梦幻般的颜色，一种与现实若即若离的颜色，更是一种接近无限可能的颜色。

是小多的心愿，特意托梦给他。他认定这事就是这样的。

"这回不一样了，要造得特别，蓝色的。"他说。

"你不会是脑子搭牢吧？"生活中，他常听到这样的悄悄议论，他们影射他，揶揄他。原本的习以为常，此刻竟变成了某种刺激。

"没搭牢，我灵清着呢。"他做着深呼吸，语气坚定，毋庸置疑。

搁下手机那一刻，一缕轻松划过他的脑海。他明白，那个女神死了，那个撒旦也死了。其实也不是，从来没有女神，也没有撒旦，都是自己赋予的，甚至是臆造的。是他那个虚假、偏执的自我正在缓缓死去。

8

一年后，当地晚报上登了这样一篇报道：《分水墩的深蓝民宿》。

　　分水墩是嘉兴的遗存，那里有小桥流水，有历史的传承，也有时尚的延伸。水在这里分流，人在这里创新。分水墩民宿现在家喻户晓，这中间最著名的莫过于这家色彩夸张的深蓝民宿，每天客流不断，周末更是火爆。

　　深蓝民宿的门口有一排植物，白色的花盆，绿色的枝叶，摆放、修剪得十分整齐。门廊两侧还有一首唐代吕温的木刻诗："物有无穷好，蓝青又出青。"走入玻璃门是厅堂，里面布置成了咖啡屋的模样，小巧的桌子临窗，四周一圈是架子，上置书籍、瓷器以及造型各异的茶具。灯光从架子的缝隙里射出，给人温馨与浪漫的感觉。一侧则做成了吧台，黑板上写着白色的粉笔字，网红甜品：雪媚娘、特色双皮奶、手工蛋黄酥。

记者要求采访主人阿迪，他微笑着委婉谢绝了。

老板娘朱美是一位瘦弱的女人，如今正身怀六甲，她为现在的事业感到兴奋和骄傲。她说，这个民宿就是根据她儿子小多的画建造的，她与阿迪力争把每个细节做得精益求精，给人一种全新的感觉和美好的体验。

临近傍晚，有小提琴声从高处传来，原来是阿迪在楼顶演奏。轻柔的琴声飘荡、萦绕在分岔的河流四周。人们说，阿迪的生活充满了未知和挑战。他喜欢打坐，一坐就是一两个小时。他还喜欢旅游，与一群陌生的伙伴一起爬山、登高。在一个细雨笼罩的日子，他竟然爬上了海拔三千七百多米的太白山主峰……

（原载《小说月报·原创版》2023 年第 9 期）

追 风

1

灯一盏盏亮了，照明小巷的幽闭处。

透光的月亮出来了，高悬在树丛的一角。饭店里很闹，窗子里折射出一堆人，正在干杯、说笑。收费的老头背个小包，在汽车丛里晃荡。足浴房门口有霓虹一抖一抖，像蝴蝶在起舞。广场台阶上坐着几个人，伸着长腿在聊天。

我的车夹着凉风疾驶，"云上人家，云上人家。"我嘴里轻声念着。

后轮气不足，开起来有些涩。一天下来腰酸手胀，不过我还是吹着口哨。送餐途中，我经常这样，口哨声飘荡在电驴子四周。为了赶时间，我抄了小道，从中学边上插入一条小弄。我已经看到云上人家了，那是一处别墅区，在一个围墙里，里面的花草树木探着头。

一幢幢别墅骄傲地屹立在夜色里，延伸过去是树林，林子后面便是秀湖，我能隐约看到秀湖反射出来的一道道白光。抵达林子时，我才发现没有路了。迷路了，只好折回来。我在一个泥坡上掉头，或许是太心急，车子竟斜了。我努力用脚去撑，车还是倒了。

电驴子横在夜色朦胧的小道上。

折腾了好一会儿，才返回正道。我进入小区，签字，登记，然后朝着 2 幢开去。灯光下，依稀看到"2"这字样。院子里花草幽暗，叶片里夹杂着光亮。我把车停好，从箱里提出打包的食物，是一盒牛排饭。手机照亮眼前，光线拉开，把我带到一道木门前。院内花卉密实，能看到一朵朵肥硕的花。

按了院子外的门铃，门开了，探出一张贴着面膜的脸来。"怎么这么晚？"伴着拖鞋的声音，在我面前出现一个中年妇女，卷发，穿着家居便服。我递过餐盒，香水味也到了。我看不清对方，面膜有些恐怖。"对不起，有点晃出来。"

"都是油，怎么搞的？"

"不好意思，是我的问题，向你道歉。"

"都成这样了，道个歉能解决？"她像提着一个烫手的东西。

"真是对不起，刚才……"我没说车子摔倒一事，觉得说不出口。

"我要投诉。没有责任心，没有道德，没有……"

经受对方一股脑儿的语言轰炸后，我还是对她弯腰鞠了一躬。狗趴在窗口后面，黑色的眼珠闪着让人胆怯的光。是只大狗，我有些怕，那东西好像随时会冲出来。

院子看上去安静又恬适。临别前，我还不自觉地朝里张望了一眼，记住了一把撑着的太阳伞，还有伞下的桌椅。它们像剪影一样好看。

还没送出下一单，小康的电话就来了。那人年纪轻轻就大腹便便，此刻，我能想象出他把腿架在茶几上的情形。"又被投诉了，扣五十块。要长记性，五十块你要跑多少单？"小康的口气像家长，其实比我还小，三十岁也不到。

我感到委屈，对刚才面膜后面的那张脸有了恨意。

臭女人，坏女人。这女人真投诉了，我紧咬嘴唇，电驴子开得更快了。

2

他背手，踱步。我们列队站在他面前。

每天早上，小康都要给我们训话。他把我昨天的事说了，扣钱，就是扣钱。顾客一投诉我们就倒霉。"我们的配送平台叫追风，追风就是比风还要快。配送小哥比的是精益求精，一个字：快。"他字正腔圆，铿锵有力。

早训后，我们像鸟一样四处散开，各自待命，等待订单上门。这会儿，魏珍应该到医院了。她脚崴了，肿得像馒头。她不让我陪，舍不得我因为调休扣钱。我能想象得出她一拐一拐地走进 CT 室的情形。我没跟她说昨天的事，这样的事我从不说，没必要。她在恒心公司做保洁，从一个台阶上跳下来，结果脚扭了。我希望她骨头没事，"骨头有事要打石膏，麻烦就大了。"我心里这样祈求着。

到良库取货时，我朝订单瞄了一眼：云上人家2幢。怎么又撞到了？这回她点的是炸鸡与薯条。我的心开始不规则地跳动。

阳光在树缝里游荡，我在树荫下穿梭。白天的别墅区与夜晚不一样，可以说比夜晚更高档，大理石、小桥流水，以及整齐的花圃都滋养着我的眼睛。电驴子在2幢前停下。她在，旁边还有个花工在修剪枝条，地上放着工具和肥料。来到院前，她就看到了我。"又是你，怎么又是你？"她问。

我一声不吭地把餐盒从箱里取出，心里还憋着气。

"对不起，昨天态度不好。跟老公刚吵了一架。"

那人向我道歉，这是我没想到的。小木门敞开着。里面点缀着好多花卉，有月季，有牡丹，还有垂挂下来的蔷薇花，鲜艳的花朵在阳光下很灿烂。我不作声，放下餐就想走。"扣钱了吧？如果扣的话，我补你。"她把手叉在腰间，额上闪着汗珠。她长得不算漂亮，偏胖，但看上去匀称。

"不用。"我冷冷地说。

花工瞄了我一眼，继续剪着，大剪子发出"咔嚓"声。"那喝瓶饮料吧。"她把边上一瓶没打开的饮料递我，是柠檬红茶。"不能收客户的东西，我们有规定。"说完，我骑上了车。

回头望过去，花朵缠绕在她的四周，使她看上去有一种富态。我颠簸着车一直往前，这时手机响成一团，我驶出小区，在转弯处停下。"还好，只是伤筋。配了红花油，我下午就去上班。"魏珍这样说。

"明天再去吧。"

"为什么要明天？"这话把我给问住了。她就是这样一个人。

挂了电话后，我就汇到了大街的人流中。我的衣服是黄的，头盔是黄的，连送餐的箱子也是黄的。我心里在说："好啊好，魏珍总算没事，我怕她伤骨头。现在没问题了，包袱也卸下了。"我甚至没有去想刚才那女人的事，平安最重要。

晚上回家，已经九点多了，每晚都差不多。老远就看到我们屋里亮着的灯光，很无力，但很温馨。我知道魏珍已经把菜放在桌上，凉拌猪耳什么的，饭也在电饭煲上热着。我会喝下一杯荞麦酒，嗑几颗花生。这是每天必备的。

路灯下，一群孩子在小广场玩足球。义庄以前住的人少，这几年多了，房价也涨了。当年就是考虑这里房租便宜才来的，这里是嘉兴城北，紧临墓地，当地人忌讳。此刻，球在地上滚来滚去，有时还飞到空中。我看到丁当和丁冬都在，他们叫着喊着，像一股风一样奔来奔去。在路灯下停了一会儿，抽完一根烟，我吼了一声："丁当丁冬回家。"

这一喊，队伍里的两个小鬼就停下了脚步。

他们悻悻然地，很不情愿地跟在我车后，朝着家的方向走来。

3

每天总有许多的事。

车轮架着我在城市里东奔西走，托着一份份快餐和点心，一一送进别人的嘴里。我是送货员，是厨房与胃的传递者。

时间总是匆忙的。晨起，做早餐，哄孩子吃饭，然后用电驴子架起三个人：丁当、丁冬和我自己。我开得快，像是与时间在赛跑。按规定电驴子只能带一个小孩，后面紧紧抱着我的却是两个。我穿过小路，在曲折的弄堂与小道上争分夺秒，以躲避交警老鹰般的目光。两个小子又不安分，常常吵闹，还做小动作，抠身子。有一回丁当还掉了下去，摔在地上打了几个滚，额上起了个包。

送完孩子，我就要去平台的新城站，我们在蓬莱路。七点钟准时集合，穿戴好，每人一车一箱，在一个停车场边上听小康训话。完了便高呼口号，喊："鼓足干劲，力争上游！"之后，一天紧张的工作便拉开了帷幕，天天如此。只是下雨时，小康会把训话改在走廊。

秋天到了，雨水就喧哗不已，这是我们最困难的时候。雨披穿在身上，一身紧绷，像裹了个不透气的套子。下雨容易出事，有时候人会被甩出去，王小刚就被摔过，脚上开了个口子，血流了不少。红红的，与雨水混在一起，分不清彼此。每次下雨，我都提醒自己，小心小心再小心，你有家有老婆有孩子，你的命比天还要大。

越是下雨，单子就越多。雨在催，订单也在催，那些嗷嗷待哺的人们更是催个不停。台风"烟花"来的时候，狂风夹暴雨，吹得人都要飞起来。树被折得弯过来，形成一个大的弧度。广告牌从空中飞落，砸在地上，发出很大的轰鸣声。小区里的横幅被吹碎，布条子在雨中疯狂拍自己。那天中午，一会儿工夫竟有二十五单，乖乖，我被这个数字吓住了。

什么是追风？这便是追风。

　　我就像是一条鱼，在雨帘里穿梭。到后来忘了时间，忘了里程，中间还回蓬莱路换了个电瓶。雨像是浇下来的，风吹得我睁不开眼，白花花一片，看不清路，也看不清自己的车龙头。什么也看不见，我只是一味地向前，向前，像一台连轴转的机器。就连我自己都不知道，那次跑了多少小区，多少写字楼。鞋湿透了，倒出来都是水，还带着我的体温。头发黏在额上，后背也是水，不知是汗还是雨。回到家，我煮了老姜茶，外加红糖，喝了两大碗，喝完后还吐了。魏珍说："你啊你，还当自己是小年轻啊。"她有心疼，也有抱怨。

　　好在我的同事都平安，过后大家都笑嘻嘻的，没当回事。

　　只有苗长水心悸，他从没见过台风，这威力令他发怵。他说："妈呀，怎么会是这样呢？像在瀑布里，一点不假，就在大瀑布里面。"

4

　　我喜欢城西。城西树多、河多，还有一个新挖出来的秀湖。

　　秀湖很灵动，闲下来的时候我就在湖边转，看看那些透蓝的湖水、丰茂的水草。有时还会有小鸊鹈，那些精灵脖子上有花羽毛，在芦苇丛里穿来穿去，有时是一群，有时是单独一只，轻轻划动水面的样子可爱极了。

　　坐在长椅上，吹着湖上的风，抬头就能望见云上人家。我不时会想到那个时而发威、时而温柔的女人。她的花园给我留下了印象，那些密实的花朵在夜里和白天绽放，鲜艳、茂密，与周边浑然天成。富人的世界离我很远，我很难想象他们的生活。但有一点我不明白，她为何常点快餐。像她这样的人不应该这样，家里应该有佣人，帮她弄好饭菜。或许她会开一瓶红酒，与小闺密一起坐在吧台，或者在露天桌椅上优雅地进餐，就像电影里经常出现的那样。不过，我也不想搞懂这些，说到底，这与我有何关系呢？我只是被扣了五十块钱，有些心疼。那别墅与我遥远得很。

事情常常这样，你想什么就会来什么。那天傍晚，手机滴答作响，平台上的单子一张张飞来，我一看，又有云上人家2幢。街上，轿车挤成一团，像蜗牛一样挪动着。相反，我的电驴子仿佛有神助，在里面前后穿梭，来去自如。晚霞飘散着，先是一堆堆，之后呈带状，绵延在西边高楼和树丛的上方。晚风也来了，从银行大楼侧面吹来，带着夜晚降临的那份无奈。

当气派的花园别墅出现时，它显得很宁静，余晖正挂在墙角上，光还斑驳地反射到玻璃上。太阳伞收了，直立着，一动不动。藤蔓把进院的小木门包裹成一个拱门。我按响门铃，铃在里面响，我不停地摁，就是没人出来。

提起餐盒子，找出上面的电话号码。电话没人接。我气恼，心想又轮上这人了。

推开木门，进入院子，一支蔷薇花枝挡在我眼前。来到屋前，我把脸贴在玻璃窗上，"喂，有人吗？快餐到了。"声音带着不耐烦，还惊飞了一只停在花丛里的蝴蝶。

里面有影子，但我不能确定，把眼睛更紧地贴住凉凉的玻璃面。现在我看清了，一个人在地上像蛇一样盘着，在扭动和挣扎。我以为看错了，努力睁大，把目光拉直。是的，是一个人，家居服上有抽象图案的那个人。有情况，我开始敲打玻璃窗，又去推面前那道门。

门锁着，推不动。屋里的人扭得更厉害了。

应该有后门，我下意识地这样想。我心急火燎地绕到屋后，真有后门，虚掩着。猛一推，门发出很大的声响，还有一股反弹力让它颤抖不止。我冲了进去。在客厅的中央，在一块沙发地毯的旁边，我见到那个人。就是她，我认识的那个女人。

女人蜷缩在地，眼闭着，不停喘气。"怎么啦？你怎么啦？"我把餐盒扔到一边，蹲下来，摇动着她的身子。

"……难……难受。"声音轻得像蚊子叫。

危险！眼前这张脸在扭动，变得难看又夸张。

"有人吗？家里有人吗？"我高声地喊着，然后站起来环顾四周，希望屋子里出现其他人。但是没有人回应我，我又奔向厨房和卧室，里面空空荡荡。只听到狗叫，声音发闷，像是从隔壁某个地方传来的。

女人还在地上挣扎，也好似在滚动。不久又停了。

我六神无主。不过很快，我掏出了手机，拨打了120。"快，越快越好。"我这样对自己说。"有人出事了，你们快点，在云上人家。新城街道云上人家2幢。"我一直记得这个地址，忘不了这个地址。

搁下电话，四周寂静一片，狗的叫声突然停了。霞光透过西窗落在地上，在地毯上织成一道光柱，但我依然觉得这里的环境有些尖锐。屋里阴森森的，像被什么沉重的东西压住了，望出去，连那个漂亮的院子也容颜尽失。女人一动不动时，我害怕极了。

我怕她这会儿死去。手机一直在"叮咚"地响，那是订单的推送，我仿佛没听见，更无心去看。我不时蹲下，又不时站起，额上都是汗。

"坚持一下，快了，快了，救护车快到了。"时间真的过得很慢很慢。

直到救护车长长的笛声从院外传来，我那紧绷的神经才松弛下来。

5

她就坐在我对面。

我像是屁股上长了疮，浑身不舒服。她恢复了健康，看起来白里透红，头发也盘了起来，乌黑的头发像上过一层漆。边上坐的是她男人，高个，清瘦，戴眼镜。她说他有个家具厂，做红木家具。

"我心脏不好，那天情况很严重。幸亏你来了。"她说。

她给我递茶，边上围了一堆的水果。她男人拿出烟来。我平时会抽几根，但现在则慌乱地摇头，我说不抽，抽不来。抽得屋里乌烟瘴气，这像话吗？

"你救了我。是你。"

她这样说，我挺不好意思。这是巧合，或者也是天意，我说不清。那天我乱成一团，只觉得环境很压抑。现在环顾这屋内，竟是另外一番感觉：华丽的窗帘，气派的水晶吊灯，红木桌椅闪闪发光，还有两个跟人一样高的精致大花瓶……一切仿佛都醒过来了，生机勃勃了。

"真是瞎了眼，我还骂过他呢。"她朝男人看了看，男人也露出不好意思的神情。

她把头又转向我。"你不会一直记着吧？"

我摇了摇头。我的确忘得差不多了。

音响里放着轻音乐，乐声像在掏耳朵一样，轻轻地拂撩着。茶叶挺好，枚枚翠芽，绿得沁人，它们在玻璃杯里荡漾开来，一根根往下沉。我拿起，抿了一口，茶水带点甜味。

她取出一个信封。信封放在中间的茶几上，她中指发力，一点点往我这边移。

我看到信封里露出的人民币边角，那是很厚的一沓。"有点俗气，可我想不出更好的方法。我只是想说谢谢。"她把它推到我面前，停下。

我把它推了回去。"这不行，不行。"

我只是打了个电话。我想都没想，推得坚决又迅速。

"医生说了，幸亏送得及时，否则后果不堪设想。我老公也是这样认为的。"她又把信封推了回来，再度来到我面前。

"其实，这没什么。"我的声音有些发抖。

是不是要收？要不要？我的内心在持续斗争。我觉得拉不下这张脸，我心虚，好像收了自己就不道德了。我又推了回去，这回推得较慢，信封与茶几面像在来回地摩擦。

"哎，你……真是一个好青年。"她的脸变红了，这样总结道。

男人的目光里有赞许，像在回应她的说法。

我在盘算着，如果她再把钱推过来，我就收下。我内心里是有这渴望的。我希望她再推，望着她，期待着，可这双手不动了。男人来电话了，他说了声"对不起"，便移步到院子里。玻璃后面能看清院子里的人影和花影。

"我这个人年纪不大，却是一身的毛病。每天吃的药你都猜不出来。我要吃十几种药。就当补药一样在吃。不瞒你说，我还在吃抗抑郁的药，这种药吃了会发胖，你看我胖不胖？"

这让我有些惊愕。当着我这个外人，她会说这样隐私的话。我浑身燥热。

"我常常这样，一个人守着这个大屋子。你看这房子，够好吧。你说我过得幸福也对，你说我过得凄惨也行。"

6

"傻瓜一个。"魏珍一下子定性了。

我告诉了她前后经过，告诉了她我没有拿钱。"哪有你这样的人呢？你救了人家，人家感激你，你偏偏装清高，装得像富人。你好好看看我们这个家，冰箱是房东的，桌子是房东的，连我们睡的这张床也是房东的。"

老婆说的是真话。事实上，从别墅里出来我就后悔了。我可以理直气壮地拿，但我这人脸皮薄，拉不下脸来。这一来二去，机会就错失了。现在魏珍一骂，我更觉得丢脸。"好了，不要说了好不好？"我喉咙竟响了起来。

"做错了事还喉咙老大，真要被你气死。"魏珍把正在洗刷的铝锅摔得砰砰响。后来还把床上的被子抱走，看来今晚她要睡沙发了。沙发上堆了衣服，她胡乱地挪到凳子上。

"老爸，妈妈怎么啦？"丁当悄悄地问。

"老爸犯错误了，弄丢钱啦。"我哭笑不得地说。

"丢了多少？"

"不知道，可能很多。"

"噢。"小孩子在做作业。灯下的光萦绕在两人之间，我看到他们在悄悄地耳语。

我很后悔跟魏珍说这件事。我没忍住，其中还有夸耀的成分。这次夸耀完全得不偿失，魏珍有一个星期没与我说话，就像个陌生人。最近她走路一瘸一瘸地，有时还用个木棍当拐杖，对小孩的脾气也不好。

"听见了吗？别磨叽了，上学要迟到了。"好像整个世界都欠了她一样。

这以后，我经常收到那女人的电话。她的电话让我期待，也让我不安。她问我好吗，生活如何，如果需要她会帮助我，等等。我总告诉她一切都好，每天忙忙碌碌，但挺充实。我就是这样说的，一半是真话，一半是客套。

"好青年。你是我认识的人里面最有志气的一个。"

她这样评价我。我听了飘飘然，但过一会儿又觉得不可能。我只是个打工仔，哪里谈得上有志气呢。我觉得她这话有些离谱。

她偶尔还点餐，像以前一样，点的都是牛排、熏鱼、虾、沙拉等等。有一回，我终于忍不住了："多吃快餐不好，我每天在送，但我知道不好。"这是真心话。与以往不同，那天她穿了件运动装，灰黑色的，还配了双白色运动鞋。可说完我就后悔了，她比我懂得多，我何必这样说呢？

"你说得对，我开始锻炼了。我要改变我现在的生活，不能再这样了。一直在吃药吃药，我要运动了。"她把手伸到空中，来回比画着，像要抓住什么。

"你是好青年。我是说你给我带来了不一样。你是那样的单纯、善良，对生活充满了热爱。我用一个词概括，就是阳光。"

我抓了抓头皮。从来没人给我戴过如此的高帽子。我既觉得她可爱，也觉得她荒谬。"不是的，我不是这样的人。"我否认她的话。

"从你那天不收这个钱开始，我就这样认定了。像你这样的人太少了，你从事着辛苦的工作，可你开朗、大度。"

她的话像炸弹一样，一颗颗地在我面前爆炸。我活到现在，三十六年，从来没有人这样说过我。我惊愕、好奇、哑然，觉得眼前这人有点不真实，更像是我臆想出来的。

"小弟，路上骑车注意安全。"

在电话里她常常会这样关照我，开口闭口都是小弟，好像我们已经熟悉很久了。她让我叫她姐，我开不了这个口。"我会的，我把安全放在第一位。"我这样回答她。

"对啊，你有老婆小孩。你的安全不光是你的，也是你们全家的。"她的口气仿佛变成了小康。小康有时候就是这样，爱跟我们讲大道理，但她的大道理比小康动听，至少我听得进。

7

中秋前一天，苗长水在 ICU 里昏迷了。

我和大伙在 ICU 大门外朝里张望，其实什么也看不见，只能看到桌子和一道白色的布帘。不知道里面的人是生是死，外面的人人人自危。他是闯红灯出的车祸，为了赶时间，为了他那份追风平台上的业绩。

苗长水比我大两岁。有时我们把电驴子停下，靠着树干聊天。他很搞笑，常常说一些风趣、幽默的话。老婆跟别人跑了，他单身一人，他说他比我好，一人吃饱全家不饿。他口袋里还有把口琴，拿出来横在嘴里，一些曲子就会响起来，那些个小调"呜呜"地在街边游荡。

从医院出来，我回到了追风新城站。站里很乱，墙上贴着各种制度，以及每个人的健康证和大头像，小康的头像最大，他是站长。电脑前，两名小伙正忙着。小康在看报表，我与几个工友走近，把他吓了一跳。我们把医院的情况说了，说医院在催费，扬言再不缴费，就不抢救了。大家一齐担心苗长水，苗长水可能连命都不保。

"不是我不想管，这事真不好办。他没有交社保，没有工伤保险。"小康放下报表说。

"怎么可能？我们不是每个人都缴了吗？"我站在他面前，声音有些异样。

"跟苗长水谈过，可他就是这样。他不想掏这个钱，他说他安全得很，可偏偏出了事。"

"规定里有，每个人必须参加保险的。"

"话是这样说，但人家苗长水不肯，我有什么办法？"

"那你现在准备怎么办？总要一个办法。"

"我都是按规定在办事。"

"你说一声，平台到底管不管？"

"他没保险，又闯红灯，要负全责的。"小康把平台的责任推得一干二净。

"放屁。"想到苗长水会死，我忍不住骂人了。我激动得很，与平时那个文绉绉的我完全不同，脸也涨得绯红。

"你说什么？"

我又拍了一记桌子。"都是你，一天到晚催我们快快快。他闯红灯，有一半也是你推过去的。"

"放肆！"小康一下子变了脸，瞪着我。"简直是狂妄。"他的脸色从来没这么难看过。

这一夜我没睡好。一直记得小康那双蔑视的目光，我有点后悔，觉得自己冲动了，但说出去的话等于泼出去的水，再收不回来了。我告诉自己，没事，一切都会好的，苗长水也会好的。我这样宽慰自己。

天亮后，丁当与丁冬很兴奋。中秋节到了，学校放假，他们两人一直在床上闹腾。魏珍在电饭煲里煮了粥，早去上班了，桌上放着咸菜和煮鸡蛋。一只苍蝇在头顶"嗡嗡"地飞，阳光降临，屋子里夹进了一道红光。

刚骑上电驴子，就收到平台发来的短信。上面说我已被除名，从今天起不用上班了。收到这短信时，我一阵恍惚，没想到小康的报复来得那么快。墓地边延伸出大片的林地，有一群鸟在枝头吵闹，嘈杂又响亮。我觉得它们在嘲笑我。

赶到蓬莱路时，大伙儿已各自散去。我故意晚点过去，避免与同事尴尬相遇。

站里只有杨海峰一人，他懒洋洋地守在电脑前。隔壁充电间里，电瓶的指示灯像幽灵一样在闪光。海峰朝我点头，神情尴尬。我去推小康办公室那扇死寂的门，那门一动也不动。

"出去了。"海峰冷冷地说。

"苗长水怎么样了？"我又问。

"不知道。"对方冷漠地说。

风沿着高楼的过道扑过来，我一脸茫然。现在我的手机一片寂静，平时这个时候滴答声不断，繁忙得很。手机里工号479的那个人已被他们清除，479号再也回不到工作状态了。看到边上的杂货铺、理发店，还有送水工进进出出，我觉得无比陌生。我还穿着我的工作服，电驴子上还装着黄色图案的箱子。

我没有把这情况告知魏珍。她会埋怨我，会嫌我多管闲事，把一个好好的饭碗给丢了。我四处转悠，没有送货的电驴子像是脱了缰一般。我踱进一片树林，躺在草地上胡思乱想，那会儿手机却响了。一看，竟然是她。"小弟，在忙吗？"我告知她不忙，装作什么事也没发生。

"告诉你个事，我要工作了。中秋以后，到我一个小姐妹的花店。"

"真的？你真要这样做了？"

"是时候了。我不能这样了，再这样下去身体要垮了。"

我没有说好，也没有说不好，只是沉默着。

"今天中秋节，我把一盒月饼放在了花店。你顺便去一趟，离你们平台的新城站不远。去参观一下那家店，顺便也把月饼拿了。"

"这，这不好吧。"我觉得很意外。

"去看看那家花店吧，布置得挺洋气。店的名称叫花仙子，中山西路153号。记住，别忘了月饼啊。"

"这个好像……好像……"我支吾着。

"我能跨出这一步有你的功劳，记得要去拿啊。祝你们全家中秋快乐！"

她去工作了，我却把工作丢了。我在犹豫是不是要把失业的事告诉她，她却把电话挂了。

事实上我到现在也叫不出她的名字，送餐单上留的都是应女士。我不好意思问她的名。不过这没关系，收到祝福已经让我足够激动。她居然给我节日礼物，想到这我就浑身发热。

8

回到义庄，已过九点。我是故意拖这么晚的，装出很忙的样子。

月亮静静地爬在树梢，月色浓密，地上仿佛罩了一层银色的膜。我轻轻推开家门，两个小子看到月饼，顿时欢呼起来。礼盒包装得很精致，外面礼袋，里面有铁盒。丁当和丁冬趴在桌上，艰难而又认真拆着封皮。一打开，两双小手就抢夺起来，然后以最快的速度塞进嘴里。

"哇，好吃。从来没有吃过这么好吃的。"丁当说。

丁冬在嚼，根本没时间顾上说话。两个人狼吞虎咽。

"哪来这么好的月饼？"魏珍拿起礼盒。"香港双黄白莲蓉月饼。"她一个字一个字地念。

我说了实情。

"又是那个女人。好啊，你还在跟那个女人交往！你们到底是什么关系？你说！"她的脸色变了，开始夺孩子们手里的月饼。

她把月饼一一夺下。"你这是干什么？"

"问你！"她吼了一声，然后就把孩子们吃过的月饼和铁盒里的月饼往垃圾桶里扔。丁冬叫了起来，丁当还要去夺，但来不及了。垃圾桶里都是脏物，有泔水，有吃剩的饭菜。一家人只能看着这些月饼被脏水吞没。丁冬哭了，丁当则瞪着一双愤怒的眼。

我强忍怒气，一声不吭，来到室外。今天烦恼事太多了，我不想与魏珍再来一场争吵。

夜深了，义庄更静了，凉风从墓地那边吹来。月亮好像在与云层捉迷藏，时不时地躲起来。大地一会儿亮开，一会儿又变得模糊。我有些伤感，换了以前我会摔东西、骂人，但今天没有。想到苗长水，我那颗急躁的心稍稍缓和了一些。没人告知我他的情况，我只能在心里默默为他祈祷。

地里偶尔有长长的蝉声，它们躲在草丛里，和着风声发出尖锐的"吱吱"声。月亮大而圆，默默地注视着大地。

我喜欢这片月光，柔柔的，我想这会儿的月亮也照在云上人家。就这样，我抬起头，仰望起天来。云在盘旋，在快速地移动，一会儿聚，一会儿散。我睁大眼，仿佛真的在云上看到了她。是的，她就在上面，在看着我。此刻，云密了，甚至把月亮给吞了。云包围了月，月躲在了云的深处。

花仙子店的情形又浮现了。各种颜色的插花融合在一起，造型各异，姿态万千。一进店，我就看到了那盒月饼，很显眼，放在柜台的一角。看到它的一刹那，我的心底升腾起一股暖流，这真是幸福的滋味。

尽管我没吃上一口，但仿佛尝到了月饼的甜香。月亮又出来了，云被月照得透明，像松散的花絮。对着那片幽暗之地，我轻轻地叫了一声："姐。"

就这样，我一会儿想想苗长水，一会儿想想那个遥远的姐。

月色如绸，空气清冽，我听着自己击打地面沉重的脚步声。一下，又一下，再一下。

（原载《芙蓉》2023 年第 5 期）

东塔光影

1

小车斜停在路口的沙石地上。

他"砰"地碰上门，快步朝前走，两边是一派萧条的景象。有的门歪着，有的玻璃窗破了，肮脏的窗帘布被风挟裹，晃荡着。一只黑狗跟在他身后，走走停停。一个陶瓷马桶敲碎了，散开着，躺在弄堂的一角。批发部大院里的花草枯死了，泛黄的叶子占据了一圈圈的花盆。

夕阳疲惫，与他的目光持平，正缓缓地从这片老宅区落下去。推开门，他听到了母亲念经的声音。这是母亲的功课，每天这个时候她就会坐在观音像前念念有声。身边所有的都空了，空的屋，空的院，空的弄。周边全搬了，只剩他家。回头望一眼熟悉的街弄，他有点恍惚，一切都怪模怪样了。

"来了？"尽管八十多岁了，母亲的耳朵依然灵敏。

每天她几乎都是同样的一句话。他应了一声，然后进了厨房，里面只有锅碗灶台，外加一套黑乎乎的油烟机。他开始清理一条带鱼，用剪刀把长长的肠子拉了出来。他切了姜片、葱段和一个小辣椒，母亲喜欢吃清蒸的鱼。

她轻声过来，举止祥和，说话慢条斯理。

"小莲来了，就在刚才，问你在不在。"母亲靠在门沿淡淡地说。

"小莲？她来了？"这的确出乎意料。他们估计有十多年没见了。小莲，小莲，他嘴里回味着这个名字，浮现出的是她少年时光洁的面孔。

他把带鱼切成段，放入碗中。"好像到她家那里去了。是个命苦的人。"母亲又道。

用肥皂洗过手，再用毛巾擦干后，他出门了。他朝她家的方向走去。

她家离他家约有一百来米，中间隔了几户。其实，这早已不是她的家了，她家在十七年前就搬走了，房子卖了，她早不是这里的主人了。他记得她搬家时的模样，他没有参与，只是躲在墙角远远地看了一眼。搬家的人把东西挪到三轮车上，再运到东塔路口的卡车上。他还记得她家那台益友牌冰箱，绿颜色，笨重，启动时会发出很响的声音。

晚风吹来，地上的塑料袋被吹高，扬起，最后又静静地落在角落。他脚步匆匆，走着走着又迟疑了。不知道她现在是何模样？他与她都老了，五十多岁了，这是个开始衰老的可怕年龄。弄里曲里拐弯，没一个人，连先前那只流浪狗也不见了，这里成了没有人烟的"拆迁战场"。

阳台上站着一个女人的身影，应该是她，肯定是她。

对着夕阳那头，她举着一个大相机。后来，她又来到高处露台的位置，对着远处拍。站在那儿，能看到整条东塔路。以前的东塔路是热闹的，民丰造纸厂的职员骑着自行车，一路"叮当"，风尘仆仆地回来；邻居家的衣服、被子吊在挂绳上，在空中吸收太阳的能量；弄堂里的煤炉像台小机器，无声地吐出缕缕青烟；男孩子们互相追赶，翻墙又打架，女孩子则在树荫下静静地跳橡皮筋……现在她往那里一站，他脑海里的这些沉淀的记忆一下子都升腾了起来。

此时，她也看到他了，在向他招手。

他走进了曾经属于她的院子。有几年没进来了，院墙是灰的，爬了厚厚的一层挂藤，藤蔓有些活着，有些则枯死了。踏进屋子，里面全是废弃物。抽屉露在外面，缺了一条腿的椅子横在中央，旧鞋、瓶子和空的塑料桶胡乱地交织在一起。这里后来住过开肉铺的，老板是湖南人，一身肥肉，脚有残疾。这肉摊他倒是常去光顾，他喜欢里边的黑猪肉。现在肉摊连同整个东塔路上的行人一并消失了，这卖肉的人也不知去了哪里。

小莲沿着摇晃的楼梯下楼，小心翼翼。相机很招眼，沉沉地挂在她饱满的胸前。

他不敢直视她，这是每次遇到她的第一反应。这么多年过去了，他依然不敢。

"要改造了，过来拍些照，再不拍有些就没了。"她说。

"是啊，旧城改造。其实就一个拆。"一提到拆迁，他的口气就不好。

"没想到你在，我以为你搬走了。"她的声音还是那样好听，跟以前相比多了层厚重。

"只剩三家了，我一家，西头小河边还有两家。"人家形容他为"刁民"，他差点把这个词说出口。

她用异样的目光注视着他，这让他很不自然。他告诉自己不要看，不要注视她，但还是偷偷地瞄了一眼。她的脸是僵的，皮肤隆起，有些发红，看上去就像块橡皮。她整过几次容，怎么还是如此？他的心沉了一下，想着如果她的皮肤有好转，至少他心里会宽慰些。

"这里有我们的青春。来这里，有点难过，又有一种说不出的亲切。"她沉浸在回忆里。

"是啊，一条东塔路，当年多热闹。一切应有尽有。"他附和着。

"你妈挺健康啊。八十多了，还那么健康，她是见证人。这条东塔路她太清楚了。她刚才拉着我的手，说我小时候的事，她记得比我还清楚。"

她就站在他面前，既熟悉又陌生，还是以前的身材，苗条、瘦弱，精神看上去不错。"还记得那口井吗？你当年经常到那里提水。"

她一说，他倒是记了起来。她家门口往左转进和尚弄，有一口古井，井边有棵香樟树。井有上百年历史，井沿是一圈青砖，长了厚厚的苔藓。轻薄的铅桶从上面扔下去，用力一提，冰冷、清澈的水就从底下升上来。他那时三天两头过来提水，现在井已多年不用。

他们挪步到井边。井还在，上面罩了层木板，压了块石头，边上长满了青草。他去揭石块和快腐烂的木板，井露出了真容，边上的青砖已塌去一个角，水位很浅。井下有一潭水，发绿，上面漂着树叶子。

"都成这样了。"

"我们把西瓜吊下去，过几个小时再吃。真是又甜又脆啊。"她记得这样的事。

"是的，那时穷嘛。"

"你每年都送我们平湖西瓜。你爸开船去平湖买来的。"

她好像很激动。事实上这些他真的已经忘了。

他的不安加重了，又瞄了她一眼，那张被毁过容的脸让他心里有种灼痛感。

2

起风了。

他把门窗关上，还能听到风的号叫。四周像竹篮一样，风一肆虐，各种声音就会涌进来。邻居家的门窗会自动撞击，花盆从高空跌落，"啪"地摔在水泥地面上，连树枝也会刮擦那些堆起来的废砖、废钢窗。声音像被掏空一样，源源不绝，又怪模怪样。

母亲在洗脚，他在灯下给她递上擦脚布。

他到母亲这边住了快半个月了，还是很难适应眼前的生活。屋子漏风，与他住的套房完全不一样，阵阵阴风会从他的脸颊处擦过。"那几年她不晓得是怎么过来的？想想就可怕。"母亲又在说小莲。小莲的脸被人浇了硫酸，没想到她以前那个男朋友竟会下如此的重手。

他不吭声。怎么说呢，他心中也是有愧的。

"一个好好的姑娘就这样毁了。"母亲边擦脚，边自言自语。母亲这个年纪了，身体还是硬朗，平时她就一个人住。这次为了拆迁，他硬是搬来与母亲同住，其实他也明白，自己已不适应这样的生活了。

"那个男人被枪毙了。"他说的时候把"枪毙"两字说得很重。

"姑娘的脸啊……"母亲说的时候用手抹了一下眼眶，"是个挺好的姑娘，那时候真是活泼，街上都是她的笑声。"

他蹲下身，去帮母亲倒脚盆。开窗后，他把洗脚水猛地泼了出去。

"不要往外面倒，缺德呢。"他只当没听见。现在邻居都没了，四周死寂，他才不管这些呢。母亲又说："我说啊，差不多就搬了。不要这样硬撑。"

"别说了，我会处理的。"一提到房子，他就不耐烦。

"会被人家说的。凡事都要有个度。"

他最不爱听母亲说这个，反反复复，唠唠叨叨。"糊涂！"他点了一支烟。电视线路被切断，电视没了，这令他有些难受。好在水电还有，他要坚持，一直坚持下去，直到达到目的为止。每天他都这样告诫自己。

待母亲睡下，他掩上门，来到楼上。

风好像小了些，眼前一片漆黑，只有他家还亮着微弱的灯光。窗下不远处有棵小树，被吹得弯下了身子。他抽了一支又一支的烟，脑海里还是被小莲撑满着。记得小莲坐在他自行车后面，两手紧紧搂着他的腰，她的小手白嫩，上面的青筋小巧又隐蔽。他们在民丰礼堂里吃冰棍、看电影，去建国路小商品市场逛街，还一起在工人文化宫的旱冰场上"呼啦啦"地滑冰。他牵她的手，脚下是翻飞的轮子，轮在动，人仿佛在飞。现在他就在穿越这些时光。

　　是他追求的她。他知道她有男朋友，她男朋友是个留小胡子的高个子，在邮电所上班，骑一辆公家的绿色自行车。他大刘自小练外家拳，一出场别人都怕。其实他没那么可怕，只是肌肉发达而已。他一追小莲，小莲便分心了，与她那个男朋友的关系就摇摇欲坠了。"那小子算什么，我一拳就能把他打翻，打得他散架也行。"他当年说过这样的话，听上去豪迈，其实却十分自私。

　　此刻他烦躁，在屋子里来回地走。事情过去二十多年了，小莲也淡忘了，今天一遇上，往事就像沉渣，一一泛了上来。

　　不去想了，都过去了。

　　他下楼，检查屋子，关了煤气罐的阀门，顺便还检查了那两大桶的汽油。它们被放在角落，用报纸盖着，藏着。这是为对付强拆准备的，他早就听他们说，截止日期是这个月的九号。现在九号已经过去三天了，依然没动静。他不怕他们，这是他的祖屋，是他爷爷盖起来的，他觉得争取权益理所应当。

　　"叮咚"一下，手机响了。一看，是小莲发来的照片。她走的时候留了微信。

　　"刚拍的照片，留作纪念。"

　　照片共三张，拍得很艺术。他没想到，眼前这混乱不堪的场景，到她手里居然变成了另一副模样。照片里的东塔路安静、沉着，像是一个陌生的地方。她拍了那条灰蒙蒙的路，路一直延伸到很远的地方。还有那口井，虽说只有简单的黑白色，却像是个文物，焕发出一种特别的美感。

"挺不错啊。"他写好，发了过去。

"这是我们的东塔路！"她回复。

3

他坐在写字桌后面，外面是闹腾的马路和一条新修的宣传长廊。妻子在里间煮面，能闻到飘出来的香辣味。

门口小板子上贴着一排房子的信息，有卖房的，也有租房的。这些年房子一下子好卖了，跑到大刘这个中介门市部的人也多了起来。他从事这个行当已经十多年了，对这个行业一直很了解，甚至可以说很专业。他之所以不肯轻易搬出，就源自这份自信。这二十六平方米是个模糊地带，他强硬的话，他们或许会承认。他太懂里面的规则了。

电话来了，一看又是那个号码，他明白，是那帮人在找他，他懒得理他们。现在，他摆出了决战的姿态。昨天外甥女找他，说单位领导找她，要她务必做通他的工作，好像还话里有话。"这是要挟，是绑架。"他恨这种作风，越来越对拆迁办充满敌意，"难道我不搬还影响你前途不成？我这老房子怎么会和你的工作挂起钩来了？我是我，你是你，完全不相干的。"外甥女小玲在机关里工作。

"小玲工作也是重要的。"妻子也帮着说话，结果惹怒了他。"胡扯！"他吼了一声，把妻子给吓住了。他脸色通红，嘴唇都有点哆嗦。这一声以后，谁也不敢说话了，小玲也板着脸走了。

正午，太阳热乎乎地晒在懒洋洋的马路上。他刚把面汤喝下，一辆面包车在门前不远处停下。进来两个人，一老一少。"是大刘吧？我们是拆迁办的。能不能再好好谈一次？你这里不方便，想请你到我们那边。"

他想，来得正好。在这里吵架太难看，也影响生意。

他正要把小玲这事给抖出来。"好！正要找你们算账。"二话没说，他就跟他们上了车。

这回去的是拆迁办总部，前几次他都是去街道办事处。拆迁办在一幢现代建筑里，里面布置了山水景观，有园林的味道。一进去，就看到一个大型沙盘，里面陈列着改造后的东塔路景观。塔影也出现了，这意味着他们要重建东塔和东塔寺。他小时候是见过东塔的，那是一座残缺的塔，断垣残壁，一片荒凉。后来这座古塔被连根拔起，连基座也不复存在。旁边的文字说，东塔寺与东塔是嘉兴这座城市的象征，从宋代开始，一直是嘉兴的地标性建筑。"东塔寺所在的东塔路及至角里街，是明代最繁华的区域，居住着许多豪门大族和巨商大贾……"

他在那沙盘前站了一会儿，这条东塔路的前世今生仿佛就在眼前了。

接待他的是拆迁办姓杨的副总，干练的脸，一双有力的手。"泡两杯来。"结果送来了一杯咖啡，一杯茶。他以为一人一杯，结果不是，杨总把两杯都给了他。"我希望我们能开诚布公地谈谈。"杨总说。

"其他没意见。主要是那二十六平方米，你们要补偿那个平方数。"他激动起来。

"我知道，可这真的没办法。如果我能办到的，肯定补给你。你这个不能算。"

"为什么？为什么呢？"

"你那二十六平方米是后来搭出来的，跟房产证上的平方数不一致。私自搭的，都不能算入面积。"对方语调沉稳，声音诚恳，态度却强硬，话里话外密不透风，似乎一点商量的余地也没有。

"房产证算个屁，以前做房产证都没好好量，毛估估一下。我的房子有多少面积，难道我不清楚？"他原本想喝一口茶，结果拿起后又重重地砸下，茶水都溅了出来。

"大刘，我们要讲道理。"

"胡扯蛋。是我不讲道理还是你们不讲道理？"他猛地站起，瞪大了眼。他要强硬，必须强硬到底才会达到目的。

怒气冲冲走出杨总办公室时，他才想起竟然忘了说小玲的事。

"如果你能举出私自搭建算面积的例子，我也会补偿给你。"他身后又传来了杨总的声音。

他不屑一顾，脚步坚定，像一阵风一样走了出去。二十六平方米，按每平方米两万元来算的话，就是五十二万元。这不是小数字，这拆迁里肯定存在众多猫腻，他一直就是这样认为的。

杨总吩咐派车，他没搭理，径自打车回去。

他没有回店里，而是直接去了东塔路。刚过路口，果然如他预料的那样，靠近冶金机械厂的位置已开始拆房。下了车，他没过去，远远地望着。他看到那空中腾起的灰尘，还有伸在空中的，像变形金刚一样的机械臂。一旁还有辆洒水车，在空中喷洒，一道道水雾覆盖在扬起的尘土之上。水在飞，尘在舞，两者交融。现在家里只剩老母亲，推土机随时可能进来，把他的屋子夷为平地。他要做好万全准备，随时迎接挑战。他不怕，越是来硬的他越不怕。这是他练外家拳时师父给他的教诲。

自己的屋子还是像以前一样静静地耸立着，母亲坐在院子的阳光里。

进屋后，他直接去了那个角落，光斑透过窗口落进来。掀开报纸，拧开盖子，一股浓浓的味道扑面而来。他张开鼻孔，用力地吸了一口。他想象着汽油浇向推土机的情形，再点上火，火会把它烧成一堆废铁。

必须守在这里了，强拆随时可能发生。不远处的拆房现场不时滚动在他脑中。他决定每时每刻都留守在这里，把中介的事暂时交给妻子。在电话里，他给妻子做了交代，他说这几天他不去店里了。现在他不能退，一退就前功尽弃了。

滴答一声，手机又响了一下。

会不会是拆迁办来通知？翻开手机，结果是一张电子请柬。

小莲来的请柬。这让他大感意外。

4

"东塔光影"吴子莲摄影作品展被安排在子城城市客厅。

子城这些年进行了大规模改造，古老的城墙原先缩在荣军医院里，连城墙的大门都被挡在里面。就这样，有几十年的时间，这座嘉兴的高大城墙一直不为人知。现在医院搬迁了，城墙不仅崭露头角，而且还延伸修筑了几段。周边大清理后，嘉兴老城的面目一点点恢复了历史的原貌。

子城对面是圣母大教堂，原先已垮塌了大半，连拱形的教堂顶上都长满了青草和树枝。现在圣母大教堂也修复了，与子城连成一片。这里成了嘉兴城中心的一片历史街区，改造后他是第一次来，几乎有点不认识了。"你们看那两只狮子，一直埋在地下，现在也挖出来了。"有人指着城墙门口的一对狮子说。

狮子缺胳膊少腿，还带着些青颜色。他想，这倒是历史的真相。

走进展厅，开幕式还没开始，墙上都是照片，且都是东塔一带的。这让他感到不可思议，甚至有点恍惚，自己熟悉的生活场景被一一摄入镜头，陈列在这里。在前言的位置，他看到了一张东塔的老照片，那是民国时期的照片。这张照片就像东塔的灵魂一般，忽地把这条路衬托了出来。尽管寺与塔都不在了，但东塔路还在，东塔下人们的生活还在延续，这里火热的生活场景代代相传。

展出的照片有几百张之多，从20世纪80年代末开始，一直延续到2021年，跨度达三十多年。他知道小莲喜欢拍照，但如此认真地记录同一个地方，记录东塔路的种种细节，却是他万万没想到的。小莲像魔术师一般，转个身，成了另外一个人。

在现场，他看到了许多熟人，有打铁铺里的王火力，烧饼店的二花和她妈，麻子理发的小麻子，还有卖黑猪肉的那个他叫不出名的湖南人……他们都来了，一个个再次在这里相会。他猜这些都是小莲邀请来的，她是有心人，竟然通知了那么多人。他们在说东塔路，怀念东塔路。

"还没搬吗？你成钉子户了。"王火力说。

换了平时，他肯定生气，但这会儿他说不出口。他只是尴尬地笑笑。

"大刘，你精明的。多拿了钱也要分一点给我们的。"说话的是二毛她妈。他朝她白了一眼，小道消息往往会成为她的谈资。

陆续来了许多人，也有各级领导，胸前都别着淡紫色的花。十点不到，小莲出现了，与周边的人一个个握手，还带了个十五六岁的小女孩。"是她女儿吗？"他用手肘捅了捅边上的王火力，悄悄地问。

"她没结过婚，听说是领养的。"

他哦了一声。

十点整，摄影展开幕，小莲和领导们站在主席台上。小莲穿淡蓝色套装，头发亮而有光泽。

"感谢大家光临我的摄影展。我对东塔路是有感情的，那里有我的青春，我的记忆，还有左邻右里的热情。"她拿着稿子，接着说，"东塔路值得记录，那里有人间的红尘味，有大伙的互帮互助，有那些令我难忘的美食、热闹有趣的生活场景，当然，那里还有厚厚的历史。东塔寺没了，东塔也倒了，但东塔这个符号一直存留在当地人的心间，怎么抹也抹不掉。"

他突然觉得，她是那样的与众不同，这与他心中的她完全不一样。她就像一个蛹,正在蜕变成一只蝴蝶。他真有这样的感觉。

当他把目光投向那张脸时,竟觉得没那么难看了。

小女孩也上台了,小莲紧紧地搂着孩子。

她在说她那个孩子。"她是人间的精灵。当我遇到不顺时,她就像一股清流,让我瞬间变得平静和温暖。我要感激我的孩子,没有她,可能就没有那么多的摄影作品。"女孩在笑,紧紧地拉着她的手。他看出来了,小莲的手在颤抖。

市文联主席走到话筒前,停顿一会儿开始讲话:"我要告诉大家一个好消息。吴子莲女士的作品已经引起了相当的关注,文化和旅游部的同志看了她的作品后很震惊,她用三千多张照片记录了一条路的变迁。我们在这里看到的,只是其中的一部分。她的照片蕴含了相当的文化和历史价值。文化和旅游部已经发出邀请,请她到北京去举办展览。"

底下爆发出热烈的掌声,经久不息。

文联主席继续说:"看了吴子莲的摄影作品,我个人非常感慨。她经历过磨难,经历过难以形容的痛苦,但她乐观、开朗,没有被生活打垮。相反,她把热情更多地投入到了生活中去。她热爱生活,用三十多年的时光记录了东塔路的变迁和发展,记录了那里的人文和生活,规模之大超乎想象。她是了不起的,是勇者,我要向这位生活的勇者表达我的敬意。"

当文联主席向小莲深深鞠躬时,他的眼眶湿润了。

他有些心慌,急忙低头,擦去眼角的泪花。

5

回程的时候下雨了。细雨如丝，斜飘着，密密麻麻占满了头顶上方的天空。

车子依然只能停在路口，他快速地跑着，躲着雨。跑到那口井边时，他停了下来。湿漉漉的井口闪着光泽，青苔在雨水里显得油亮。站了一会儿，他的头发湿了，连眼皮上都有水珠滴下来。

他转身进屋，又进了当年小莲的家。

屋内空空荡荡，像掏去了内脏的一只动物。门窗已被卸去，露出幽深紧闭的空间。水槽上还摆着洗衣液的空壳子，水龙头紧闭，锈水漫溢。一只老鼠听见动静，快速地从地上窜过。他来到靠东一间，里面有张床垫，弹簧裸露着，面上已撕开一个口子。

这是小莲的房间。他来过这里，记得当年屋子的摆设，淡淡的花露水香味总挥之不去。他记得，在这间房里，他牵过她的手，她没有抽回去，任由他抚摸她的小手。这是在那次可怕事件的前夕，躁动的他像开屏的孔雀，热情地追求着这个清清爽爽的女人。

他用手抚摸着这里的一切，现在这里竟变得如此的阴森和不真实，连当年他的追求也仿佛不真实起来。为了追她，他忘乎所以，花言巧语，外加糖衣炮弹。站在这里，这种愧意就像四周的环境一样幽深与黑暗。

那次事件发生在人民路口，小莲刚从建国路小商品市场出来，手里拎了件新买的 T 恤，黄色的大雁牌自行车就停在梧桐树街的转角上。那是条小巷，民居错落，梧桐树密集的树叶遮蔽了巷子的空间。她把 T 恤放进车篮，准备开锁。就在她把钥匙插进锁孔的那个刹那，一道带着浓烈气味的液体朝着她那张光滑的脸蛋飞来。液体接触面孔时，似乎还发出"哟哟"的声音，小莲以为是楼上有人浇花漏下水来，用手抹了下，再下意识地抬了下头……

当他听说小莲在抢救时，他犹豫了，动摇了。他只到医院去探望过一回，然后就变得无声无息了。他不可能再去娶那个已经被毁了容的女人。他明白，自己的做法很恶心，但这就是现实，他怎么可能再与她在一起呢？他的家庭也不会允许出现这样一个女人……就这样，他主动退出了她的生活圈。关于小莲的消息变成了传说，他都是通过别人的道听途说得来的。他知道她出院了，知道她去整过容，知道她常年待在家里，很少出门。有时他会走近她，但更多的时候他会绕圈子，尽可能地避免走过她的家门。即使两家相距很近，心理上的距离却在变大。他变得胆小、仓皇，怕在路上或者某个店里与她不期而遇。

楼梯上的水泥被敲过了，地上掉着破碎的瓷砖。门口的电表已被拆去，电线裸露了一堆。牛奶箱锈迹斑斑，上面订购牛奶的电话号码只剩一半。角落里堆了一堆杂物，有日光灯管、电风扇的底座、塑料盆和空的洗洁精罐子……雨断断续续，绵延不停地在外面飞舞。

他转到院子里，几个破的鱼缸支在角上，缸里竟有一枝荷叶耸立着。

他是无脸见小莲的，他一直有这样的心理负担。几年后，他终于见到了小莲，那是在路口的禾城烧卖店里。店里坐满了人，她提着烧卖在等位置。她朝他笑，还问候他的家人，表现得很自然，好像他们间什么事也没发生。小莲越是表现得从容，他心里越难受。

现在，看着外面如丝如绸的雨丝，他感到一种从未有过的虚弱。同时，他也第一次感到了小莲身上的光芒，这个经历苦难的女人仿佛也经历了重生。他感到了她身上藏着的力量，是的，她就是女神。

走进雨里，雨丝困住了他，吻着他的脸、脖子和裸露的手背。

他没有跑，只是缓缓地走，他甚至不知道自己在走。从摄影展出来后，他的思绪就一直没有停顿过，小莲，小莲，小莲，现在连空气里仿佛都充满了她的影子。她无处不在。

吱的一声，他推开了自家的门。

母亲在做十字绣，在灯下，针很安静地穿梭着。见到他时，母亲愣了一下，他脸上都是水，连衣服都已经湿了。"没伞啊？"她问道。

他"嗯"了一声，然后去卫生间取毛巾，用力地搓擦自己的脸和头发。镜子里，他的眼睛是血红的，就像一头从森林误闯出来的野兽。

毛巾拿在手上，来到那个角落，他瞄了一眼那几张报纸下的两个桶。他突然想，这样做与那个浇硫酸的小胡子男人有什么区别？他反复地问着自己。毛巾扔到了桶上，他用手扶住墙沿。过了几分钟后，他出来，走到还在绣花的母亲边上。

"明天我就去办搬迁手续。"

"没听错吧，太阳从西边出来了。你竟改主意了？"母亲的针高高地举着，有点不敢相信。

"没听错。就这样，我想过了。就这样吧！"

母亲依然用怀疑的目光盯着他，以至于他只能快速地把自己挪开。

天快黑时，他撑起一把伞，走在这条变得冷清的街上。雨细得肉眼都很难辨认。他听到，自己的脚步声在水泥地面上发出孤单的回响。四周在快速暗下来，一两盏路灯撑起灰色路面上的亮光。有一回与小莲看完日本电影《生死恋》，他骑着自行车，后座载着她。他们沉浸在电影中的热恋里。那天，夜晚的街道升起雾气，车轮子碾过地上松脆的树叶子，她环抱着他的腰。他们有说有笑，他使劲地蹬着脚踏板，心里憧憬着他们的未来。

来到茶馆旧址时，他记起了小莲其中的一张照片。那应该是20世纪80年代的旧照，里面粗糙的板桌旁坐满了茶客，他们在谈天、抽烟和喝茶。灶膛里的火红彤彤的，一缕光线正落在中间桌子的竹壳热水瓶上……再往前，在原供销社的位置，他停下了脚步，供销社的照片同样印在了他的脑海里。靠墙陈列着成排的布匹，柜台里侧放着球鞋和锅碗等日用品，柜前拥满了人群，背后还有一行标语：为人民服务，每张脸上都洋溢着向往的神情……

他有着无限的感慨，又有着莫名的失落。

就这样，他走走停停，带着满腹心事，朝着东塔路深处走去。那只黑狗又出现了，踩着细雨跟在身后，爪子落在地上，无声无息。

（原载《山花》2024 年第 5 期）

干戈弄

1

干戈弄在市中心，不大，是条老路。

她从楼上下来，沿干戈弄往西，走环城路。上桥时，天黑下来了，车灯与桥上的灯，以及桥两岸的灯火汇聚到一起。

桥下是开阔的水面，清风拂来，每到这里，豆子都会在草地上欢快地跑上一圈，翻几个跟斗。撒野的豆子顽皮可爱，像个小孩，闪着明亮的目光。有时它也羞怯，躲在一个角落里。每当这时，她就知道遇到大狗了。遇到威猛的大狗，它就藏起来，还把头钻进草丛里。

这天，过勤俭桥后，天上飘起了细雨。雨很细，第一次抹脸，没感觉；第二次抹脸，手指尖有些潮。于是她赶紧往东折，进入勤俭路，到十字路口，再向北，就可以回干戈弄了。

雨朦朦胧胧，再走几步，雨花又没了。她走在人行道上，豆子很乖，走走停停，停停走走。到十字路口，还停下来等她。它就像个懂事的孩子，有时候，甚至比孩子还好。孩子常常不听话，但它没有。它总是听话的，一天不见，会沿着她脚边转，亲这儿，亲那儿。她有时会把它抱起，闻一闻它的气息，看一看那双清澈透亮的眼睛。

豆子给她的生活带来快乐与念想。上班时，她会想它，惦挂它。每次回家，只要听到脚步，它就会在门口转圈，嘴里发出"呜呜"声。门嗒的一声打开，它会一股猛劲地扑上来，往她脚踝里钻，撒着娇，仿佛思念要溢出来。这时她会蹲下来，摸摸它的毛，拍拍它的肩。它就亲她的手，还会亲她的脸。所以，每次下班，她总是走得飞快。

红绿灯在跳跃、闪烁。每到十字路口，她都会抱起豆子，这个地方人多车多。好在豆子也习惯了，不会乱穿马路，它很懂事，遇到这种情况会等她。此刻，它停下脚步，探着头，等着她。电瓶车队伍浩浩荡荡，公交车从身边呼啸而过，它就看这热闹的街景。它脖子上有一个铃铛，金色的，用红布系着。金色、红色与白色的毛融成一体。

她抱着它过红绿灯。它紧缩着，不过眼神没闲着，总在打量这花花绿绿的世界。马路口是家手机店，门敞开着，音响响亮地轰鸣着。过完路，她把豆子放下，豆子认出了路，蹦跳着跑到了前面。路上，"滴滴"共享单车挡着道，有一辆汽车还停在人行道上。她像绕桩子一样绕着，豆子也在绕，挺灵活。她已经能闻到干戈弄路口叶子饭店里的炒菜香了。

豆子比她转弯快，它熟悉这里的每条岔路和分支，只见它摇着尾巴，一闪，不见了。就在这时，她听到了紧急刹车的声音。

声音很响，刺耳。她的第一反应是坏了。她奔向弄里，看到一辆出租车，一个年轻的司机正慌张地推门出来。

她快速跑去，蹲下身，盯着轮子底下看。没有，没有豆子的影子。她心里在祈求，又在庆幸，心在怦怦直跳。豆子走开了，不在这里，肯定不在了。

然而，当目光转到后轮时，她看到了一摊血。血从轮下渗出来。

她眼前顿时空白一片，浑身都软了，觉得快撑不住了。

2

她用一只手扶着出租车。豆子在轮下，她只看到小半截的身子，一条血流汩汩地淌着。

它死了，竟然死了。半分钟前，它还活蹦乱跳，充满活力。她跪下了，只有跪下才能触摸到它。她的手在抖，但再抖也要伸过去。她碰到了，是热的，皮毛光滑，后腹处软软的。

她告诉自己这不是真的，豆子没死，她目睹的是假象。车子发动机没关，尾气还在喷，但她闻不到味儿。她的手不停地抚摸着豆子，一遍遍叫着它的名字。司机过来，想拉她，她不想起来，身子沉得很。

"我挪一挪，挪一挪。"他说。

她不理他。叶子饭店的人都出来了，他们把她拉开。于是司机挪了一下车子，然后熄火。

她看到了完整的豆子，但那已不是她熟悉的豆子了。它瘪了，头还在，歪斜着，中间明显下凹，肚子裂开，有肠子出来了。它躺在地上，一动不动。看到这景象，她反而不敢伸手了，手像是僵在了那里。她害怕了。眼前的豆子成了一具尸体，血肉模糊，无论如何也不能与她记忆里活蹦乱跳的豆子等同起来。

人越聚越多，在边上围了一圈。有人还趴在二楼的窗口张望。司机缩在一旁，车里没载客，空荡荡的。食客用牙签剔着牙，说着倒霉的话。他们指指点点，让她厌恶。

司机三十岁左右，留着小胡子，低着头，两手拱着。

"突然窜出来的。我踩刹车了，但来不及了。"他说。

"胡扯。是你轧了它，是你把它轧死了。"她把指尖指向他。

"是它自己钻进去的。我看到来不及了，已经钻进去了。"他在狡辩。

"你浑蛋！"她突然歇斯底里起来。这一吼，眼泪就下来了，泪水像长了腿一样，不光跑得快，且越来越多。

"是它自己钻的。你再有本事也没用，它自己往底下钻。"

她用愤怒的眼神注视他。他害怕她的目光，一瞥，马上缩了回去。边上的人议论开了，有说司机不对的，也有说狗不对的。

"它自己找死，是它自己找的。"司机拖住身边的人，喋喋不休。

她觉得司机在不停地推卸责任。明明是他撞死的，还非要说是豆子自寻死路。她火气大了，朝他扑过去，但叶子饭店的老板娘拉住了她。"死都死了，冷静点。"老板娘说。

"大家说是不是？我好好地开车，它在转弯的地方猛地钻过来，再好的司机也……"他还在解释。

他反反复复说个不停，甚至连一声"对不起"也没有。不仅如此，还掏出手机，打110报警了。"还是让警察来处理。"他振振有词地说。

她再忍不住了，一拳过去打在他胸口。他的胸没有她想象的硬，软软的，但她的手还是痛了。

"你打人。"司机头歪着，嚷着。

"就是要打你。打死你。这个不要脸的，口气还很硬，一点羞愧心也没有。"愤怒充塞了她全身，她暴跳着，又朝他追去。老板娘眼疾手快，狠命地拖住了她。司机趁机钻进了驾驶室，锁上了车门。

她拍打车门。那个家伙像耳聋了一样，只当没听见。他就端坐在里面，神态慌张。

天完全黑了，路灯和店里的灯都亮了，照出那个斑驳的男人，没有骨气的男人。她更用力地敲着前方的盖板，想把铁板给敲穿。

手究竟还是痛了，那铁板好像一点事也没有。

这时，警察来了。来了三个警察，问怎么回事。司机看到警察，胆子有了，马上开了驾驶室的门。一看这情形，她更来气了，一个箭步过去，一把拎住他的胸口。他挣脱，衬衫"哗"地一下开裂了。接着，她的手上去了，她对着他猛打耳光。

"你不开门。我叫你不开！"她一边打，一边骂着他。他没有反抗，任她抽打。他甚至还把目光投向警察，指望他们来救他。

"不准打人。"警察说。

警察说，她也不停手，继续打他耳光。她要替豆子报仇，替豆子讨公道。于是，那段打耳光的录像成了她的罪证。

3

所长是伟良，坐在她对面。她觉得冷，不是怕，而是真冷。

他是她的小学同学，多年没见了，想不到在这个场合见到了。他不叫她全名，叫小名，他说："巧儿，你怎么来了呢？"旁边放了一包云烟，但他没抽。手机从他的左手转到右手，又从右手转到左手。

"我不明白，一只狗会弄成这样。我真的是不明白。"他说。

她在哆嗦，身子有点不由自主。

"现在养狗的人真多，闹出来的纠纷也不少，我们所里几乎每个星期都有。一只狗这么值钱吗？当然，我这样说，也不地道。我懂得养狗人对狗的情感，就好像自己的子女一样，这个我也是能理解的。但关键是要把握好一个度，如果这个度偏了，就麻烦了。就像你，现在惹上麻烦了。"伟良说得很诚恳，像亲人一样，但她根本没在听。他说了些什么，她也不清楚。

伟良叫人拿来了执法录像仪。一摁，那块小屏幕上出现了画面，她看到了自己的样子。"那真的是我吗？"她在吼，近乎疯狂，对着那人在扇耳光，还对着公安在吼。她自己都惊讶，怎么会如此呢？豆子死了，没有了，再也见不到了，这好比割了她身上一块肉。这些年，豆子陪着她进进出出，他们有亲有爱，比人还好，她怎么能接受它离开呢？再说那个司机，就像个木头人，一点同情心也没有，只知道为自己开脱。他这些行为更加伤害了她。

录像放了一会儿，被伟良关了。后来，他又拿了件衣服，披在她身上。

"我很同情你的遭遇，但你的行为触犯了治安管理处罚法。你不仅打人，最后还打了警察。这些都有录像，我想为你开脱也不行。你让我很头痛，想帮你，但又帮不了。"他说这些话时，她闭上了眼睛。她想，随你吧，要怎么处理就怎么处理。王争在外间，坐在一条长椅上。所长见她不吭声，就走了出去。她身上的衣服随即掉下，滑落在地。她也没有捡。

隔着窗，能看到伟良把王争叫到一旁，嘀咕着。不一会儿，他又进来了。

他看到了地上的衣服，愣了愣，捡了起来，又披到她身上。

"对不起，我只好宣布了。叫其他人宣布也一样。这个难人就由我来做吧。"他停顿了一会儿。

"刚才报局里了，批复也来了。拘留五天。这不是我定的，是局里定的。我真的很抱歉，但你必须为你的行为负责。"他冷冷地说。

对此，她有心理准备。你问她后悔吗？或许是有。她怎么能不后悔呢？这是她平生第一回被拘留。"随你们好了。"她回答。

"司机呢？他拘留吗？"她突然问道。

"他不拘留。他只是撞死了一只狗，没违法。你太冲动了，冲动是魔鬼。如果我们每个人都像你那样，这个社会会像什么样呢？我们是同学，你过头了，太过头了。"伟良长长叹了口气。

撞死狗的人没事，她却有事了。鼻子里哼了一声，她更冷了。

这时，王争也进来了，瞄了她一眼。"要不，我回去，去拿些毛巾、牙膏和换洗衣服来？"他问。

派出所雪白的墙壁上，挂了好多锦旗。伟良有电话来，去接电话了。她呆坐着，手掌处还有些痛，掌心都是红印子。已经是半夜了，院子里一片安静。她还看到了司机，他在外间，踱着步，好像很放松的样子。现在，她对他的恨意减弱了。荒唐，一切都荒唐透了。

"豆子呢？"她问王争。

他说豆子已被收起，警察叫人送火葬场了。

想象豆子变成灰，变成烟的情形，她更难受了。她低着头，靠在桌上，胸脯一起一伏。她哭了。

4

车就停在门口。那里正好有棵大树，车就在树荫下。

"喂，还好吧？"王争这样说，想让她快乐些，但她毫无兴致。她跨上车，一屁股坐到车位里，听见了知了的叫声。这是城乡接合部，僻静，有成片的树，还有一条小河。河水拐了一个弯，在静静地流。看守所的墙很高，铁丝网在上面围了一大圈。

她没有搭理王争的话。

他们平时也很少说话。所谓夫妻，实际上是逢场作戏。包括此刻，从看守所出来，她内心根本不想见到他。

车子发动了。一路上，王争似乎想讨好她，断断续续说了些市里的话题，但他做得笨拙，反而让她不舒服。车子开在路上，先是田野，后是工厂，高大雄伟的桥，还有一排排崭新的广告牌。她一直看着窗外。

豆子不是她提出来养的，这都是海娜的主意。海娜有一天说："巧儿，你这样子也不好，养个宠物吧。"她回答说："不养，这东西脏，有气味。"她说的是实话，跑到养宠物的人家，总会闻到一股怪味。她受不了这味道，会觉得恶心。但海娜好像不长记性，过了几天又提了，打开手机给她看照片。"这是萨摩耶犬，很乖巧，白毛，很聪明。你看，那狗的眼睛多神气，我们科长说了，他们家的马上要生了，是纯种的，到时留一只。你知道吗？这狗很贵，市面上要卖三四千块。"说实话，不看可能也就如此了，一看，心里真有点两样了。这狗太漂亮了，用漂亮也不确切，可以用神气来形容。

她心里的那块基石第一次松动了，图片上那狗的样子、神态深深地印在了脑海里。不过，她还是没有答应。或许是海娜看到了她的松动，于是变本加厉地提此事。她说："生了，很可爱，共有四只，你赶快做决定，否则拿不到了。"她还在微信上不停地发照片，用红圈圈出其中的一条："就是它，如果你同意，马上可以到你家了，你赶快决定。"被闺密这么一催，她的确有些动心，但想到养狗的种种麻烦，还是不停地打退堂鼓。有天晚上，海娜说："去看看吧，看看再定。"就这样，那天晚上，她们开车去了科长家。名字是科长取的，他说："这只狗小巧，就叫豆子吧。"

她一看就舍不得了，实物比照片更有冲击力。

豆子来后，家里的面貌彻底变了。豆子是那样的温柔，会撒娇、逗乐，还会和她玩游戏。她心里固有的对狗的印象彻底崩塌了。平时，它会抬起前腿，后脚撑地，做出一副可爱的欢迎状；

还会钻进她怀里，拱她的肚皮，舔她的手。它成了她的开心果，是她的小孩，是她的亲人。它在绿草地里欢快地奔跑，在公园的长椅上抬头看天，在十字路口好奇地看红绿灯跳跃……现在，她坐在车内，脑子里闪出的都是豆子。豆子，豆子，豆子。

"去植物园坐坐吧，新开的。"车开过植物园时，王争突然说。她看到了密密麻麻的一片树林，还有成排彩色的气球。

"不去。"她淡淡地说。

"对了，我去打听了，想弄一只新狗来。也是萨摩耶犬，跟别人说好了，价格也能接受。"

"不养了，再也不养了。"豆子死了，就仿佛心里被插了一刀，别的狗代替不了。

"明天就去抱来。都说好了。"他坚持着。

"你又不管。平时你照料过豆子吗？给它买过狗粮吗？给它洗过澡吗？给它打过预防针吗？你只有一张嘴巴，就靠一张嘴巴骗人。你说，你骗了多少人？"

她这样一说，他就沉默了。

"我对你也是可以的。去年还给你买了新车。"过了一会儿，他又在夸自己的功劳。他开了家小公司，也有些钱。的确，他去年给她买了辆红色的本田车。

"我喜欢坐公交，你把这车卖了吧。"这也是她的心里话。

一路上，他们再也没有话说。

到家门口的时候，他接到一个电话，是关于狗的。他对着电话说："好的，好的，我马上来抱，马上。"她突然拍了拍车窗，厉声警告："我不想见到狗，家里再也不会有狗了。"

他瞪着她。

"不要拉倒，你这人人格分裂。"他气呼呼地合上手机。

5

她坐在女儿房间里。

这间房朝西，堆满了书和杂物。自从女儿去加拿大读书后，这里就成了储藏室。平时懒得进来，但今天进来了，她决定住在这。推开窗，能看到整条的少年路，路上有好些车，每个人都行色匆匆。

女儿的照片放在桌上，她把照片举起来，看照片里的女儿。照片中的女儿大概只有十岁，扎了朝天的娃娃辫。照片是在人民公园拍的，她蹲在花丛里。那是"五一"节，公园门口布置了花篮和大型的盆景。那时女儿什么事都告诉她，不像现在，她几乎对女儿一无所知。

她知道，豆子走进这个家与女儿离开有关。如果女儿不出国，豆子是不会进来的。她太懂这里面的因果关系了。她抚摸着照片，手印子都留在照片上了。

门推开了。"饭做好了。"王争难得做一回饭，冷冷地站在前方。

她摇了摇头。

王争说："吃点吧，随便吃多少都行。"她说吃不下，不想吃。

"不想吃，也吃一点，看我忙了那么久的分上。"他就是有一张能说会道的嘴。

　　他很虚伪。平时老婆长、老婆短的，但他在外面有女人。这一点是众人皆知的秘密，海娜为此不知跟她说过多少回。海娜劝她离婚，她一直犹豫再三。她问自己，能离婚吗？都什么岁数了。不过，有一回两人吵架，她哭着提出要离婚，被王争一口否定了。他语气坚决，毋庸置疑。"不可能，你想也不要想。"这是他的原话。

　　桌上有四个菜，散着热气。她刚捧起饭碗，一阵莫名的难受涌了上来，于是又放下了。王争望着她，叹了口气，开始自己喝起酒来。

　　"伟良打来电话，说过几天让我们去调解，就是赔偿的事。他说，司机和我们，还有派出所，三方在一起调解。"他说。

　　"有必要吗？"她淡淡地发问。

　　"赔偿是肯定需要的，他撞死了狗，赔是肯定的。伟良也是这样说的。"

　　"这能赔吗？能用钱来衡量吗？再说，这也不是钱的问题了。"她说。

　　王争放下筷子。"你的意思是算了？就这样算了？就这样便宜了这个混账？"

　　对她而言，这些都不重要了。她也不知道什么是重要的，但有一点是清楚的，这样的调解毫无意义。她也不会跟那人要钱。

　　这顿饭吃得索然无味。

　　回到女儿房间，躺在床上，她把自己包裹起来。她没睡着，王争的一举一动都听得清楚。他在抽烟，打火机的声音"啪"地一下。过后又在哼歌了，他在唱："啊，牡丹，百花丛里最鲜艳。

啊，牡丹，众香国里最壮观……"他嗓子不错，现在还是禾城合唱团的领队。那些外面的女人，就是通过唱歌认识的，她们都叫他王老师。王老师带着她们从这个小城唱到上海，唱到北京，最远的还唱到了莫斯科。据说，王老师经常以切磋歌艺为名，带人去小宾馆开房间。这些半老徐娘妩媚婀娜、风情万种，从房间里常常传出来歌声、笑声和其他的声音。

此刻，她听到王争在通话，他在跟女儿视频聊天。女儿在电话里"咯咯"地笑，他也好像在哄她。后来，门"嗒"地响了一下，他探进头来。

"我没说你的事，但女儿说要钱。你跟她说两句吧！"他压低声音说。

她一听，火就来了。现在女儿动不动就是钱、钱、钱。钱成了她与他们之间唯一的纽带。

她拿过手机，对着视频。"你每次打电话来，就是钱。不缺钱，就不会找我们。来电话就是来要钱，钱就是一切，是不是啊？"她声音挺大，弄得王争愣在一边。

"妈，不是的。我是真缺钱。你也知道这里的生活水平，的确是不够的，况且这个月还要办生日派对。我不骗你。不办不行，同学都办的。"

"你够不够，我不知道。但平时呢，连个问候的电话也没有。你的良心在哪里？问问你的良心。"

王争来夺手机，一直在说"好了好了"。但她偏不，她要把以前忍着的话一股脑儿地倒出来。

"你打来过几个电话？每次来电话就是要钱。你有本事，自己去挣。"

女儿突然挂断了视频，手机里一片漆黑。

"白眼狼！"她说。这句话既是对女儿说的，也是对王争说的。

天黑了，弄里传来汽车声，以及小饭店里抽风机的轰隆声。她迷迷糊糊，似睡非睡。

到半夜时，干戈弄一下子静了。她听到门响了下，吱的一声，王争进来了。他没开灯，但外间的灯照出了他长长的身影。他轻轻地在她身边躺下，一只手还环住了她的脖子。她闻到了他身上的油腻味，还有肥胖带来的那股压力。

"走开！"

她用力推开他，这双手让她恶心。不知道这双手触摸了多少不该触摸的东西。

"你啊你，不知整天在想什么？把好好的生活弄成一团糟。"他冷冷地说出这样一句话来。

她哼了一声，起身，抱起被子，睡到了客厅的沙发上。窗外透进冰凉的光，落在苍白的沙发上。

睡着睡着，她又担忧起女儿来。豆子走了，家里冷清了，现在她与女儿又进入了对峙状态。不一会儿，她摸出手机，决定给女儿发个微信。女儿那边应该是白天。

"对不起，妈妈态度不好。"微信发出了。

夜很静，她一直守着手机，期待微信的声音出来。她不时从被子里掏出来，瞧一眼，再瞧一眼。可手机静静的，没有任何反应。

"你要理解妈妈。"她又发了一条。

手机依然寂静。直到天蒙蒙亮，还是像醉了一般，沉在梦里。她一次次弄醒手机，又一次次失落地扔在一边。

6

终于，她提出了分居。海娜说得对，她到了失控的边缘，不能再这样生活下去了。

她选在了豆子"五七"的时候搬家。一早，王争走了，他闷声不响。他们没有吵架，或许他早就料到有这么一天。太阳早早地升起了，落在陈旧的街道上。弄里静悄悄的，叶子饭店里，帮工正在一个大桶里洗菜。她准备了许多菊花，白的，黄的，还有三炷檀香，来到豆子的车祸现场。

她用扫帚扫了地，把花一点点揉碎，然后把花瓣洒下。花瓣顺着她的手指，落在那块曾经流血的地方。

地上已看不到血迹，时间会抹去一切的记忆。花卧在地上，阳光落在花间，闪着无力的光。她又把三炷香点上，插在路边的泥地上。店里有人出来看她，她听到他们在轻声议论。

在香的顶端，三道淡淡的烟在萦绕，檀香的味道正在变浓。

她沿着花瓣转了几圈，嘴里在默默地祝愿着豆子，期望它在另一个世界安康。

搬家公司的人来了，楼梯上都是他们的脚印子。四个工人上上下下忙碌着，从五楼把东西搬下。其实也没有多少东西，两个柜子，外加衣服和被子，还有她生活需要的锅碗瓢盆。

东西搬上了车，她让工人们注意地上，别压到了道路一侧的花瓣。篷式卡车发出轰鸣，屁股后冒出青烟，一阵战栗后先走了。

她坐进了海娜的车。她没有开那辆红色的本田，车子就停在弄堂里。

海娜穿了一身运动装，头发高高地盘了起来。她坐进车后，觉得这条熟悉的弄好像变得低矮了，陌生了。海娜发动车子后，她指了指前方插香的地方："不要朝前开，你倒车，从弄堂后面走。"

海娜愣了愣，好像不懂。

"我不想走过这个伤心地。"她说。海娜望着前面那堆菊花，很快就明白了。

弄堂很窄，车在一点点地倒出去，两旁停着电瓶车与三轮车，海娜小心翼翼地对着反光镜。房子在慢慢后退，远去，那些空调、路灯、繁杂的电线杆在默默地望着她。车子一点点驶离干戈弄，驶离前方那个曾经留有一摊血的车祸现场。她木然地望着眼前，远处地上，花瓣醒目，闪着光泽。

豆子仿佛就在眼前。但一闭上眼，就变黑了，又什么也没有了。

"新小区有个大广场，那里视野开阔，树木也多，不会觉得气闷。"海娜转着方向盘，退出整条弄子，对她回头一笑。那地方也是她帮助找的。

"你要开始新生活了。"海娜踩了下油门，车加速了。

透过反光镜，干戈弄已看不到了。但她仿佛看到花瓣在飘飞，把车子包围了起来。在纷纷扬扬的花雨里，有一道跃动的影子，它应该就是豆子。是的，它在那里，永远在那里。

就在这时，她突然说："停——"

海娜说："怎么啦？"

车停下，她推开车门，出来，走到海娜那一侧。她脸色凝重，眼睑下垂，要海娜下来。"车子我来开"。她说。海娜一片迷茫，但还是对换了座位。

她坐到了驾驶室，开动了车子。海娜发现，她又重新把车子开进了干戈弄。车子像驶过一条直线，空调、路灯和电线杆又回来了。"是不是遗忘了什么？"海娜的直觉这样告诉自己。

此刻，她就驾着车，头昂着，没有一丝的表情。杂乱的店家和门牌一一驶过，她熟悉这里的每一个细部。当车开到叶子饭店附近，海娜更不明白了。然而就在这时，她轰了一下油门。车子像是打了个抖，笔直地朝着那一地的花瓣开去。

车轮碾压着花瓣，撞翻了还在冒烟的檀香。海娜愕然了，张着嘴，说不出话。

花瓣钻进了轮子，成了轮下的尘土。"什么也没有发生，这里什么也没有发生。"她这样说的时候，就笑了起来。

她的笑阴冷又干涩。

"什么叫没有发生？"海娜不解地问。

"这里为什么不叫玉帛弄呢？偏偏叫干戈弄呢？为什么？为什么？"

笑声更怪了，穿越车窗向外溢去。地上一片狼藉，车轮上沾满了潮湿的花瓣，朝着弄口冲去。

（原载《广州文艺》2020年第4期，《小说月报·大字版》2020年第5期转载）

蜈蚣会不会咬人

1

那天，我刚游完泳，走出泳池回到更衣室。水一直在流下来，从头发、腰身，一直到脚下。我站在那儿，开始脱泳衣。屋里有点闷，也有点潮。泳衣从两个肩膀处被拉下来，然后，顺着胸口、腹部一直往下拉。这是个麻烦活儿，穿与脱都一样的麻烦。每次当我解除这层衣料的时候，总要长长地吸上一口气，好像气一下子顺了。泳衣总是裹得太紧。

泳衣已经褪到了腿腕处了，我甚至提起了一只脚，想快点从里面逃出来。然而，就在这时，我看到了一条爬虫，很大，很粗，有无数的脚。那大虫子就在我那堆干净的衣服上，它在爬，在动，甚至还停了停，朝我瞅了一眼。

我叫了起来。

尖锐的声音划向空中，刺破了女更衣室的空气。同室的人瞬间拎起了耳朵，被我吓着了。里面还有两个人在聊天，都把目光扫向我。就在此时，门"哗"地一下被拉开了，一个年轻男子心急火燎地出现了。他应该是被这声音召唤来的。然而，他一踏进来，脸唰地一下就红了。

接着，我又发出了另一声尖叫。

我在喊的时候寻找着东西，试图遮挡自己。此刻，我的身体是赤裸的。我想到了衣服，但那只大虫还在，还在爬，无数的脚灵活地转动着。于是，慌乱中我只好先用手捂住胸口，但捂了一会感觉不对，又马上把手放到了下身。

所有的人都惊讶了。那两人，我，还有那个闯进来的他。那两人衣着整齐，是老泳将了，她们像是刚进来，还在对某个保健品的功效进行着讨论。不过，此时她们也瞪大了眼，觉得事情偏了。尖叫声再次刺破更衣室的空气，但谁也没有动，也不知该怎么动。那条大虫子却不管，依然在衣服堆上扭来扭去。

"出去，给我出去。"我向他怒喝一声。手捂着抖个不停的身体。

他应该也感觉到了不对，急忙转身向门外跑去，只留下一个身影，影子在摇晃。出门时他猛地带上了门，碰门声很大。我还站在那里，头脑一片眩晕。

我不知道发生了什么。一切都在瞬间发生，又瞬间消失。我低头，连衣服上的大虫也不见了。那个男人来过吗？他刚才真的来了吗？看到赤身的我了吗？他这会儿又去哪里了？疑问一串串地向我涌来。我竟失神了，一下子像是进入了另一个时空。

那两个女人过来了，围着我，问"怎么啦，怎么啦"。

是啊，怎么啦，刚才是怎么啦？我也想问呢。女泳将找到了虫子。那是一条大蜈蚣，刚从我的内衣里探出头来。现在，它被扔到了地上，其中一个女泳将用拖鞋使劲地踩了上去。瞬间，这条蜈蚣变成了一团，像屎一样。我看到它有几只脚被踩裂了，居然还在动。

我还沉浸在刚才的情绪里。我出神地盯着地下那一摊水，还在喃喃自语……

一天以后，我接到游泳俱乐部经理的电话。他在电话里说："我们开除了他。"

这是经我交涉几次后，才得到的答复。"已经走了。他还为自己狡辩，其实狡辩也没用，这事情我们不会原谅的。"

经理的态度稍稍让我的情绪平和了些，也觉得松了一口气。

我和俱乐部之间的事也有了了结，我不再游了，再没这个心情去了。他们答应退还我一年的年费，同时还答应赔偿我一千元。不过，这也是交涉的结果。俱乐部起先也是扭扭捏捏，强调东，强调西。但我也不松口，也不好惹。

我告诉他们："如果闹大的话，对俱乐部也没有好处。比如我可以叫媒体来曝光，你们掂量一下后果。"

俱乐部肯定被吓着了，态度一下子就变软了。

2

"我是被冤枉的。这事你最清楚，你说我是不是被冤枉了？"

他站在门口时这样说，这是他唯一一次到我的店里。我的店在芦席汇，那里临水，面对一片宽阔的水面。我不清楚他是怎么找过来的，但事实上，他已经站在了那里。不过口气还好，不像是来吵架的。他讲话轻声轻气，好像他反而是个受害者。

"你不要进来，跨进来我报警。"我也不客气。

我几天前就已经知道他被除名了。我想，这本身就已经验证了谁是谁非。他现在出现，纯粹是捣乱。我就是想不通，他怎么会找到店里的。我当时参加俱乐部的时候，是留了店的地址，还有电话之类的。我想，他肯定是从那里弄来的。

但现在不是弄清这个的时候，我现在就要赶他走。他被除名了，他来找我干吗，要找也是找俱乐部。

"你不能这样。真的，你怎么可以这样呢？你要到俱乐部去替我说。"说着这句话，他就进门了。他一进门，我心里就乱了。我想他可能是来捣乱的，弄不好他会摔东西、砸店，甚至还有可能要打人。谁知道呢？我对这个男人不了解。那次也只是一闪而过，没有完全看清他这张脸，现在他就在眼前了。他长得不算难看，中等个子，中年人，后脑勺那儿有了些白发。

他站在店的中央。先是看窗帘，看了一会儿，才把眼光锁定到我身上。目光里带着鄙视，也有某种仇恨。我的心一直在怦怦地跳，想不好怎么办。我怕这家伙失控，做出不理智的事来。谁知道呢？他的饭碗丢了，他的气大着呢，现在他会把气都往我身上撒。是我让他把工作丢掉的，我当然是他仇视的人。如果店里有客人，或许我胆子会更大些，但要命的是，此刻一个客人也没有。这店里只有我，还有他。就我们两个。

我胡乱地在桌上抓着，抓到了一个订书机。这也好，我把它捏在手里，关键的时候也是武器。甚至还可以用订书钉，有这尖锐的钉总比没有好。我紧紧地握着订书机，眼睛盯着他。

"我只上了一个礼拜的班，就遇到这倒霉的事。关键是，你叫了救命，我是听到救命后，才推开门的。这事就是这样，你先喊的救命。"他很平静地说着，好像说的事跟他无关，好像是在复述人家的事。

救命？我喊救命了吗？这事我真的是忘了。当时那么紧急，我都吓坏了，谁还记得当时喊了什么呢？或许我说了，但是记不清了。印象中是没有喊过的，我只是尖叫，尖叫了起来。

"你是说了，大声地喊了。"

"我应该没喊。我不会这样喊的。"我说。

"你不要赖，我希望你不要赖。做人要诚实。"

我赖了吗？我向来是诚实的。我生意做得好，回头客很多，我凭的就是诚实。但现在他说我喊了救命，是我喊救命以后，他才冲进来的。他不是无缘无故冲进来的。

我紧紧握着订书机。谁知道呢，可能我喊过，也可能没有喊过。我看到蜈蚣，情不自禁喊一声救命也是有可能的。但事到如今，我绝对不能承认。我不能说我喊了救命，不能说。他看到了我赤身裸体的样子，占了便宜，现在还搬出一套说辞来。不管他说的是真的，还是编的，我都要否认。让一个莫名其妙的男人看了身子，我总是不能原谅的。现在，他丢了工作，扣了钱，这就是代价。他付出代价也是必须的。

"你真的是喊了，你可以去问边上的人，我记得边上还有人。她们可以作证。"他一脸的无辜，好像他完全是被冤枉了。他的口气好像是我制造了冤假错案，好像受辱的不是我，而是他。

这令我很不开心。我来回地拨弄着订书机。

后来，他就坐了下来。没有人邀请他坐下，他自个儿就坐下了。他缩在沙发里，一会儿低头，一会儿看着我。我不习惯这样的目光。这目光带着邪气，他看过我的裸体，现在他看我的每一眼，都让我觉得异常，好像他的目光是一双手，能摸过来，能把我身上的衣服轻松地除去。这真要命，我既恼火，又害怕，但又不能发作。

他的目光里有一种猥琐的东西，我怕。但越怕，这层东西似乎更清晰。

"你想怎么样？"我反问道。口气里带着强硬。

"我要你还我公道。我需要个公道。"

后来警察就来了。是我报的警，他一直赖着不走，我就报了警。我是当着他的面报警的，一报警，他就站了起来。

他是自己走的。等警察来的时候，他早就走了一会儿了。

走的时候，他还在门口停了一下。"问问你的良心吧！"他说。

3

他是在威胁我。这点我很清楚。只是，这样一个人，怎么会被我摊上了，我想不通。

当他在河边出现一两次时，我不当一回事。就当他散步吧，让他看看这条曾经的运河的风光，看看河边的房子、水闸、宝塔和那些临水的人家吧。或许他会看厌，看厌了他就会走，就不会再到河边。我就是这样想的。但几天以后，他还来，而且每天都差不多这个时候来，我有些惊讶了。

这个人像块牛皮糖啊。我心里这样想。

我的店跟人家不同，有好多的窗。因为要展示窗帘，所以窗子就多开了。我站在窗口，常常能看到他。看到他的正面，有时是背面，有时甚至只有半个头。他总是在那里，像个流浪汉一样。更多的时候，他是坐在一块临河的石阶上，这里以前是个小码头，岸边是河埠和石阶。

他就坐在那里，皱着眉，有时还把手挡在眉宇处，张望着，沉思着。有时他还会踢自己的鞋子，那是一双运动鞋，有点旧了。当然，他也抽烟，在石阶的边上扔满了烟头。他抽烟的样子很古怪，抽一口，着急地吐出来，面朝着天空，把烟气送到上面。

"他脑子有没有问题？"我问自己。但很快，我就否定了自己的判断。从他上次到店里的情形来看，他不像有病。但他好像跟其他人不一样，有一种特别的阴，阴冷、阴郁、阴暗。我一下子想到了三个阴。一个星期后，他又准时出现，我心里的不舒服加重了，好像身上长了癣瘕一样难受。尽管他没有再到店里来，但我觉得应该要想办法了。我不能这样坐以待毙。

我首先想到的是我的表哥，他是开洗浴中心的，社会人脉广。我给表哥打了个电话。

"揍他一顿，我叫人去揍他一下，他就老实了，就不敢来了。"表哥说。

表哥这样的想法，我当然也想到过，可我还是觉得不妥。我为什么要打他呢？他一不闹，二没有擅自闯店，那这样做就过分了。我不做过分的事。

"有没有更好的办法？"

"没有。对付这样的人，只有这样，否则有你苦的。这样的人会缠着你，就像一条蛇一样，一旦缠上就不放了。"

表哥这样说让我害怕。我怕这家伙到晚上也跟着我，走到哪儿，跟到哪儿，就像影子、跟屁虫一般。我去喝个咖啡，他就守在我的车旁。我去看个电影，他就在大厅侧面等着我。一想到这样的场景，我就不寒而栗。这不是不可能啊。现在他白天都这样了，为什么不能延伸到晚上呢？为什么不呢？

我很想答应表哥的要求，但我还是拒绝了。我做不出来。我有同情心，我甚至觉得这家伙尽管恶心，但也是可怜的。一想到下雨天他也在这里转来转去时，我心里涌起了一丝同情。那天，雨丝如柳条一样地飘，我真想请他进来，坐一坐，喝一杯茶。我们可以不聊什么，但我会送上我的普洱茶。只有高级客人来的时候，我才会用普洱茶。那套精致的茶具就在一旁，我做茶道时，别人都说我高雅，有韵味。当然，我没这样做。我想我应该也是不会这样做的。

表哥看我没有同意他的建议，过了一天，又给我来了电话。

"还在吧？还在外面吗？你怎么不听我的话呢？一劳永逸，这样的人欠揍。"他的声音很响，我让手机远离了耳朵一些。

"算了吧，无缘无故地打他，我做不出来。"

"不要你做。只要你点个头，我就叫人去摆平。保证明天起这个人再也不出现。"

"不出现当然最好，但我还是不想打人。打人多不好。万一打伤了，怎么办？"

"怎么会呢？只是吓吓他。"

我想了想，有点犹豫，最后还是没有同意。

"这个人啊，我打听了一下。你知道吗？他坐过牢。坐了四年，去年出来的……"表哥说。

我的心一紧。坐过牢的人，应该不是一般人。我一下子又紧张开了。

"为什么？为什……什……什么坐……？"我竟口吃了。

"情人。他老婆有个情人，开超市的。他去找他了，还捅了人家，捅了，你知道吗？还好，那人没死。"

我突然想，他会不会也提着刀到我这里来呢？我心里一下子全乱了。

"我听说，他家里也是一塌糊涂……他妈有神经病，不时会发作，还有，还有就是，他还有一个儿子，都十岁了，听说也有问题，脑瘫，生出来就是了……"

表哥还在说，但我都没有听进去。提着刀，提着刀……此时此刻，他在外面会不会也提着刀呢？我的后背上泛起阵阵寒意。

看来，事情严重了。

4

我准备了辣椒喷雾，就放在包里，随身携带。我想，万一他冲进来的话，我就用这个，对准他的眼睛，"呲——"地喷过去。为此，我还训练了几回，确保那玩意儿在我手里运用起来灵活自如。

我还专程到派出所去了一趟，把情况做了汇报。我已经放弃了表哥的做法，他那种做法只会激化矛盾，弄得不好，真的把小事弄成了大事。我还是相信警察，想让警察来保护我。祁副所长接待了我，他与那人以前打过交道，一起吃过两顿饭。

"能不能赶他走？"我问。

"他又没来骚扰你。如果他骚扰了，那我们肯定管。现在他只是坐在那里，我们管不了。这事，很难管。"他说。

"但他可能会报复。他以前捅过人，谁知道他会不会再捅人呢？"

"可以去警告他，但如果警告以后，还是来，我们就没办法了。他到河边，没有犯法。他不犯法，能怎么办呢？"

祁副所长说的是对的。他只是晃悠，最多只是朝我的店里多瞄几眼，这不会构成犯什么罪，连偷窥也不是。他是光明正大地在那里，光明正大地朝我的店里看。我觉得自己像是湿手碰上了干面粉，甩起来麻烦大了。

不过，祁副所长毕竟和他认识，还是说话算话。他们真的找到了他。那天，我看到来了两名警察，穿着制服，腰里还别着警棍和对讲机。他们出现在了河边，朝着他的方向走去。那会儿，他手里正拿着一张不知从哪里弄来的报纸，他没有注意到警察，只顾低头看报。等警察来到面前，他才抬起头来。警察站着跟他说话，还朝我的店的方向指了指。待警察走后，他把报纸团了团，扔到了一旁，还朝我这边狠狠地瞅了一眼。

警察留下了远去的身影，他站了起来，朝着另一个方向走了。我不知道这事会朝什么方向发展，我完全一头雾水，心里却在默默地祷告："再也不要来了，我再也不要见到他了。"我希望我的祷告能发挥作用。

不知是警察的缘故，还是我祷告的缘故，后面几天他竟然真的没有出现。我探出头，朝河边张望，没有。河里河外，船边码头，公交站和报刊亭，都没有他的身影。我壮着胆子，去了趟河边，想看看他到底是不是藏在某个地方，结果也没有。他消失了，终于不见了。

他应该是怕警察的。他坐过牢，知道警察的厉害，因此警察一出现就退缩了，这也是顺理成章的事。不过，他没出现，我倒是有些牵挂，脑子里一直是表哥说的那些话。我在想，他的妻子怎样了，他的母亲怎样了，还有他的小孩怎样了……这些东西一下子充塞了我的脑海。

我甚至想到了帮他。他是一个可怜的人，对这样一个可怜的人，我应该伸出援手。不过，一想到他曾经是个罪犯，我又打了退堂鼓。毕竟，他对我而言是一个陌生人，有时候去帮一个陌生人是很危险的。就比如前几天，他如此反复地出现，到底要干什么呢？真是天晓得。但我相信，他是想敲诈，他就是想从我这里诈一笔钱。这是我的直觉。我相信直觉，我的直觉经常是很准的。

他没出现，我松了一口气。生活一下子又恢复了明媚，又像以前一样灿烂了。我想，这一页终于翻过了。几天以后，他那张脸在我的印象里已变得模糊，不真切了。我甚至还在想，是不是真的有这样一个人呢？会不会是我自己臆想出来的呢？

我又开始安排我的生活了，我的小资生活又像以前一样，热闹又缤纷了。我开始约朋友去吃烤肉、喝茶、看电影、看摄影展览。

摄影展览在瓶山一侧的蒲华美术馆举行。拍摄的都是西部风光，有西藏，有青海，还有新疆。那些美轮美奂的景色，让我接连驻足。我是约了我的姐妹英姿一起去的，她也是个摄影迷。她用手机翻拍了这些风光，嘴里还不时"哇哇"地叫："我要到西藏去，我还没去过西藏，一定要去这个地方，怎么样，跟我一起去吧？"她拖着我，让我表态。

我当然也想去，但我放不下这个店。一去就是半个月一个月的，店里的损失就大了。一想到这个，我就下不了决心。钱还是重要的，我开店不就是为了钱吗？要让我损失几万块去西藏，想想就心痛。"去吧，去吧，钱挣不完的。"英姿说。道理我也懂，但要让我放弃，却还是有点心痛。我说："再考虑考虑吧。"英姿说："有什么好考虑的，现在就定下来，你这人不爽气，拖泥带水的。"这不是英姿第一次说我拖泥带水，的确，我自己也承认有点，但要改，好像很难。

从摄影展里出来，我们买了两杯奶茶，一人一杯，边走边吃。我们走向我的尼桑车，车停在一片树荫下。就在这时，突然一个人插到我前面，说出一句话来：

"你说，蜈蚣会不会咬人？"

我一愣，英姿也一愣。

一看到说话人的那张脸，我差点崩溃。是他，就是他，那个冲进更衣室里的男人。此刻，他的目光紧紧地盯着我，就像那天一样。这目光就像一个发着红光的灯泡，尖尖的，远远的，但又好像要爆炸。我一下子怔住了，不知怎么办。

英姿更是莫名其妙。她好奇地盯着这个男人，不明白他在说什么。

"走开，你给我滚开！"我突然发出很响亮的一声。

男人没有动，好像他早有预料一样。但他还是站在我前面，甚至比前面更靠近了。

"你是一个心狠手辣的人吗？我看你不像。我再给你两天时间，就两天。"他说。

"滚开，再不滚，我喊人了。"

我变得暴怒。我不能容忍这个人的出现。我以为他走了，躲起来了，不再惹事了，但看来不是，他依然在，只是藏起来了。他在暗处跟踪着我，这让我怒不可遏。

"我是被冤枉的。我再说一遍，你要还我清白。你必须还。"

说完，他就走开了。英姿站在一旁，像在看一幕哑剧。她不知道前些日子我那里的事。男人的背影晃进了展厅，消失在了人堆里。

我站在原地。

"发生了什么？到底发生了什么？"

"他恐吓我，你都听到了。这个无赖竟在大庭广众之下……"

我额头上、后背上都是汗。他说两天，给我两天时间。难道这是最后通牒吗？

5

我如临大敌。

原本我没把这事告诉老公，现在看来，不告诉是不行了。尽管说起来有些别扭，但考虑到事情的严重性，我还得说。不仅跟老公说了，我又到派出所，跟祁副所长汇报了。

祁副所长看来也有些为难。他说辖区里每天有好多案件，不可能派警察单独保护我。他说现在那人只是说说而已，说说是不算的。如果他真的有行动，他们就会果断出击，让我不要怕。他还要求我二十四小时手机开机，一有情况，马上报警。

从派出所回来，我突然觉得好笑。去游个泳，结果弄出这么一桩事来，而且越闹越大，好像到了无法收场的地步。我也考虑了表哥的方案，但很快又否定了。如果真揍了他，他可能会狗急跳墙，变本加厉，弄不好会闹出更大的风波来。他捅过人，毕竟，他是捅过人的呀！现在，旋涡越来越大了，我觉得自己在这旋涡中心了。

为了对付他，老公请了几天假，也待在我店里。"叫警察把他抓进去算了，这种人是人渣。"他是个小公务员，不适应店里的生活，话里话外都是抱怨。"抓进去关上几天，出来后怎么办呢？他出来后再过来，可能更难办了。"我这样一说，他支支吾吾一阵，就闭嘴了。的确，好好想想，问题还是严重的。我在想，要不要去算个命，避一避眼前正在升腾的邪气？

老公有一把去四川旅游时买回来的藏刀，刀也拿到了店里。"他敢闯进来，就砍了他的头。"他挥动着寒光凛凛的藏刀说。

这样说的时候，那个人又出现在了河边。"就是他！"我指着窗外说。老公把刀握得更紧了，提起又放下，放下又提起。

那人没朝店里看，好像根本这个店不存在似的。他就在河边，来回地走着，还不时朝河的远方眺望。他神情茫然，一副无所事事的样子。他没有在台阶上坐下，而是坐到了一个系船用的水泥墩上。他就一直这样坐着，时而低头，时而抬头，抬头时正好有一只灰色水鸟掠过，他的目光就追逐上一阵子。

"真是个呆子。"老公看了一会儿，这样下结论。

第一天就这样过去了。第二天也还是如此，他没有做出极端的动作。临近中午时，太阳烈了，他躲到了树荫下。那会儿，我看他好像朝店里瞄了瞄，脚步也停了，好像在犹豫，在想着什么。我猜，他是不是想进来？这会儿，老公正在沙发上午睡，藏刀搁在脚边，鞘子已经拉开，露出半截刀子。我想，如果他再走近，我就推醒老公。但他没有，他在树荫下一屁股坐了下来。报纸垫在下面，双腿还盘到了一起。

"你跟一个呆子怼上了，"老公说，"世界那么大，你怎么偏偏和一个呆子怼上了呢？"他说的是对的，我内心是认同的，但嘴上没说出来。

6

日子还是这样地过。

从第三天起，那人又消失了。人真是犯贱的，他在的时候担惊受怕，他不在了却有些惦挂了。我知道不该这样，我应该巴不得他消失，永远不存在。他不在的时候，我觉得自由，呼吸顺畅多了，连外面树枝上的太阳也圆了好多。尽管如此，我却感到不自在。我总会像平时那样，朝河边张望一番。

他躲起来，是在酝酿更大的风暴吗？还是觉得无趣了，所以退却了？这些都是可能的。我就这样坐在店里想啊想，其实也想不出个名堂来。但我还是会去想，像个侦探急于要破这个案似的。

河边一如既往，码头上不时有水果和食品运来。水鸟翻转身子，从水面掠过，它们时高时低，在河畔来回颠簸。

他不来的日子，我却忙了。有个新会展中心要布置，订了大量的窗帘。于是，我一下子忙碌起来，打电话，看样品，量尺寸。有时，我会记得向窗外张望一眼，但更多的时候则完全忘了这事。是啊，我不认识他，叫不出他的名字，他是哪里人？做过什么？父母是干什么的？我的记忆里，只有表哥传递来的信息，但这些信息是混乱的，我一点点理清，过一会儿又乱了。毕竟我不认识他，弄不懂这个人。其实我干吗要弄懂呢？我已经说了，他跟我无关。他真的跟我完全无关。

这样一想，我就舒坦了。他肯定烦了，觉得这不是办法，于是就选择了撤退。他是到了该撤退的时候，否则他就是个神经病了。但愿他不是个神经病。我的内心还是善良的，我还是希望他正常点，像正常人一样生活，希望他变心的老婆能回来，儿子的病能看好，一切顺风顺水，平安、健康、快乐。我真的是这样想的。

几天后的一个午后，我从会展中心回来，汽车刚倒进车位，就听见有人在喊："捞到了，真的捞到一个死人。"

很快，边上就有人朝河边跑去。

死人，怎么会死人呢？我一向对这样的事保持冷漠，也不想看到死人的样子，我只是朝河边望了望，没有过去。打开店门，我开了空调，然后去拿热水器烧水。水烧开时，有人走进了店里，是个顾客，张望着墙上一件件样品。

"是个男人，一个男人死了。有人说，他前几天一直在那里，一直在。"

"什么？一个……个男……人？"我结巴起来。

"是的，公安快来了。有人说他前几天就在这里了，逛了好多天了，情绪一直不对。他们说，他早就想死了。"

我的眼前顿时一黑，一股巨大的能量好像要把我推倒似的。我想跨出门去，但脚好像被捆住了，动弹不得。尽管这样，我还是想出去。那个人死了，难道他真的死了吗？真的吗？

顾客走了，我不知道他什么时候走的。我想再问问时，店里已空荡荡了。透过窗子，能看到河边正在涌过去的人群，他们在说着，指手画脚着。有个年轻人在奔跑，脸上流露着兴奋。

我最后还是到河边去了。我想，我必须去，但我的脚重得不行，每一步都仿佛在拖着前进。

远远地看到一群人，公安的车在路边闪着警灯，河边泊着一条打捞船。有人说，他是在水闸边被发现的，在水草的下面，人都肿胀了，臭了。我不敢再走，看到远处的地上，有一摊黑色的东西。那应该就是他的尸体吧，现在就横在地上，水还在淌开来。人群既想靠近，又躲着，好些人捏着鼻子。隐约中，我也好像闻到了臭味，于是我也捏住了鼻孔。

我不知道自己是怎么回的店，怎么坐到凳子上的。所有的记忆仿佛都中断了。我就像一只断了线的风筝，在一浮一沉地飘着，晃着。他怎么会死？是自杀，还是他杀？会不会是因为我，才去寻死的……我不敢想下去了。

"蜈蚣会不会咬人？"他的那句话一直在我耳畔响着。我不知道这句话什么意思，但它一直在响，一直在绕来绕去。

我傻傻地坐着。我好像不会动了，连身子都麻了。

阳光更猛了，河边的人正在散去，但又有新来的人挤过来。从我坐的那个位置看不见死人，但看不到并不等于不存在。他还是在的，此刻应该还在，过一会儿他就会去法医的解剖室，再去火葬场。

我想起了他说给我两天时间，难道这是他的倒计时吗？他真的是在两天以后选择死亡的吗？就是在水闸那里投水的吗？一连串的问题扑面而来。我的头痛得厉害，好像不长在自己头上，而是被人在拖，在踩，在踢。

警车拉响了警报，一点点加重，然后它好像在离开，在远去。

门被推开了，晃进一个身影，对方咳了一声，居然是祁副所长。

"他死了，真是想不到。不过，你得跟我去做一个笔录。"他说。

"我？"我有些不信。

"是啊。这也是例行公事。我知道你不会，你怎么会呢？但你跟他有过节，鉴于这样的情况，你还是得做一个。我也是为你好，你把情况再讲讲清楚。"

"我讲得够清楚了。"我的话中有些恼怒。

他没搭腔，在店里转悠着。以前吃饭时的谈笑风生都没有了，只露出一张严肃的脸。

"刚才他老婆也来了，瘫在地上哭，哭得不像个人样了。"他轻声地说。

我又是一惊。

"一个人要死，也不是一件容易事。尽管，他很可能会去寻死，但我还是没有想通，他为什么要死。好死不如赖活着，这样的人我见多了，真的是见多了。"他转过来，盯着我，我着急地把头低下。

我开始害怕起来。尽管我没有杀人，但心里的害怕却在加剧。人家做贼心虚，但我没有做贼也心虚。

"难道是我让他死的吗？"我悄然地问。

"没有人这样说。我也不会这样看，但我说了不算。你得跟我走一趟。"

河畔一片死寂，原先生机勃勃的生活好像消失了。太阳躲进了云里，天变暗了。我的心里一直打着鼓，鼓声凄凉。有货船过来了，高大的船体挡住了打捞船的身影，水面上荡起了很大的波浪。

祁副所长走向门口。拉开半扇门时，又回了一下头。

我站了起来，我想我得跟去。杀不杀人，我是讲得清的，这一点我不怕。我再次闻到了臭味，好像跟外面的臭味一样。那是从我自己身上散发出来的，就在这屋子里，越来越浓。我第一次觉得自己的自私与丑恶，而在这之前，我竟然一点也没有察觉。

臭味伴着我，我生产着臭味。我为自己恶心。

尼桑车跟在祁副所长的警车后面，两辆车都开得很慢。在一个转弯处，我看到了街上躺着的这个人，她还在。边上还有人围着，我踩油门的脚一下子松了。我不敢去看地上的女人，她紧缩成一团，像刺猬一样。

我透不过气来了，昏沉之中，我觉得我与那女人仿佛变成了一个人。

（原载《上海文学》2018 年第 9 期，《作品与争鸣》2018 年
第 10 期转载，《青年文摘》2018 年第 23 期转载）

此画献给吴云

1

葬礼还算顺利。

他们没有亲戚，只有身边几个熟人和朋友，还有母亲原先工厂的几个姐妹。她得病已有半年多，走时还算平静，没有多少挣扎。他盯着那屏幕上的线条，原先那条线像蚯蚓一样，扭动着，后来一点点拉平，最后成了直线。这样，她的一辈子就走完了。

办完丧事回家，他有一种虚脱感。屋子里有一种空荡与寂寞，他朝母亲的床望去，床上的被子还铺着，枕头那里还有凹陷。他盯着那个地方看了一会儿，想抹平，手伸出去，又缩了回来。他给几个朋友打电话，"谢谢啦，百忙当中赶来，我母亲在天有灵也会感激的。"他对每个人都这样说。

这是个老屋，一直没拆，在市中心的河岸边。民国时的建筑，石库门式样，底下是客厅和厨房，楼上有两间，他和母亲各住一间。这些年母亲越来越不行了，走楼梯不便，就住楼下了。她常年坐在门口，晒太阳，看人群走来走去。以前有船，到晚上还有响声，这些年禁航了，白天和夜晚都很安静。河水也没有大的波澜，初看，好像不会流动似的。

他出生在这里，现在五十多了，还住在这里。他不知道以后会不会搬出去，一直有消息说旧城改造，会置换新房，但他们的房子有文物价值，一时半会儿难拆。他是想去住新房的，大平层，光线亮堂，不像这里，一到黄梅天潮得能挤出水来。不过，这只是他想想，自从与妻子离婚后，他就一直与母亲同住。他也习惯了这样的生活，如果要有改变，或许他心理上还难调整。

儿子跟他不亲热，偶尔会来一下，像完成一桩任务，讲话也是硬邦邦的。儿子马上大学毕业了，正在考虑要不要去国外，估计是要去的，说要他做好准备。什么叫做好准备？要钱吗？他能拿出多少钱呢？现在他都在等退休了，这真是个问题。儿子没来葬礼现场，电话里，他说没空，在做课题，抽不出身来。"是你奶奶啊。""反正人已经走了，来不来都是一样的，就看你怎么想的了。"儿子终究没来，前妻也没来。母亲被推到火化室前，只有十几个人来告别。他们也不悲哀，有说有笑的，不过他内心里还是很感激他们的。他们来了，才像个葬礼。

他吃不下饭，没胃口，就早早睡下了。天又闷又潮，难以入睡，他就在床上辗转。这些天不在家，门窗关着，屋里就有一股怪味，开了一会儿窗，也没用。现在躺着，他总觉得鼻孔堵了东西似的。关灯后，他还是睁着眼，巡视着这黑漆漆的空间。迷糊之中，他仿佛听到一点声响。的确有声响，从阁楼那里传来，声音断断续续。会不会是母亲放心不下，又以其他的形式回来了呢？声音更清晰了，他不怕，他怎么会怕母亲呢？他起身，拉亮了灯。

阁楼里塞了好些东西，有纸箱，有木箱，还有一些不用的脸盆、瓷碗和一个钢制的火锅炉。灯一亮，声音消失了。他找来梯子，往上爬。他记得几年前爬过一次，以后就再也没有过。当他把头探上去时，声音又出现了，是老鼠，它们钻在梁缝里，还有一个窝，窝里有被絮和树叶。他想，这些老鼠真是精明啊。

他捣毁了老鼠的空窝。既然上来了，就整理一下吧。箱子上都是灰，他用抹布抹掉了灰。他也不清楚这些箱子里有什么，于是就把它们搬了下来。木箱有两个，不重，上面还挂了锁。拨弄了一阵锁，他又找来榔头和老虎钳。里面会是什么呢？在一片好奇中，箱子打开了。映入眼帘的是照片，满满的都是照片，黑白的，分成几个包，用纸包着，上面还有清秀的字。一包写着"昆明"，另一包写着"滇西战事"。

照片上有街景，人们在走路、吃东西，也有庙宇前布施的场景。更多的是战争的画面，有士兵瞄着枪，眼睛鼓着，军衣褴褛。还有炸弹爆炸的场面，人们在爆炸的瞬间奔跑，高举着双手。另有一张，一个士兵躺在战壕里，奄奄一息，他的肠子拖在外面……照片有许多，他震惊了，看不过来。暗淡的灯光下，他跪在一旁，双手在颤抖。他不明白这是怎么回事，怎么会有那么多的照片。一种不安在涌动。

更多的照片被翻出，大部分都是战场上的。其中一包令他好奇，上面用毛笔写着：我的容颜。一个女军人，穿着美式军服，站在一辆吉普车前，面带微笑。这人似曾相识，面容姣好。后面一张，是她拿着相机站在一架飞机前，另一只手搭在机翼上。面容在推近，越来越近，那张脸仿佛在说话。这是不是母亲呢？是的，她的容貌与母亲是如此接近。应该是，肯定的，这个就是母亲。越往后翻动，这样的信念就更强。

是母亲，母亲竟是个摄影师，而且还是在战场上。

他一屁股坐到了地板上。

这到底是怎么回事呢？母亲从没说过这样的事。他只知道母亲是纺织厂的一名女工，退休后一直蜗居于此。母亲啊母亲，你到底是个什么样的人呢？他睡意全无了，又迫不及待地去打开另一个箱子。

里面存着大量底片，用黑纸包着。时间让黑纸风化了，松脆了，他一动，黑纸一片片碎了。

2

"你不能确定那人是不是你母亲？"对面的人问。

"怎么说呢？我基本能确定，这人就是我妈，但她太年轻，太漂亮了，我又犹豫了。我不能完全断定。"

对面的人竟然笑了，"是啊，是啊，人可以做 DNA，但照片不行，再说人已经走了。"

他就坐在档案局的接待室里。接待室挂满了锦旗，中间是一张长桌，上面摆了个风帆的模型。接待他的是位中年女性，姓黄，短发，白皮肤，说起话来轻声轻气。

"有一点是可以肯定的，这批照片很有价值，她应该是个随军记者，记录了不少战争场面。是抗日那会儿，好多照片是在云南那边拍的。"她翻动着照片说。

母亲是位战地摄影师？这让他匪夷所思。印象中，母亲就是一位普通的妇女，每天上班、下班，打毛衣、洗衣服、炒菜、腌咸菜，也没有什么爱好，最多是拿起报纸看上一会儿。母亲有轻微精神分裂，有几年春天会发一发，但时间不长，马上就会好。疾病发作时，她会焦虑、多语，用针扎自己。之后她就服药，药还是有用的，她会渐渐平静。印象中，她已经好多年没犯病了，年龄越上去，她越平和，这毛病也就躲起来了。

"你有什么办法，能证明里面那个人就是你母亲？比如细节，一些细节特征，戴什么首饰啊之类的。"黄女士问。

他摇了摇头。

"你母亲叫什么？我们帮着去查。"

"她叫吴丽齐。"

黄女士用笔记了下来。

工作人员进来，为他们续茶。那堆照片还在黄女士手中，她还在不停地看。"如果告诉媒体，就是一条轰动新闻。你不反对我告诉他们吧，或许他们会帮着查呢。"

"我不反对。"

听了黄女士这样说，他倒觉得是个机会，媒体会帮他把事情弄清楚的。他不能把他熟知的母亲，与一位战地女记者挂起钩来，这太不可思议了。但这难道真的是误会吗？照片里面明明都是母亲那张脸。她年轻时那么时尚、光洁，浑身散发着女性的光彩与魅力。这与年老时那个说话含糊，时不时会流鼻涕，脸上都是大小斑点的人完全对应不起来。

这样的反差令他恐惧。不是，不是的，肯定是弄错了。母亲不会是照片里的那个人。这肯定是另一个人，因为某种原因，存在误会，或者某种巧合。现在，他急于知道真相。

黄女士说："要不把照片留下，我们请专家来看一看，可能会有新的发现。这些照片信息量很大，或许也能把你母亲的身份落实了。"

"不，不。"他开始收拾照片，"万一弄丢了怎么办？"现在他明白了，这是珍贵的照片。

"是的，你的照片很珍贵。不过，这里是档案局，你放心好了，我们是不会弄丢的。我们每天都在处理这样的事。我们可以保证，给你写个收条之类的。"

"不行。不怕一万，就怕万一。万一丢了呢？这谁能保证呢？"

黄女士说不过他，也就不继续了。临别时，两人握手就有点尴尬。她说："我们会想办法的，设法弄清真相。事情总有一个真相的。"

从档案局出来，他觉得自己有点过分，但再回头进去，把照片留下，他也觉得多余。母亲到底是一个什么样的人呢？难道她真有深藏的、不为世人关注的一面？他记忆中的母亲庸常得不能再庸常了，是不是历史给他开了个玩笑呢……

3

"你母亲是叫吴丽齐，没有别的名字了吗？比如曾用名。"黄女士在电话里这样问。

"曾用名？我不清楚啊。应该没有吧，我从来没听说过。我只知道她叫吴丽齐，大家都叫她老吴，吴阿姨，吴大姐。"

"你想想，她有没有改过名？以前的人有好几个名字，字啊，号啊什么的。"

"她叫吴丽齐。"他淡淡地说。

这几天，他一直有这样一种感觉，那就是弄错了。阁楼上的照片与母亲完全无关，那是别人的照片，无非是长得和母亲相似些罢了。对了，或许可能是母亲的姐姐或者妹妹呢？这可能性也是存在的。自己小题大做了，他不应该去惊动档案局。他想把这件事给忘了，开始一种没有母亲的新生活。这新生活总有一天要到来，每个人都会有失去母亲的一天。

媒体的人来了，在他的家里，要求拍摄照片。他有些不情愿，最后经不住死缠烂打，还是把照片捧了出来，让报社、电视台的人拍了个够。第二天报纸就登了，还有个醒目的标题：《寻找战地女记者，找回那段失落的记忆》，让读者提供线索。登报不久，线索就有了，有位上海的读者说这位女记者名叫吴云，是当年上海的名媛，认识许多达官贵人，还拍过电影。

当消息传到耳朵里时，他觉得越来越离谱了。吴云，吴丽齐，会不会是同一个人？他从来没听过吴云这个名字，吴云怎么可能就是吴丽齐呢？吴云或许是名媛，但吴丽齐就是一个普普通通的工人。不过他也知道，这件事他如今已无法控制，它已经上升到了社会层面。现在是社会在寻找那个吴云，或者说吴丽齐。这个谜急需破解。

一周后，黄女士的电话又来了。她在电话里有些兴奋："有了，有了，有答案了。"那语气好像要飞起来了。

"我查了档案局的资料。查到了你母亲当年的档案，你猜她在上面写了什么？"

"是她纺织厂的档案吗？我猜不出来。"

"就是曾用名。她在姓名一栏里写了，姓名吴丽齐，曾用名吴云。吴云就是你母亲。也就是说，现在完全可以断定了，照片里的人就是你母亲，她当年是国军的随军记者，为我们记录了一段历史。"

挂上电话，他却兴奋不起来。母亲在骗他，一直在隐瞒自己的身份，她为什么要这样呢？他从小到大，从来没有在母亲的嘴里听到过什么上海滩，什么酒会，什么展览，什么舞会。如果母亲真的是吴云，那么她为什么要隐姓埋名呢？从一个名人变成一个普通人，她到底经历了什么？这背后到底隐藏着什么阴谋或者策略呢？难道她真的经历了一次内心的炼狱吗？

环视四周，他第一次对这个家感到陌生。童年、少年、青年，到现在的中老年，他熟悉这里的一切。过道后的墙面已斑驳，上面的涂料正在掉落；煤气灶罩子上结了些油污，上面沾满了死去的蚊子的尸体；院子里种了几盆花，这些日子疏忽了，有几盆开始蔫了；地板有些地方拱了起来，走在上面会发出摇晃声了……他的目光在这些熟悉的场景里盘旋，它们熟得就像自己的手一样，但现在不一样了。奇了怪了，这个家好像蒙上了一层雾，雾正在越变越浓。

母亲的遗像放在五斗橱上，那也是母亲一直用的。她的目光从玻璃后面透过来，与他的目光交会，她一动不动，眼神冰冷。

"妈，为什么会这样？你骗我吗？你为什么要骗我呢？我不偷不抢不做坏事，你为什么什么都不说呢？你聋了吗？哑了吗？"他对着遗像问。

遗像那头依然沉默。阳光从窗口折过来，多了几道反射的光。

"你难道真的是那个赫赫有名的人吗？我不要，我宁愿你还是一个凡人，一个住在这里的傻乎乎的老人。不瞒你说，这些天我的魂像是被牵出来了，被什么东西绑住了。我心里难受。"

"我希望这些都是假的。是假的话，说明你没有骗我，没有隐瞒我，没有藏着什么。如果是真的，那么就是……就是……你肯定有无法面对的东西，一定有。妈，为什么要这样呢？你听见了吗？我在跟你说话呢……"

他把遗像拿起，端详着，最后反过来。遗像不见了，他只看到玻璃框和后面一片支撑的木片。

4

敲门声很激烈。

夜色里，窗口的树枝在晃动，他在楼上看到两个人影。他踩着楼梯下去，进来的是两个陌生人，一男一女，女的很瘦，胸也是扁平的。男的把一张名片递了过来，说："不好意思，这么晚了，打扰了"。

名片上写着：嘉兴市月河丰盛古玩店，王月明。

"我就不绕弯子了。听说你手里有一批著名的照片，电视和报纸都上了，大家也都看到了。我们来是想跟你见个面，如果可能的话，我是说如果，我们想收购这些照片。"男的说。

"是的，我们想看一下，谈一下。或许能够成交。"女的说。

他们这么说，倒是让他一惊。没想到这事还惊动了古玩商。

他只穿了背心和拖鞋，他也不想换，因为内心对这两人有些排斥，怎么一来就谈钱呢？"算了吧，这是私人的事，我不卖。"他冷冷地说。现在他有些后悔，不该让媒体来的。媒体一来，这事变大了，也变复杂了。

"我们看看，就看看。"男的说。

"在阁楼上，拿也不方便。"他说。

"我们拿，我们替你拿。或许能卖个好价钱，我们实事求是说，这是抗日的照片，对国家和民族都是有益的。我们就是冲着这个来的。"男的给他递烟。他谢绝了，对方只好把烟收了起来。

"算了。我不卖的。看了也白看。"

女的找了把椅子坐下，好像要长久作战。她环顾四周，瓜子脸蛋上不时露出笑容。"像你这样的私房很少了，有楼、有院子，还临河，真是羡慕啊。"她明显在套近乎。

"破了。这是老房子了，有老鼠，这些天都在闹鼠灾。"他冷冷地说，希望他们尽快走。但他们仿佛看不出他正在闹腾的情绪，连那个男的也坐下了。"听说照片很多啊，还有底片。这个底片更珍贵了。底片比照片还珍贵。我们收藏的，一般都是照片，弄得到底片就更好了，它更珍贵，价就要高许多，这个我们明说。"

"总共是六千六百七十八张照片，底片有三千四百八十五张。"他清点过了，这就是这批东西的全部数值。

"哇，不得了，这个数字也是惊人。"女人用手指轻轻敲击桌面。

"对不起，我就不陪你们了。"他的话隐含着的意味十分清楚，但两人都没有站起来。

"我们再谈谈吧，价格好商量的。"男人说。

"不要商量了，这个事没什么好商量的。"他冷淡地说。

"那这样吧。我们出十万块，照片和底片一起买，怎么样？"女人用手比了个"十"。

"不卖的。这个不卖的。"

"你再想想，要不十五万块，十五万块怎么样？这是个很好的价钱了。"男人提出了一个新数字。

这个时候他想到了儿子，儿子说过要出国。这个念头闪了一下，他马上又不想了。"我觉得这是母亲的东西，是不能随便换钱的。"他依然摇了摇头。

他们无奈地站了起来，嘴里还有些微词。走到门口的时候，那男的一把拉住他，"二十万块，我出二十万块总可以了吧"。

"让我想想吧，想想，以后再说。"

"好的，好的，你再想想。同意的话给我打电话，名片上都有号码。"

两人走后，他感觉像在做梦。这几天一直像是在做梦。从发现这些照片以后，一种巨大的荒诞感充斥了他的生活。这荒诞来得如此突然，又迅猛。听到二十万块，他还是动心的。毕竟这不是个小数字，是他几年的工资。但他想不好。他把名片放在手心里，看了一遍又一遍。

有一刻，他好像就要同意了。他想，这些照片留着干吗？对他们而言是有价值的，对他而言，就像废纸一样。能换来生活收入，不是挺好吗？可手机拿在手里，他又犹豫了。

再想想，再好好想想吧。这事情怎么越来越复杂了呢？

夜半，他忍不住，还是拨了电话。过了好一会儿，电话才通，人家或许已经上床了呢。"你能再加点吗？如果再加点的话，我可能会考虑。"

"这样吧，我们要好好看一看。如果觉得真的好，或许我会加价。前提是，我们必须看。再说，如果觉得不够好的话，或许二十万块也不到了。"对方的口气明显不一样了。

5

原本他以为对方会联系他。结果没有，对方一直没声音了。

生意人就是这样，看你主动了，就会摆架子，又要杀价了。他们不找他，他也不找他们，但心里总是梗梗的。这时黄女士又来电话了。

"联络了上海方面，那里有一位画家，九十多岁了，说跟你母亲很熟，了解她以前的经历。我们联络好了，要去采访，电视台也一起去。你去吗？最好也一起去。"

那么多人去，他觉得不自在。他说："电视台能不能不去？"

黄女士说:"实不相瞒,这次是电视台牵线搭桥,他们托人托关系才请到画家的。"如此一来,他就没了退路,只好勉强答应。

从嘉兴到上海,走高速只需一个多小时。他们乘的是一辆面包车,里面有电视台的记者、摄像,还有黄女士和他。在车上,黄女士坐在他一侧,他能看到她齐耳的短发,以及挂在脖子上的一块美玉。她带了食物和水,给他塞了几块饼干。"这真是个大发现。"她说。

他支吾了一下,算是回答。

黄女士说:"有个事想跟你商量,既然已经这样,我们想做大一点,为你母亲做个推广和宣传。我跟局里也商量了,想办一个展览,就是你母亲的摄影作品展,在上海和嘉兴分别展出,再一起研讨。"

"展览?"

"对啊,可以放在上海博物馆。一个女战地记者,拍了那么多照片,这样一个活动肯定会轰动,弄不好会成为一个文化现象。"

"这是我母亲的私人照片啊。"的确,这里面有许多母亲自己的照片。这些天,他时不时会把它们翻出来,母亲与许多人有合影,照片上她天真烂漫,纯净无比。其中也有她和不同男人的合影,那些男人有的搂着她的腰,有的则用羡慕的目光盯着她。看到母亲打情骂俏,他心里不是滋味。

"你不用担心,我们会挑的。挑战地那部分,也是最有价值的部分。"她的口气好像这事已经定下来了,马上要办,现在只是顺便通知他。这让他不悦。他觉得,这样的事最起码要先坐下来商量，征得他的同意。他的同意是至关重要的，但现在他们好像把他放到了一边。

"这合适吗？"

"有什么不合适呢？我提出来，局里马上同意了，经费给得也快。"

经费都给了，一切都安排了，他越听越不是味道。他想拒绝，又好像说不出口。但他必须给出姿态，他不能这样听人摆布。

"我回去跟家人商量一下。"他回以冷淡。

黄女士愣了愣。他跟谁商量呢？跟儿子吗？那还是个嘴巴没长毛的家伙。他从黄女士的眼光里读出了这一层，于是扭过了头。

画家住在杨浦区，他在家里接待他们。他坐着轮椅，但目光炯炯，中气十足。画家跟人一一握手，遇到女性，握手的时候会长一些，还用另一只手来拍拍她的掌背。他的屋子布置得个性十足，除了两壁的书以外，中间就是一张大画桌，上面堆着纸、笔和砚等物。屋里有股墨香。

"要谈谈吴云是吗？"画家喝了一口茶，在光线明亮的地方，对着摄像机讲开了，"她可是个开朗、大方的人，是女人中的极品"。

这话令他感到惊愕。从来没有一个人会如此谈一个女人，而且这个女人居然就是他母亲。他有点坐不住了，身子发痒，但他忍着。他不知道画家后面会怎么说。

"战前，也就是日本人打进来以前，她就在上海滩十分有名了。反正文艺界的人都知道她。她能说、会唱，还会跳很时髦的舞。她真是个尤物啊，迷倒了一大批人呢。我现在也年岁大了，不怕了。不瞒你们说，我当时被她迷住了。她跳得可出色了，好像会飞起来一样。她在舞池里一站，整个舞池就光芒四射了。这不是我说的，有人把这个写成了文章，登到了报上。"

老人沉浸在回忆里，这些回忆令他年轻，他说得手舞足蹈。

"我追求过她，追了一年多，但没办法，她拒绝了我。"说到这里，他流露出伤感来。"我知道，我不配她。追她的人太多了，她就像一朵花，围了一大群的蜜蜂。有些蜜蜂是不择手段的。这也是她痛苦的地方，要拒绝人是困难的。她就面临这样的难题，一不留神，就得罪人了。她得罪了好些人。"

听到这里，坐在一旁的他浑身更难受了。他想他不应该来的。另外他又想，那人说的是真的吗？现在时光过去了几十年，死无对证，他只管瞎说就是了。这不是瞎说是什么呢？难道母亲年轻时真的是一个风流女子吗？他打死也不信这个。

"后来战争爆发了。战事一起，这个女人倒是令所有的人刮目相看了，包括那些她得罪过的人。她报名参了军，原先她在报馆工作，玩过相机，她说要当战地记者。这真的是把所有的人都惊到了。我们既佩服她，又担心她。有些人还去做她的工作，让她在上海留下来，但她义无反顾，一句劝告也听不进。就这样，她到了前线。

"我看过她拍的照片。国军一路撤退，一路杀敌，她就一路记录。有些照片是很震撼的。我们看到这些照片都不相信，这是她拍的。的确，就是她拍的，她比男人更勇敢。有篇报道，我看到过，说她在前线如何和炮火一起奔跑。那个女子啊，真的厉害，是英雄。她比我厉害，跟她一比，我算什么，就是画几朵花，几只鸟,不成大器。"

老人的话令大家都沉默了。他停了下来,喘一口气,喝上一口水。大家都没说话。他听到母亲是个英雄时,心里开始转晴,原先那份排斥之心也收了回来。

"英雄,英雄!"他心里默默地念着这两个字。母亲怎么又成了英雄了呢?命运怎么会这样与他开玩笑呢?他昏昏然,百思不得其解。

6

老人休息了一会儿,吃了点麦片,又在抽屉里翻了一会儿,翻出一张老照片来,"看看,20世纪30年代末期的合影,这里面就有她"。

照片在手中传着,每个人都睁大了眼。照片中有五个人,有年轻时的画家,还有吴云。她在中间,时尚又活泼。"这是我唯一一张吴云的照片。"突然老人面向了他,"那是你妈呀,不过,你跟你妈不像,她年轻时的气质很不一般,你怎么不遗传一点呢?"

老人是带着开玩笑的口吻说的,他也拿老人没办法,只是"嘿嘿"地笑。

"你妈后来受表彰了,那是战后的事。她立了战功,名字都登了报。这个你知道吗?"老人问。他摇了摇头。

"她的照片拍得好,是个出色的记者。她的照片还登到了美国的报纸上。不过,后来我们都没有再见到她,有人说在上海见过，但我们都没见过。她好像失踪了，连奖也没有领。大家都很好奇，不知她怎么了。"

摄像机又重新对准了老人，他又开始了讲述。

"人们说，她的心理有些问题。我开始不信，别人这样说我就说是乱讲，但后来却慢慢相信了。她的一位好朋友回来说，她目睹了太多的死亡，那些残酷的画面是无法面对的。我相信是这样的。她比我们看到的都要多，再加上她是如此的敏感。她后来就不见了，再也没在上海露过面。我们都想见她，但谁也没见到。或许真的是战争带给了她创伤，战争的残酷是难以想象的。人在这样一个环境里，发疯也是正常的。杀人，杀人，每天都是杀人。她是这样的敏感、多情，被击溃也是可能的。我就是这样想的。"

"难道我妈就是这样来到嘉兴的？"他插嘴说。

"我不清楚，这个我不好判断。但战争是残酷的，它会把人从里到外彻底毁灭。"老人道。

"我妈从来没说过战争，一句也没有。"

"她是个谜，一直是个谜。她去前线是个谜，后来无声无息也是个谜。她就像是个谜团。这次你们来，让我重新回忆起了她，没有你们专程赶来，谁也不会再提起她了。她被忘了，彻底忘了。"老人仿佛在自言自语。

突然，老人伸出手拍了拍他。"照片呢？她的照片呢？我想看看她的战地照片。"这样一说，他茫然了。他没有带，一张也没有带。

"没有带吗？我以为你总会带上一些。"黄女士插话说。实事求是地说，他内心是不想带的，他不想把母亲的作品让这个看那个看。有人想收购，他更不愿带了。

现在他更明白了这些照片的价值。

"好在我看过报纸了。报纸上登了一部分，那是她的作品，真实得让人窒息，又很细腻。这就是她的风格，看上去是矛盾的，但却是统一的。这就是她的作品。"老人评价着。

黄女士说："您的评判很犀利，她的确是这样，这正是她跟别人不一样的地方，是她的风格。"

老人有些得意，想站起来，结果被家人制止了。"坐着，坐着，别激动。"大家安抚着他。不过，他的确被刺激了，显得很兴奋，不时拍打着轮椅的扶手。"那么多年过去了，吴云还是被人记挂，说明历史是不会被遗忘的，有价值的东西总是有价值的。"他滔滔不绝，没有刹车的迹象。

"对了，有个问题差点忘了，这是个重要的问题。"老人突然拍了拍他的肩膀，"你告诉我，你爸是谁？我很好奇。你是吴云和谁的孩子？"

他一时不知怎么回答。

"我爸？我也没见过。我妈说他早死了。我从小到大，都没见过我爸。我妈就是这么说的。"

"死了？早就死了？"老人用怀疑的目光盯着他。但他没有撒谎，他的确没见过自己的父亲，一次也没见过。

"往事如烟啊！"老人长长地叹了一口气。

7

面包车在高速路上狂奔，房屋和树木快速地往后退去。车内的人都在打瞌睡，但他没有，他清醒得很。老人的话一直盘踞在他脑海里。

从画家家里出来时，黄女士告诉他，希望他能在展览后把照片和底片捐给档案局做永久保存。"这些东西需要恒温和恒湿，放在家里肯定不是办法，时间长了就坏了。"他相信她的话，但他不想捐出去。他想，如果要捐，还不如卖给古董商人。毕竟这能换回一笔钱，儿子真要出国也有了底气。他打算明天就与王月明再谈谈，让他再加点钱。

在车里，他就在盘算这些。但奇怪的是，这个王月明好像没声音了，那人葫芦里不知藏了什么药。

到嘉兴后，面包车把他放在了西南湖边，那里有个岔路口，离他家近。

他沿着河边走，看着夜色里的花卉，露水打湿了花朵，上面闪着微弱的光。离家不远时，他听到狗叫声零星地从屋子里传来，闷闷的。他取出钥匙，把门打开，门"嘎吱"地响着。这门也有点老了。

开灯后，他倒了杯水，然后坐下。一天下来，有点累了，他真想睡上一会儿，但脑子又有些乱。他点了根烟，座机的未接电话显示儿子来过电话。夜已深，他没有回。"明天再说吧。"他对自己说。就在这时，他看到了母亲的遗像，感觉有点不对，好像有了变化。遗像一直是正放的，朝着外面。但现在倒了，朝下了。

"我没有这样放啊，遗像怎么可能朝下呢？"家里只有他有一把钥匙，他有点摸不着头脑了。

母亲在遗像里，这个经历了许多的女人此刻正用一双陌生的目光凝视着他。

一个念头突然蹿了出来。"不好！"想到这里，他就朝楼上奔去，找出小梯子，登上阁楼。

没了，真的没了。那些照片和底片统统没了。他的后背泛起了大片大片的冷汗。

四处查看后，他发现楼下的窗被撬开了，窗上的一块玻璃也碎了。他明白了，家里遭贼了。

他在梯子边坐了下来，内心一团扭曲……坐了一会儿，才缓过神来。由于这些照片，家里一下子发生了变化，让他经历了过山车般的心境。现在好了，都没了，就像一个梦一样，这不是梦是什么呢？这一刻，他反倒冷静了。

他觉得荒唐透了。吴云，吴云，这么一个陌生的名字闯入了原本太平的生活，把所有的一切都搅浑了，搅乱了。吴云，真有这么一个人吗？他越来越怀疑了，好像所有的人都在骗他，所有的人都在演一出戏，把他强行拉入其中，听他们解释，听他们忽悠。

坐了好一会儿，他才从地板上起来。他想到了画家临走时给的一幅画。画家说要送一张画给他，他说："不要，我凭什么拿你的画啊？"画家说："不是给你的，是给你妈的，你在她的墓前替我烧一下，说是我送的，算是表达我对她的怀念。"画家这么说，他就不好意思拒绝了。画家于是取来纸和笔，画了一只喜鹊，还有一些花草，还在画的边上题了一句"此画献给吴云"。然后，他写上自己的大名，盖上了红红的印章。

现在他把这幅画取出来，展开。喜鹊在枝头昂着头，仿佛在鸣叫。

好些问题依然纠缠着他，母亲究竟经历了怎样的大起大落？这还是个谜。他不想解开这个谜，他也解不开。他现在在想另一个问题，如果没发现这些照片有多好，他就一直生活在不知情之中。有时不知情或许更好些，了解母亲那么多事干吗？每个人都有自己的生活，都有秘密、隐痛或者伤痕，这些伤痕过去了，就让它们永远过去吧。翻出来，或许是另一种痛苦，他已经感受到了。母亲的选择总有她的道理。每个人的路看似偶然，其实也是必然的。

画铺在面前，冰冷的光线无声地落在起皱的宣纸上。此刻他很纠结，他在想要不要报警。

（原载《上海文学》2020 年第 3 期）

钟

1

声音模糊，伴着"嗡嗡"声，我让耳朵紧贴手机。当对方说出巫淑云这三个字时，我才猛醒过来。她是我姑姑呢。"我们沉痛地通知你，她走了。"

我愣着了，恍惚起来，不知如何作答。

"她留了遗书，我们是通过遗书找到你的。"

电话是华明养老院打来的，在 N 市，远在天边。实际上，这个叫淑云的姑姑已完全消失在了我们的生活里，家人们从不会提起她。她蒸发了，不见了，与我们没有半毛钱的关系。正因为这样，这个电话让我感到突然，还有点震惊。现在，她猛地出现，却已经到了另一个世界。

"心肌梗死的，很突然。你要来一趟，一些后事要处理。"对方说。

如果我爸身体健康，我肯定会征求他意见，但现在他在重症监护室，不能说话，张着嘴，靠挂氧气瓶活着。如果他活蹦乱跳，肯定举双手反对。他不会让我去，绝对不会。他们的矛盾太深了，深不可测，深得我连姑姑的名字也不能提。不过现在我可以自行决定，我想去，一定要去，上一代的恩怨不能再继续。

我开了家生鲜超市，有一百多平方米。每天进货、发货，卖新鲜果蔬、鸡鸭鱼肉，还有生活百货。现在生意不错，我成了周围小区的生活保姆，吃喝拉撒都管。因要外出，进货、管理、收账等方面情况，我一一向老婆交代。"好了，你走吧。好像你不在地球就不转了。"别人叫她老板娘，她对我的话充满不屑。

飞机起飞时，我心事连连。我对姑姑的印象停留在四十多年前，她从南国回到嘉兴，拎一个人造革皮包，齐耳的短发迎风飘扬。那时我不到十岁，还在读小学，她推开我家的门，"吱嘎"一声悠长的回音，至今还停留在脑海。她给我的印象就是洋气，说话轻柔，自带香味。她叫我爸哥，她说："哥，我回来了。"

傍晚，她给孩子们发泡泡糖，每个小朋友两颗。我们吃着，嚼着，但不会吹，只有一个叫凤仙的女孩会吹。泡泡在她嘴上越变越大，飘摇起来，最后噗的一声，碎了。绝大多数人只是嚼上一会儿，咽几口奶香，就无情地吐到了地上。不过，这次姑姑回来却变成了绝唱。三天后，她与我妈大吵一场，弄出很大的声响。我妈很激动，拍打窗台，口水满天飞。姑姑没有叫，也没有骂，她只是哭，眼泪如屋檐水一样，滴答滴答，不停地往下流。最后，她重新拎起人造革皮包，消失在了我家门口。我站在弄堂口，心在怦怦地跳，看到的是风一样旋着摇晃过来的身影。跑过我身边时，她迟疑了一下，伸出手，摸了摸我的脑门。吵架或许是因为老宅，或许还有别的事，具体我不得而知。那时我年幼，父母都瞒着我。就这样，我只见过姑姑一面，以后再也没见过。其实，我对她也没好印象，少年时起，我从父母嘴里听到的都是她的坏话，什么私心重，不讲情面；什么虚荣，好面子……有一回，我还听说她被男人抛弃了。我妈说罪有应得，多抛弃几回才解恨。

大约二十年前，她给我打过一个电话。我那时在冶金机械厂，坐办公室。那天，厂里有活动，是厂庆什么的，锣鼓队在彩排，声音嘈杂。我们没多聊，她问我爸好吗，我说挺好，每天在公园里跑步，打门球，还搓麻将。其他好像还说了点什么，她问我成家了吗，我说成了，媳妇是四川人，吃麻辣。她在电话里笑，我说你来玩。这是假客气，我知道父母反对，但还是不由自主地这样说了。她说她也想，人老了就会想家乡，但还是不来，来了更不好。

"你是巫家的独苗，以后巫家的事就靠你了，你要撑起这个家族。"我还记得她这么对我说。

这是我与她唯一的一次通话。

飞机在N市上空盘旋时，我紧贴窗口。远处有海，蓝得让人心醉，还有成片的高楼，我还看到了成片挺拔的椰树。森林一般的城市在眼前如折叠纸一样翻开来，我觉得新鲜又陌生。我向往海，蔚蓝的海面平直光滑，毛毯一样铺陈着，闪着阵阵波光。

2

养老院在一个僻静的角落。

一棵大榕树守在院门口，拉出许多根系，一张张网似的挂在空中。朝里看，一排老人在亭子里坐着，有人蜷缩着，如穿山甲一样缩成一团。有人在说话，聊着天，还有人朝地上吐痰。我与他们隔着铁栅，阳光把一道道栅影投在地上，印出花一样的图案。

接待我的是办公室主任。他姓方，秃顶，人矮小，却肥胖，肚皮外翻。他与我握手，手黏，有点柔，像女人的手。"尸体移交殡仪馆了，冰着。她单身，没家属，火化的事一直定不下来。你来了就好，一切都由你来定。"方主任说。

我与姑姑只见过一面，且印象模糊，似有似无，现在却成了主人。来这里需要定夺事情。"这事我摸不着头脑呢。"我怯怯地说。

"她没直系家属，你是她最近的家人，是侄儿吧？对，是最近的人。"

一阵梦幻感萦绕全身。她终身未嫁，现在我成了最后的送终人，想想也觉得不可思议。既然如此，也只有默认了。这个远在天涯海角的姑姑，对我来说如同一张白纸。除了父母那些带抵触的只言片语，我对她的了解近乎为零。

方主任带着我从台阶一步步上至二楼，然后打开指纹锁，进入一个门。门像一张嘴缓缓地张开，幽深的过道里开始有次序地亮起几盏灯，灯下能听到我们沉重的脚步声。

"她来这里五年了。就住在 210，一直没搬过。"

一张床，上面是空的，被褥等东西统统不见了。一缕阳光穿过窗台落在冰凉的地上，不见鸟儿却能听见鸟鸣声。有一盆植物蹲在窗台上，孤零零的，枝叶已干枯。床和柜子的抽屉大开，里面被清空了。"她就死在这张床上。护工看她不行了，急忙叫护士，等护士来时，差不多已经没气了。"

我目光呆滞，盯着那床板，想象姑姑躺在上面的情形。

"没痛苦就好。"我说。

"那是，人就要走得快。我这里的老人，有的就不行，说死了死了，又活过来。反复折腾，把人搞得受了不少罪。"

我推开窗，在屋子里来回地走。

"她是孤寡老人，也是可怜。"

他这样说时，我有一种隐痛，觉得自己应该关心一下她。姑姑给我打过电话，可我从来没有回过一次。我是可以关心一下的，问一下情况，嘘寒问暖，但我没有。我像父母一样，对这个姑姑毫不关心，内心还有一种排斥。我觉得有愧。

方主任招招手，又带我走过几个房间，来到一个大间。他插入钥匙，门开了。里面有杂物，像是个仓库。他指着地上的一堆东西，"这是她的东西。我们不知怎么处理，只好留给你了。"

眼前是一个行李箱，一摞书和几个大的塑料袋，袋里装着衣物。我看这些仿佛是看流浪汉的东西，现在我也在问怎么办。

"你们处理好了，我没法处理。"我说。

"这是私人物品，里面可能有隐私，我们不能碰。这是规矩。"

我真的十分为难，蹲下身来。我把行李箱打开，里面有各种各样的小东西，有药片盒，相册，还有纸和笔。更多的是笔记本，有十几本，封面不一，式样也不一。我拿起一本，打开，居然是日记。映入眼帘的是这样一篇：

　　8月3日，雨。
　　雨下了三天了。那只流浪猫三天不见，可能走了，也可能死了。志刚来了个电话，说菜价和股市，我没兴趣。下水道堵了，叫了人，不见来。

又翻了几页，看到另一篇。

　　10月19日，农历初八。今天是爸的祭日，我上了香。这香中间灭了，我又点上。
　　超市有特价，买了点猪肉。肉价飞涨。电视里放一个同学会的节目，里面的人开心得又叫又喊，我却高兴不起来。

　　方主任拍了拍我的肩头。"她好像早有准备，留了遗书，里面有一个东西，特意写明是给你的。"我跟着他往回走，沿着这条已经熟悉的走廊，来到他底楼的办公室。桌上放着一只很大的招财猫，电动的，正在摆手。他打开铁皮柜子，从里面取出一个牛皮纸信封。
　　信封上写着我原先的单位：交嘉兴市冶金机械厂劳资科巫启明收。0573-882××××。字迹有点褪色，像有些年份了。

"为了找你，真不容易。这个厂早没了，留的电话也不通了。我们找了许多部门，最后通过公积金中心才查到你。"方主任叹着气说。

"真是麻烦了。厂子早倒闭了。"

"是啊，打了许多电话。不容易啊，你看我们多负责。"

打开信封，里面是一串钥匙。冰凉的钥匙此刻到了我掌心里。

"应该是她的房产。没有其他继承人的话，这房子就归你了。你也算是个有福之人啊。"

我有点头晕。信封背面写着地址：滨海大道 184 号清风苑 7 幢 2 单元 ××× 室。这完全出乎我的意料，我来的时候压根没想到这事。

3

宾馆又小又狭，房间也不规整，一股霉味盘踞在里面。

追悼会的事，我原先以为养老院会操办，结果方主任摆摆手。"抱歉，这事不归我们，我们也管不了。"不过，他叫人查了门房登记记录。姑姑在养老院五年，有几个人来探望过她。他说，姑姑以前在杂技团工作。

"演杂技？"我问。这是我第一次知道她的职业，以前只听我爸说她是个艺人。

"资料上就是这么填的。"

"这杂技团已经倒闭好些年了，没人管，是个烂摊子单位。"对方说。脑子里闪过以前看过电影里的杂技镜头，那是我童年时代的电影，已经遥远得到天际了。

我拿到了三个人的名字及电话。

我想，总是要举办一个告别仪式的。我在这里举目无亲，连一个熟人也没有。既然他们来看过她，应该是与她交往较多的人，理应通知他们一声。

傍晚的风从远处掠过来。在宾馆那张闪着油光的沙发上，我按次序，一个个打电话。首先拨通的，是一个叫汪荞芋的人。对方声音老迈，说话颤抖。没说上两句，就听到了哭声。

"怎么会死了呢？上个月还通过电话……呜呜……呜呜呜……"听到对方哭，我却哭不出来，直到现在我都没挤出过一滴眼泪。姑姑与我太远了，我根本感受不到半点的心疼。我静静地听着，像隔靴搔痒，更像在看一场演出。

"现在的人没法跟她比……她的技术是……是一流的。在世界上也是一流的。呜呜呜……她走了……眼前就是她当年的模样。她的那些动作成绝唱了，永远永远地……"

对方应该也是个杂技演员。只有同台演出的人，才会发出这样的感叹。

第二个叫吴晓刚，是一位男性。

"死了？真死了？唉，一代芳华谢幕了。追悼会？我不来了。我走不了，坐轮椅了。她没告诉你吗？我就是演出时受的伤。不过我倒是羡慕她，说走就走，不像我，活着比死还难受。"

他的话里有怨气，不满。

"我是个累赘，处处不待见。我祝她一路走好，走向天国。"

最后一个叫王应子，对方不接，连打三个，都没回音。最后，我发了条短信，结果对方回了一条："你弄错了。"

4

电子屏是黑的，字是红的，很醒目的"巫淑云千古"。不过这屏有点问题，云字最右侧那一点跑掉了。我去交涉过，没办法。"只有这样了，要不干脆就不用。"殡仪馆就这个态度。

花圈放在正中间，我挑了最大的一个，放在空荡的厅里，还是显得落寞。

来了五个人，都是汪荞芋带来的。我叫不出名，与他们一一握手。汪荞芋满头白发，七十多岁，肥胖，皮肤却白净。天不争气，下起毛毛雨，雨在树丛里飞来飞去，温度也降了。

姑姑躺着，在一个有机玻璃做的盒子里。或许是冰冻的缘故，像是个陌生人，反正我认不出这个是姑姑。印象中的姑姑是个瘦小又伶俐的人，说话快，动作果断。想想也有些荒诞，我竟然不敢断定这盒子里的人究竟是不是姑姑。

"怎么只有这么几个人？"来人中的一个老头说。"她是有贡献的，应该来许多人。"

他的话里带着气，我不明所以，不敢正面看他。来的人在议论，都是一脸的惊愕。汪荞芋代表其他人，一起送了个素包，包在白纸里。我不肯收，她坚持要给，说是规矩，不能坏了规矩。他们送了三千零一元钱。

追悼会只有六人，我和五位来宾，没有其他人了。在哀乐声中，我得先说几句，其实我不知怎么说，对姑姑一丁点也不了解。就连她是杂技演员，也是昨天才知道的。我咳了咳，头重脚轻地站在前面，说感谢各位好友能来参加，有什么话请到前面说。

汪荞芋第一个上来，与昨天电话里激动的情绪相反，她表现得很平静。她先绕姑姑一圈，在灰暗的光线里鞠了三个躬。"淑云啊淑云，你是我的好朋友，现在你先走了，我祝你一路走好。我想，我也快了，你要在那头等我，我们就在那头相会好了。"

她就说了那么几句，让我后背发凉。

第二个就是那位老头，头发直，眼袋重，一身黑衣。绕了一圈，鞠了躬，他开了口，声音洪亮。

"淑云是我们的台柱子，曾经创造过辉煌，但我在这里要说的是，命运对她是不公的，对我们也是不公的……命运有时候很残忍，我们这个杂技团有过红红火火的年代，也有过失魂落魄的时候。想想这些，真是一把辛酸泪啊。杂技团散了，我们的生活变了，成了孤儿……淑云是坚强的，我们大家也都是坚强的。我常常做梦，梦到我们在中东、在非洲等地的演出，我们一去，万人空巷。这些也只有在梦里才能见到了，再也回不来了。"

"说得好。"边上有人插话。

"我说的是大实话。我们是有贡献的，特别是淑云，她还受到过中央领导的接见。她的技术不是一般的技术，至少我没见过比她更出色的……淑云，我们会想念你的，你是好样的，出色的。"

他情绪激动，口沫飞舞，眼睛瞪得奇大。说实话，我被他的话吸引住了。我不知道他们的处境，但这个人的话告诉我某种实情。现在我更是雾里看花了，越看越糊涂。纪录片里的镜头在眼前晃动，他们大概就是这样一群人，在舞台上顶缸、飞盘子，在空中的钢丝上走来去去……

最后时刻到了。灵车缓缓地前行。

我朝盒子里的姑姑看了最后一眼，她留给我的是这样一个印象：僵硬的身子，下凹的眼睛，树皮一般的肤质……就在灵车推进焚化间那一刻，那位激动的老人又拉住我："这个追悼会开得太没水平了，这么几个人，像什么样？你要通知媒体，媒体要来的。"

我怔在那，无言以对。我想，他或许是对的。

我惭愧得想钻入地里，我真的是知道得太少太少了。

5

我来到了清风苑。

那里是个老小区，椰树整齐，张开的树杈迎接着风。从小区能见到海，透过植物的尖顶，能看到一条线，那应该就是海面。灰色笼罩在远方，海的上面，骑着团团灰云。海风阵阵，不时掀起我的衣领。海风是咸的，吹在皮肤上有种黏稠感。

小区的地皮发暗，地砖也不时缺上几块，一个清洁工在弯腰清理垃圾桶。

地面有一股潮意，蛛网当众悬挂。钥匙在手心里转着，我犹豫着把钥匙插进了锁孔，插了两次才插进。我用力，慢慢转动。门发出"嘎嘎"声，好像轴承缺少了机油。一股霉味弥漫开来，浓烈得有些刺鼻。屋子不大，一缕光线快于我的脚步，直直地落在地上。窗帘低垂，窗户紧闭，像到了一间密室。卫生间在一侧，几只蟑螂听到声音后快速朝四周奔逃。我踩死了其中的一只，它四肢开裂，挤出一股黄黄的东西。

我受不了这空气，跑到前面，去开阳台的门。一拉，窗帘伴着灰落下一个角，低垂着，像瞎子的眼。门开了，我看到了一个荒芜的院子。草统治着这片区域，竟有半人之高。我看到海了，海在正前方，此刻好像在生气，阴沉着脸。乌云在积聚，仿佛要下雨，院子里是一波波的草浪。回望这屋子，没有木地板，只有地砖。床用塑料罩子罩着，桌椅上有一层薄薄的灰，手一摁，手印子就封存了，连指纹都能看出来。

在客厅的一个角上，有一排柜子，还有一面展示墙。我的目光被它吸引了。奖杯放在柜上，奖牌则挂在墙上。奖杯有五座，我拿起其中的一座，上面写着蚯蚓一样的外文。我读不懂，又放下了。柜子镶了玻璃门，透明的，就像博物馆用的那种。我找了块抹布，一抹，看到了里面的陈列，有报纸，有照片，还有一些信件和实物。

这里看上去就像个小小的博物馆。

屋里光线不明，加上外面在变天，更暗了。我打开了电灯，看到一张报纸，被折成四分之一。上面有一篇题为《木兰杂技团获蒙特卡洛国际金奖》的报道，报纸已泛黄，看不清年月。我读了起来，其中有这样的描述："在蒙特卡洛举行的国际马戏比赛中，来自中国的青年演员巫淑云仰卧在圆台桌上，随着悠扬的乐曲，左脚托举起一摞彩绘瓷碗，轻抬臀部，连续做着旋转 360 度的翻滚动作。伴随着旋转速度极快、弧度极大的高难度动作，那一摞瓷碗却仿佛贴在她的脚掌一样，物我一体，技惊四座。巫淑云是第四代顶碗演员，她所表演的这个动作在中国戏曲、古典舞中被称为'乌龙绞柱'。高难技艺与传统舞艺结合，又经过几代人的努力创新，这是中国杂技日新月异的原因。"

另有一篇专访，占了报纸的一半。报道的题目叫：《新花木兰传——记杂技新秀巫淑云》。这回，我看清了日期，1977 年 8 月 4 日。里面还有一张照片，是姑姑，她高举奖杯，站在一个底下都是人的领奖台上。给她颁奖的是两个外国人，一男一女。我仿佛看到照片上的人在动，她在表演。这是一个我不认识的姑姑，一个全新的人。

我有一种迷离感，好像她既是我的亲人，也是一个与我完全无关的、高高在上的人。

突然地，屋子里发出一个声音，怪异且猛烈。"当"地一下，又"当"地一下，一个突兀的声音从后面响起，吓了我一大跳。原来是一只挂钟。老式的挂钟挂在墙上，发出自己的声音，仿佛正在提醒这屋子里的人。

三点钟。我看了一下自己的表，时间是对的，很准时。

这口钟是这里唯一的活物，它在记录时间，还在走，一刻不停。但其他，仿佛都进入了死寂。陈列柜里有许多照片，有演出中的，也有赛后的；有在国内的，也有在国外的。陈列柜里有一摞厚厚的碗，还陈列着空竹，两个毽子，一把花雨伞。

这应该就是陪她获金奖的那摞碗吧，我想。

望着这些仿佛刚从墓地里盗出来的"文物"，我既激动，又有些害怕。凝望这些灰暗无光的碗，我想象着姑姑施用魔法，让它们一个个听从她的指挥，成为她身体的一部分。电影里的画面、我想象的画面，以及姑姑的形象重叠到了一起……

风更烈了，海上的乌云好像在赛跑，连风也变凉了。门被风折磨着，一次次撞击着墙壁。风一吹，一本书从书架上跌落，摔在地上。书已泛黄，是一个叫克里希那穆提的印度人写的，名字叫《爱的觉醒》。我翻开夹着书签的这一页，上面有钢笔画了线，我看到了其中的一行。"冥想即时间的终止……从此处到彼处，我们确实需要一些时间，但心理上的时间感是不存在的。这是个不得了的真相，一个不得了的事实，因为这么一来我们立刻超脱了所有的传统。传统说我们需要时间，需要渐修，才能到达上帝。这项发现也意味着希望的止息。希望暗示着未来，希望就是时间。"

边上有钢笔字，写着"写得好，我就是这样想的"。我翻动着书页，上面有密密麻麻的字，那些小字如小虫子一般，爬满了书本。我读了几页，一点都读不懂。我突然有些恐惧，觉得姑姑如巫婆一般。

雨真的落了下来。

雨是一下子来的，顷刻间外面电闪雷鸣，一片乌黑。

雨剧烈又凶猛，我听到雨水冲击邻居铁皮顶上的声音，声音集中又响亮。澎湃的水流在对面的楼上汇聚，然后沿着下水道奔涌而下。耳边全是雨声，密集地在敲打，还有像瀑布一样的下泻声。

6

雨不长，不久天空就平息了，安静了。清新的，带着凉意的空气扑面而来。

我把柜子里的东西一件件取出来，放在亮处。有些道具开裂了，比如空竹，木头上有一道道裂开的纹路。其中一个奖杯很沉重，上面有一根飘带，红色已变成了暗紫，紧紧地搂着奖杯的脖子。我一碰，飘带断了，坠落到地面上。

我用手机给这些拍照，一张张地拍。

已经闻不到屋里的怪味了，我好像也成了里面的一分子。现在仔细打量四周，桌子、椅子、床铺，还有那些泛旧的窗帘和桌布，都在深情地瞅着我。它们没有把我当成外人。我原先的那份排斥感正在消退。我甚至发现姑姑也在，就坐在窗边，风吹散她的头发。她迎风而立，缓缓转过身来，面朝着我。"你来了就好，这些就交给你了。"

很快，她变成了一道光，又消失在了那束光里。

走到院子边，对着那疯长的茅草，我掏出手机，给生鲜店老板娘打电话，跟她说了房子的事。"有房子啊，真的吗？还在海边？"我能听出她的激动，像中了彩票一样兴奋。

我说房子不大，有点旧。

"这真是个意外，太意外了。"

面对她的激动，我无动于衷。

"我们把它卖了。你问一下中介，房价如何，合适的话就把它卖了。"

我听了很不是滋味。老板娘就是这般实际。既然姑姑留给我，总有她的想法与道理。看了屋子里陈列的那些物品，我更有这样的感觉。现在电话里的那个人正想瓦解这一切。

"这……好像不妥吧？"我说。

"有什么不妥？现在房子是我们的了，就是我们说了算。"

"别扯淡了，再说吧。"我有点恼，挂断了电话。

太阳重新爬出来时，我走出屋子。天高云淡，丝丝微风，海边一派祥和，白云悠闲地晃荡在头顶。我朝海边走去，沙子一下子淹没了我的鞋，细沙钻进我的袜子。我把鞋脱下，拉去袜子，光着脚，继续走。海浪越来越近，那奔腾的声音很沉重，它好像拥有无穷的力量，退回去，又继续扑过来。

我想起了几个月前去冶金机械厂那次。厂子已倒闭了，只剩下几十间的空厂房。现在那里没人住，荒得厉害，我从围墙的一个空档里钻了进去。里面的景象吓了我一跳，屋破了，塌了，快变成森林了。树和草在疯狂地生长，恣意张狂、参差不齐、相互缠绕，分不清彼此。那天，我站在劳资科的办公楼门前，楼顶已穿孔，塌落，只剩下上面一根根水泥横梁，以及残存的瓦片。我感叹杂草的生命力，它们竟在屋顶的缝隙里成长。阳光落过来，杂草还在风中摇动着瘦弱的身姿，轻盈又顽皮。我想起当年厂里的情形，那欢歌，那笑语，那青春的朝气……我们唱歌、说相声、搞技术比武、劳动竞赛、体育比赛……我曾经是厂足球队的主力，人称矮脚虎，踢前锋。记得在一次比赛中，我凌空飞踢，扫进一粒球，全场欢呼。我们得过嘉兴市职工足球赛的亚军……厂里生机勃勃，青春的迪斯科舞曲响起，热闹非凡。但现在，这里成了禁区，城中的一块废地。

从厂里回来，我闷闷不乐。残破不堪的厂房造成了无形的失落，弥漫在我的心头。老板娘白了我一眼："去看什么看，过去了就过去了，这和埋葬死人一个样。"她就是这样冷酷。话尽管粗鲁，但仔细想想也对。但人一上年纪就变得怀旧，我就是这样，常常缅怀什么，有些情不自禁。我喜欢听那些老歌，一阵老迪斯科舞曲一响，我的心就会荡到空中，半天也回不过神来。那些难忘的过去的岁月啊！

厂子倒闭后，我下了岗，做过保安，贩过服装，开过到西北的长途货车。我还与人合伙开过一家麻将馆，结果因为涉及赌博被公安查封。我被派出所关了三天，还好，后来被放了。这些年跌跌撞撞、磕磕绊绊，也不知是怎么过来的。好在目前这家生鲜店生意不错，每天顾客盈门。我在收银台后面供奉了一尊财神，老板娘每天都要拜一下，说这个挺灵。

站到水里，海水浸没了我的脚，海浪此起彼伏地追逐着。我一直记得，在弄堂口，姑姑把手覆盖在我头顶，柔软的手掌抚摸我短发时的那份愉悦与战栗。姑姑是个什么样的人呢？我好像懂了一些，实际上还是不明白。我们依然是陌生人。

清风苑里的那口钟浮现了。那口钟里好似藏着说不清道不明的东西。眼前的海浪与钟摆一个样，一波又一波，掀起的浪花很快会被抹平，就像不存在一样。

我不停地走，来啊回啊，任海水一次次冲刷我的双脚。

（原载《长江文艺》2022 年第 5 期）